康奈尔·伍里奇黑色悬疑小说系列

夜有千双眼

[美]康奈尔·伍里奇 著

王元嫒 译

上海文艺出版社
上海故事会文化传媒有限公司

康奈尔·伍里奇黑色悬疑小说系列（全18种）

编委会

总策划　夏一鸣
主　编　黄禄善
副主编　高　健

编辑成员（按姓氏拼音为序）

蔡美凤　高　健　洪圣兰　胡　捷

黄禄善　吴　艳　夏一鸣　杨怡君　朱崟滢

序　言

　　你见过妻子为丈夫的情妇洗冤吗？见过杀手恋上自己的谋杀目标吗？还有弃妇嫁给死人、员工携带老板爱妻逃亡、富豪邮购致命新娘，等等。所有这些令人心颤的诡谲事件，或者说，诞生在西方资本主义世界的怪胎，都来自康奈尔·伍里奇（Cornell Woolrich, 1903—1968）的黑色悬疑小说。黑色悬疑小说，又称心理惊险小说，是西方犯罪小说的一个分支。它成形于 20 世纪 40 年代，在 50 年代和 60 年代最为流行。同硬派私人侦探小说一样，这类小说也有犯罪，有调查，然而它关注的重点不是侦破疑案和惩治罪犯，而是剖析案情的扑朔迷离背景和犯罪心理状态。作品的叙事角度也不是依据侦探，而是依据与某个神秘事件有关的当事人或案犯本身。伴随着男女主角因人性缺陷或病态驱使，陷入越来越可怕的犯罪境地，故事情节的神秘和悬疑也越来越强，从而激起了读者的极大兴趣。

　　康奈尔·伍里奇被公认是西方黑色悬疑小说的鼻祖。他出生于美国纽约,幼年即遭遇父母离异的不幸。在前往父亲工作的墨西哥生活了一段时期之后,他回到了出生地,同母亲相依为命。1921年,他进入了哥伦比亚大学,但不多时,即对平淡的学习生活感到厌倦,并于一场大病之后退学,开始了向往已久的职业创作生涯。1926年,他出版了长篇处女作《服务费》,接下来又以极快的速度出版了《曼哈顿恋歌》等五部长篇小说。这些小说均被誉为"爵士时代小说"的杰作,尤其是《里兹的孩子》,为他赢得了《大学幽默》杂志举办的原创作品大奖,并得以受邀来到好莱坞,将小说改编成电影剧本。1930年,"事业蒸蒸日上"的康奈尔·伍里奇与电影制片商的女儿结婚,但这段婚姻只维持了几个星期便因他本人的恋母情结和同性恋倾向而告终。此后,康奈尔·伍里奇一度意志消沉,创作也连连受挫。一怒之下,他销毁了全部严肃小说手稿,转向通俗小说创作。1940年,他的第一部黑色悬疑小说《黑衣新娘》问世,顿时引起轰动,他由此被称为"20世纪的爱伦·坡"和"犯罪文学界的卡夫卡"。紧接着,他又以自己的本名和笔名陆续出版了17部国际畅销书,其中的《黑色帷帘》《黑色罪证》《黑夜天使》《黑色恐惧之路》《黑色幽会》同《黑衣新娘》一道,构成了著名的"黑色六部曲"。其余的《幻影女郎》《黎明死亡线》《华尔兹终曲》《我嫁给了一个死人》,等等,也承继了同样的黑色悬疑风格,颇受好评。与此同时,他也在《黑色面具》等十几家通俗杂志刊发了大量的中、短篇黑色悬疑小说。这些小说同样受欢迎,被反复结集出版。然而，巨额稿费收入并没有给他带来精神愉悦。他依旧"像一只倒扣在玻璃瓶中的可怜小昆虫",徒劳挣扎,郁郁寡欢。自50年代起,因酗酒过度,加之母亲逝世的沉重打击,康奈尔·伍里奇的健康急剧恶化,他的一条腿因感染未及时医治而被截除。1968年,康奈尔·伍里奇在孤独中逝世,死前倾其所有财产,以母亲名义为母校哥伦比亚大学设立了一项教育基金。

康奈尔·伍里奇的黑色悬疑小说引起了众多作家的模仿。最先获得成功的是吉姆·汤普森(Jim Thompson, 1906—1977)。他的《我心中的杀手》等小说以破案解谜为线索,表现罪犯的犯罪心理,从多个层面反映小人物的重压。稍后,霍勒斯·麦考伊(Horace McCoy, 1897—1955)和戴维·古迪斯(David Goodis, 1917—1967)又以一系列具有类似特征的作品赢得了人们的瞩目。20世纪50年代至60年代,黑色悬疑小说层出不穷,代表作家有查尔斯·威廉姆斯(Charles Williams, 1909—1975)、哈里·惠廷顿(Harry Whittington, 1915—1989),等等。同康奈尔·伍里奇和吉姆·汤普森一样,这些作家注重塑造处在社会底层、具有人性弱点或生理缺陷的反英雄,但各自有着独特的创作手法和成就。

康奈尔·伍里奇的黑色悬疑小说还引发了战后西方黑色电影浪潮。自1937年起,依据康奈尔·伍里奇的长、中、短篇黑色悬疑小说改编的电影即频频出现在美国各大影院,并进一步成为好莱坞电影制作的主要来源,尤其是1954年,阿尔弗雷德·希区柯克(Alfred Hitchcock, 1899—1980)执导的电影《后窗》赢得了爱伦·坡奖,将这种改编推向了高潮。据不完全统计,20世纪40年代至60年代,共有35部康奈尔·伍里奇的作品被改编成电影,其数目远远超过达希尔·哈米特(Dashiell Hammett, 1894—1961)和雷蒙德·钱德勒(Raymond Chandler, 1888—1959)。不久,这股康奈尔·伍里奇作品改编热又延伸到了南美、德国、意大利、土耳其、日本、印度,尤其是《黑衣新娘》和《华尔兹终曲》,在法国持续引起轰动。80年代和90年代,康奈尔·伍里奇作品又被西方各大媒体争先恐后改编成电视连续剧、广播剧。与此同时,新一波电影改编热又悄然兴起。直至2001年,美国著名影视剧作家迈克尔·克里斯托弗(Michael Cristofer, 1954—)还将《华尔兹终曲》改编成了电影《原罪》,广受好评。2012年,《后窗》又被改编成百老汇音乐剧。2015年至2019年,作为好莱坞经典保留剧目,电影《后窗》再次在美国各大影院上映,引起轰动。

这套丛书汇集了康奈尔·伍里奇的18部黑色悬疑小说,包括16部长篇和2部中短篇,是迄今国内译介康奈尔·伍里奇的品种最齐全、内容最丰富的一个系列。这些小说既有爱伦·坡和卡夫卡的印记,又有硬汉派侦探小说的风格,但最大特色是制造了紧张的恐怖悬念。作品大多数以美国经济萧条时期的大都市为背景,着力表现人性的阴暗面和人生的残忍、污秽、挫败以及虚无。譬如《黑衣新娘》,描述一个神秘女子伪装成不同的身份和外表对多个男性疯狂复仇，起因是多年前那些人枪杀了她的丈夫，从那时起，她就誓言血债血偿，其手段之残忍，令人咋舌。而《黑色幽会》则描述一个男子的未婚妻被五名男子的空中抛物致死，其心灵被疯狂滋长的复仇欲望所扭曲，并渐至迷失本性。在难以言状的病态心理驱使下，他将这五名男子最心爱的女人一个个杀死。与此同时，他也成为可悲的社会牺牲品。

同这类以罪犯为男女主角的小说相映衬的是另一类以受到陷害、孤立无援的无辜者为男女主角的作品。《黑色帷帘》和《幻影女郎》堪称这方面的代表作。在《黑色帷帘》中，男主角脑部遭受重击丧失记忆力，过去的生活片段如梦魇般在内心煎熬。他渐渐回忆起自己曾被人陷害，是一起谋杀案的疑犯。而要洗清嫌疑，他必须恢复记忆。伴随着支离破碎的回忆，他极度害怕自己就是真凶。无独有偶，《幻影女郎》中的男主角与妻子吵架负气出门，在与陌生女郎约会之后，发现妻子被杀，自己则被控告行凶，判处死刑。本可以证明他清白的神秘女郎，却仿佛人间蒸发一般，而那晚所有见过他的人，都不记得他曾与女郎在一起。随着行刑日期接近，所有寻找女郎的努力都以失败告终。即便他本人也开始怀疑，是否真有这样一位女郎存在。

为了增加作品的悬疑，特别是中、短篇小说中的悬疑，康奈尔·伍里奇也会仿效一些传统侦探小说的写法，描述一些出人意料的谋杀奇案。如《死亡预演》描写身穿宫廷裙服的女演员突然被烧死，警方必须弄清楚罪犯（伴舞者中的一个）如何在一大群伴舞者中放火杀人。而《自动售货机谋杀案》要解决的则是罪犯如何利用自动售货机毒杀三明治购买者。除了一些常见的布局手法，暗示超自然力量的存在也是康奈尔·伍里奇解释某些罪案发生的方法之一。《眼镜蛇之吻》述说一个离奇的印第安妇女能将毒蛇的毒液转移至其他物品。《疯狂灰色调》描述一个坚持要解读出"乌顿"（一种巫术）秘密的乐师。《向我轻语死亡》则以一个先知谶语来展开叙述。面对通灵师预言女孩的叔叔将在两天后被雄狮咬死，警察该如何阻止这场事先张扬且没有罪犯的命案？被预言逼得精神失常的叔叔又该如何保护自己？所有人是否能在死亡期限之前揭开阴谋面纱？诸如此类的谜底，将在"康奈尔·伍里奇黑色悬疑小说系列"中一一找到答案。

黄禄善

Contents

上　部
邂逅 /3
讲述 /28
讲述的终结：等待的开始 /169

下　部
警方程序的开启 /181
等待：保镖与星星的对抗 /190
警方在行动：多布斯和索科尔斯基（1）/209
等待：忠仆的逃离 /219
警方在行动：谢弗 /228
等待：夜已深 /250

警方在行动：多布斯和索科尔斯基（2）/262

等待：告别阳光 /272

警方在行动：莫洛伊（1）/280

等待：最后的晚餐 /296

警方在行动：多布斯和索科尔斯基（3）/324

等待：夜色渐浓 /336

警方在行动：莫洛伊（2）/361

等待：永恒之前的瞬间 /368

追缉嫌犯 /375

警方程序终结 /385

等待的结束 /391

夜已尽 /399

上 部

邂逅

每个夜晚他都会顺着河边,步行回家。夜半一点,从未改变。年轻人经常这样,漫步在河畔,俯瞰水波,仰望星空。即便身为侦探,他也会如此。当然,严格说起来,并不是为了看星星。

他其实可以像别人那样,下班后乘公交或骑车回家。沿河边走回去并不是最近的路线,甚至还绕远了一些。对此他毫不介意。身旁有流水潺潺,口哨声更为悦耳。星星也格外明亮,在水面上留下灵动的倒影,令人顾盼流连。这一切极易让人恍然入梦,沉浸在芳华之年的梦想中。倘若和同事们去乘公交,就不会有这样的美梦相伴了。

于是,每晚他都会徜徉河畔,漫步返家。大约一点,或稍晚一些,每天都是如此。

任何一种习惯如果持续了很久,就会一直保持,直到某天突然发生了特殊事件。这一事件非比寻常,至关重要,会改变你整个人生的轨迹。然后,之前的事情就会被淡忘,只记得这次的特殊情境。

这个侦探名叫肖恩。同事们都无法理解他。其实有谁会去理解别人呢?他们不会费力地去尝试,也没有这样的闲暇,只是在下班时偶尔提及。

"嗨,肖恩,走这边吗?"

"不,我想我还是沿河边走回家吧。"

然后彼此别过,各走各的,有人会说起他,当然也没有恶意。

"我真是看不懂他。"

"他呀,像个梦想家。"

有几人会点头附和,略微流露出不满。诸如此类的小缺点很容易得到谅解,不会影响到对团队的忠诚与团结。接下去的两个月他们会对此绝口不提,毕竟这也不是什么明显的缺陷,不过是性格上的瑕疵罢了。

此刻,肖恩又在河边漫步了,依旧是夜半时分。

四周寂寥无人,他不紧不慢地踱着方步,任由口哨声飘往前方。他的口哨吹得不太娴熟,虽然欢快,却有些低沉,不够响亮。几乎每晚他都是吹同样的曲目——《指引我回家的路》。这悠扬的曲调正适合陪伴年轻人在河畔漫步。

河边静悄悄的，别无一人，只有他和天上的星星。他时不时地抬起头，仰望星空。这晚的星星数不胜数，它们肯定是全体出动，连预备队都派来了。这样的景象他从未见过。有几处繁星密布，仿佛汇聚成了一匹微微闪亮的鱼鳞锦。

这匹鱼鳞锦高悬在空中，像断崖一般峭立，延伸到远处时坡度减缓，直抵一座桥梁的尽头。桥这边是城区，对岸是乡村。远处林荫道上的灯光依稀可见，宛如一串零零落落的珠子被丝线串起，只是珠子太过稀少，丝线上露出了很多空隙。偶尔可见光点在珠子之间缓缓移动，其实那是正常行驶的车辆，只不过肖恩离得太远，觉得车子慢得像小爬虫。

这边还筑有城区的防护砖墙，离肖恩漫步的地方有一段距离，墙面的孔洞上透出星星点点的橘色微光。已经半夜一点了，大多数人早已安睡，微光也渐渐熄灭。防护墙前方有几条车道蜿蜒伸展，像是在拱卫城墙。路旁是一道宽阔的绿化带，六月里新发的枝叶已形成郁郁葱葱的树冠，暗夜树丛中间或冒出一个路灯柱，透出苹果绿般的灵动光芒。肖恩漫步穿过树丛，从中开出一条小道，小道在远处微光和近处路灯的映照下忽明忽暗。不远处就是石头墙顶，大概齐腰高，然后慢慢降至与水面齐平。

肖恩就是在这样的情境下吹奏口哨、仰望星空，或许还憧憬着什么梦想。很可能的确如此：一个二十八岁的年轻人是会让美梦在心中弥漫，以此来照亮回家的路吧？

肖恩走在斑马纹般的小道上，时而得见光亮，时而融入暗夜。忽然，在灯光斑驳处他不经意地扫了一眼地面，脚边貌似有钱呢。这种虚幻的印象每个人都曾有过，他起初也没当回事，还迈开腿朝前又走了一两步。这样的好事不可能是真的，如果你傻乎乎地停下脚步想把它捡起来，就会发现那根本不是钱。

口哨声停了，他也停下了，转身往回走了一两步，然后站住，把那东西捡起来了。这次真的就像看上去的那样，的确是钱，是一张五美元的纸钞。

他又吹响了口哨，这会儿没带任何曲调，只发出了吐气时的哨音。他打量了下钞票，想要放进裤兜。

一丝微风掠过，从他走过的方向，朝他吹拂而来。他还未来得及把钱收好，就看见什么东西朝自己飘过来，忽而停下，忽而又飘起，显得颇为诡秘。他抬脚踩住了。又是一张钞票，这次是一美元的。

他伸长了脖子，顺着光影斑驳的绿化带看过去。那绿化带忽明忽暗，有几分像错落有致的铁轨枕木，一直延伸到桥那边。周围四下无人，也没动静。

他不再吹口哨了，迅速行动起来。拿着两张钞票，走走停停，不一会儿手里又多了一张。他加快了动作，转眼又停下捡了一张。

这时候一只手已攥了三张,另一只手里还有一张。一共十六美元,这钱来得就像捡树叶似的轻而易举。

他转了个弯,前面就是桥头了。他之前踏足的小道蜿蜒在水面之上。近旁的城墙也在延伸,不过底座没有泥土,而是环绕在四周的架空层。此处已无林木,倒是多了不少路灯,装饰成烛台状的灯杆伫立在小道两侧,毗邻桥头。而桥自身却是黑洞洞的,就像在交错的大梁下开通了一条隧道。

这桥不是他的必经之路。他通常会绕过桥,沿着城区这边凸起的岬角前行。当然他通常也不会平白无故地捡到钱。

路面上有什么东西在闪闪发光,仿佛嵌入了一颗璀璨的星星。他捏起那闪烁的光点,原来是一枚钻戒,戒指上镶着一粒成色上佳的硕大单钻。

肖恩四下察看一番,还是空无一人。忽然,他发现了什么,就在平坦低矮的防护墙上。那是一团没有生命的黑色物件,就在一个装饰性的路灯柱下方。

他走上前够到了那个东西,不由得恍然大悟。那些无人认领的钞票和那枚闪亮的钻戒都找到了源头。那物件原来是一个黑色的女式手提包,皮质柔软,很可能是麂皮的。他对女士的皮包、首饰之类的了解不多,但这个包看上去很贵重。皮包上还装饰着由姓名首字母组成的图案,那图案是一种闪光材质制成的,他当时还不认得,后来才知道是马赛克石。

这包不是无意掉落或遗失的,那样的话,应该会落在较低的位置,或是直接掉在地上。可事实不是这样,皮包居然在防护墙上。包是倒着放的,包口敞开着,皱巴巴地搁在墙头保持着平衡。看上去像是包的主人故意把包倒置,放在高处,与常人的肩部或脸齐平,而且还把包打开,任由里面的东西四下散落。空包就这样敞着口,倒放在包内原有物品的上方,显然已被主人遗弃了。

皮包四周零散的物品还真不少,在他看来都是女人心爱的物件。有一个金属质地的粉盒,一个装有香水的水晶棒,已经摔碎了,但还是散发着一丝若有若无的清香。天晓得,他对女性的喜好知之甚少,但他觉得这些东西可都是女人们从不丢弃的。那么这肯定是意味着最后的告别。紧挨着这些物品的是一团钞票,刚刚被风吹散,飘到了他来时的路上。他把这些钱都捡起来,放进包里。

稍远一些还能看到另外一个东西,不像是从包里掉落的,因为位置离别的物件太远。那是一条黑色的丝织带子,哦不,是两条,两条丝带之间是个小巧的刻度盘,盘周围还镶嵌着微小的细钻石,刻度盘上的指针和数字都是完好的。原来是一块手表。在明眼人看来,这表所在的位置很能说明问题。手表卡在防护墙内侧的边缘,表盘和一侧的表带在墙头上面,另一侧的表带顺着墙边垂下来。他把手表捡了起来,发现表上的水晶装饰已经碎成粉末了,撒漏在石墙上。显然是表的主人把它从手腕上摘了下来,抓着松开的表带,用力往下一掷砸在墙头。手表碎了,也停了,就这样卡在墙头晃来晃去。他把表凑到眼前，借着微弱的灯光眯眼细看。指针停在了1：08，就不走了。他看了下自己的表，是1：12。差了四分钟。对于那表的主人来说，时间已停止了。

然后，肖恩看见了那个女人。

她不是在那座桥的人行道上，从肖恩的角度看过去那里空无一人。她是在防护墙上，高高地站在那儿，身影被巨大的石头基座或者说桥台遮住了。这座桥每隔一段距离，就会有座桥台来支撑钢制的桥梁，筑成了庞大的桥上结构。

微风袭来，撩动了她的裙边，这一动静恰好落入肖恩眼中，随即又遁入空茫的远景中。女人根本没看到肖恩，她站在另一边，俯视着河面，背对着他。

她像是在摆弄自己的脚。肖恩依稀看到，她弯起一条腿抱住，很快又伸直。接着是一声闷响，鞋子被扔在了人行道上。然后她又弯起另一条腿，把另一只鞋也扔了。鞋子掉落的动静并不大，但四周过于寂静，这声音还是让人一惊。

突然，一个闪亮的红点从她背后冒出，抛出一道犀利的斜线，落在走道上熄灭了，像是一支香烟被随意地反手一扔。这是她最后的遗赠，意味着要与这世界断绝联系了。这之后，就再没什么可抛弃的了。

不过，肖恩已经猫着腰跑过来了，动作灵巧迅急。其实几秒钟前一看到她拂动的裙角，他就起跑了。为了不引起她的注意，肖恩跑动时一直提着脚后跟，只用脚前掌着地，脚步非常轻捷。他害怕了，过去十年都没这么害怕过。那是一种奇怪的令人窒息的惊恐，不是因为担心自己的安危，可却比自身处于险境的感觉还要糟糕。他凭本能觉得不能大声喊叫，那样只会加速女人的行动，会更快地把她推向不归路，等他赶过去时她也许已经从防护墙上跳下去了。

女人没有听到肖恩的动静，继续自己的行动，没受到干扰。

她就在桥台后面，石筑的障碍物正好将她围住了，从河岸那边是看不到她的。肖恩跑过了桥台，女人整个身影都进入了他的视野。女人的头微微仰起，用手遮着眼睛，好像受不了璀璨的星光。她的手紧紧地压在眉间，像在防御着什么，手掌朝下稍有隆起，显然想挡住的是星光，不是河面的波光。

肖恩冲上了防波堤，伸出手臂猛然揽住了她，两只手臂呈螺旋状，一高一低，好像被防波堤的反冲力震了一下，牢牢地锁住了她。

肖恩的一只手臂箍着她的腿弯，让她的两条腿紧紧地并在一起，动弹不得。另一只手臂抱紧了她的腰，让她没法弯腰或前冲，只有头部、肩膀和上半身可以活动。

女人像喝醉酒似的摇摇晃晃，又像是一个物件被插进了插座，下半部分活动受限，只剩上半部分可以晃动。她的摇晃不是自主的发力，而是借助了肖恩冲过来时的猛劲。她绵软无力地晃来晃去，似乎在对着天上的星星舞动。她的手臂垂在身体两侧，头部竭力向后仰,喉咙正对着星星。那满天的繁星仿佛化作了无数闪亮的刀尖,一起指向她的喉咙。

这戏剧化的一幕,像是拘捕,抑或是屈从,只持续了片刻。一瞬间,他的大脑似乎停止了运转,她脑中也是一片空白。

然后肖恩想把她放下来,他的动作很笨拙,几个步骤都混在了一起,没法区分。先是把她往回拉,看上去像是让她坐在他肩上,其实是把她举过了肩头。然后让她顺从地靠着他滑下来,一直落到地面上。接着再把他箍着女人腿部的手臂松开,用另一只手臂一直搂着她的腰,支撑着她站好。

终于完成了,他做到了。他救了她一命。

肖恩紧张得气喘吁吁,毕竟刚从辅桥那边一路跑过来。女人也是喘息未定,原本要自我了断,一系列的准备已至高潮,却被人骤然打断,她自然是震惊不已。肖恩听着耳畔急促的呼吸声,静静地等待着,等着这声音慢慢放缓。

终于,女人的呼吸渐渐平缓,肖恩也气息如常了。

女人抬起手又放回到了额头上,不过没有再继续遮住眼睛。这只手半握着拳,松松地搭在太阳穴旁,还朝外隆起,像是要挡住什么。

奇怪的是,两个人都沉默不语。女人没有走通常的套路,比如冲着他抱怨、斥责一番。就他而言,他也无话可说。他真不知道,在阻止一个人自杀后,该对她说些什么。

总得有人先开口。他们不可能就这样呆呆地站上一整夜，汗涔涔地相对无言。

肖恩心想：我可以递给她一支烟。但他并没有这么做。如果连整个世界都放弃了，还会想要一支烟吗？这样的人即便有，也是少之又少。

女人依然用手抚着头，松松搭在眉间的手遮住了些许星光。

这样的沉默很可能只持续了一两秒钟，可两人都感觉过去了好久。

肖恩终于开口了，他就知道自己会沉不住气。事实上，女人可能是扭了下脚趾，或是诸如此类的小动作。"怎么了？"他压低了语调问道。

"让我远离它们。"

"谁？"

女人答话时把头转过来，离他的脸更近了，像是要避开满天闪耀的繁星。

"你刚刚应该让我逃离的。我想跳下去，这样就不会再看到它们在天上闪亮，它们也就看不到我了。"

这女人明显有些不对劲，肯定是出问题了。没有人会像她那样害怕星星。星星那么璀璨迷人，是天上最美的景观，人们都喜欢看星星。

"到灯光这边来，这样我才能看见你。让我看一下。"

他觉得她可能是个涉世未深的可怜女孩，遇到了情感纠葛；或者情况更糟，是个夜女郎，厌倦了自己的命运。

肖恩弯下腰去捡什么东西。"哎，这双鞋你不要了吗？"他拎起了女人的鞋子问道。

她答话时口气很温和，但也流露出少许的嗔怪。"是你让我走路的。看来这双鞋我不得不要。"

她接过鞋子放到地面上，伸出脚试探着，在肖恩的臂弯里弯下腰去系鞋带。她穿鞋时，肖恩的手臂一直虚揽着她的腰，像是在警戒似的。

两人朝前走了一小段。最近处的灯光似乎在等待着他们，在晦暗的人行道上撒下了一道光环。

他们走得很慢，肖恩的手臂抚慰似的揽着她。两人没有并肩走，女人落下一步，不情愿地跟在肖恩身后。

她只要一开口，就没法不说到星星。"你是打算要友善待人，可你没做到。哎，你没做到。哦，让我远离它们吧。让我把它们关在外面吧。它们非要一直闪亮吗？难道不能停下来吗？"

肖恩微微摇了摇头，没有回答。

肖恩已经走进了亮光的领地。一道弧光瞬间撕开了暗夜，女人的容貌在灯光下全然显现。

肖恩吃了一惊，立刻垂下了手臂。

"哎呀——哎呀，看看你！"肖恩结巴起来，"我还以为你有多么悲惨呢——你这么年轻，这么漂亮，还穿着这么昂贵的衣服。你简直拥有了一切！为什么还要做那样的傻事？"

　　肖恩这样说对她不公平。他一向不善言辞，此刻更是笨嘴拙舌。他想到了什么就脱口而出，一点也没考虑到对方的感受。

　　这女子最多不过二十岁。她的确很美，但绝不是那种戴着假睫毛、嘟嘴傻笑、令人生厌的俗丽，她美得端庄大气。她前额饱满，眼距稍宽，清澈的目光中透着坦诚，下巴的线条显出真诚与个性。她所拥有的一切都证实了她的美丽。她脸色有些苍白，显然还未从惊吓中恢复过来。脸上未施脂粉，没有刻意描画的痕迹。秀发介于暗金与浅棕色之间，松松地散下来，略有些凌乱，但依然很迷人，比起精心打理过的发型也毫不逊色。她穿着一条深色长裙，裙上没有任何装饰，连纽扣都没有，但裙子衣料垂顺，修身合体，一看就是量身定做的。

　　即便如他这般眼拙，都隐约觉察出这女子身价不凡。肖恩心生敬畏，又问了一遍："像你这样的女孩子那样做是为了什么？"

　　他又得到了同样的回答。"让它们不要再闪了。让它们停下来。"答话时她的眼神炙热逼人。

　　肖恩不知道该如何应对。"可星星在天上不是要伤害你啊。它们——它们就是在那儿呀。它们一直在那里，一直都存在。"

　　"那我就不想存在了。"

　　肖恩努力让自己变得温柔一些，尽力想抵达心底的柔软之地。

"看啊，现在我和你在一起呢。我不会伤害你的，对吧？你觉得我不会的，对吧？"

她伸手去碰了碰肖恩，转而又紧紧抓住他的手臂，颤抖起来。"对，你不会的，人们都不会的。没人会伤害我。人人都有心，你可以接近它们，你可以跟它们说'让我一人待会儿'——"

"好吧，我就在这里陪着你。没事了。如果你想抓紧我，就抓吧。来吧，抓得紧紧的。用两只手，就这样，抓牢了。"

她惊恐地打了个哆嗦。"你过一会儿就要离开我了，那我又得独自面对它们。"

肖恩又一次伸出手臂揽住了她，这次是搂着她的肩膀。他尽量使自己的动作不带有男女间的情感，而只是提供一种保护，就像是一个成年男子紧紧搂着一个迷路的女童。他们就保持着这样的姿势，朝前走了几步，忽而穿越亮光步入昏暗，忽而越过昏暗踏进亮光，最后融入夜色中。

肖恩真不知道该拿她怎么办。既然把人从桥上救下了，就不能掀掀帽子道个别就溜之大吉。把她送回家？对她而言不是个好选择，她试图自杀前，肯定是从家里溜出来的。叫一辆救护车，把她送到医院的观察室？这样只会吓着她，而她早就惊恐不已了。

两人走走停停，不经意间回到了她丢弃皮包的地方，周围都是七零八落的小物件。

她一动不动，显然没打算捡回这些物品。肖恩不得不站在那儿，把四周散落的物品一件件地放回到她的皮包里。看到那个碎了的香水瓶,他停下来询问:"当然,这个不要了吧?"然后又把它放到了防护墙上。

她没有应答,似乎不知道那是个什么物件。或者说,即便知道也没放在心上。

肖恩想起了他最初在人行道上捡起的飘落的钞票,就从裤兜里掏出来,也放进了皮包里。

那块手表已摔碎了,肖恩直接递给了她。

她看着这块表,有些迟钝地露出了满意的神色。"至少我让这个东西停下了。"说着她舒了口气,垂下了眼帘,这恰恰表明她在抑制仰头望天的冲动,"但那些星星还是在不停地闪烁。"

她神色漠然地把手表递回给肖恩,仿佛这表是别人的,而她不过是被叫来看上一眼。肖恩松开手,让这块表落进了包里,溅出一些细钻的碎末。

肖恩终于把所有散落的物件都收进了包里。他把包合上递给她。

等了好一会儿,她也没有接过来。她显然还执着于心中最初一刻的冲动,即便已过了好久,她还是想要摆脱一切。

"你想把这包拿回去的,对吗?"肖恩不得不催促她。

"不想。"答话温柔而简短,"但如果你想要我拿回来,那我只得这么做了。"

她把包夹在了手臂下,正如肖恩所见,许多女子都是这样拿包的。

肖恩问她那个问题时，话刚出口就后悔了，真希望没问过。这话听上去不怀好意，比他在桥上问的第一个问题还要愚笨，还要虎头蛇尾。"现在，所有的东西都拿到了？"听起来好像是他在帮女士登公交车或是送她上火车之类的。好吧，也许这正是生活的意义，这女孩下错了站，而他要送她重回旅途。

"是的，"她答道，"所有的。我的表、我的包、我的生命、我的地狱。"

她的话中带刺，肖恩感觉到了，但没应声。不管她怎么说，都不会让肖恩改变主意，认为当时应该任由她跳下去。

"我们从这边走好吗？"肖恩问。

肖恩领着她朝交通通道走去，穿过马路，回到了河对岸的城区那边。他把她的一只手拢在了他的臂弯里，伸出手轻轻地拉着。他不是像控制犯人那样拉得紧紧的，而是比较轻柔地，像在支持或在引导似的，几乎没被对方察觉。

她没有反对。不过这会儿到了第一个路沿边，她发问了："你要把我带到哪里去？"

"找个地方坐坐，也许再聊一会儿。"

她一眼就看穿了他的心思。"远离河边。"

"呃。"他的答话中带有防御的意味，"总有些地方能让人开心一些。"

她没作声。他读懂了她的沉默：那地方能让你安心。

"我的车还在那边。"过了片刻她开口了，仿佛刚刚才想起车似的。

"噢，你为什么不早点告诉我？"他反应很快，立刻停下来，和她转向一边，换了新的方向。她的车在路的另一端，在桥梁的引道上面。"我们过去到车里，好吗？"

车停在树下，被遮挡得很严实，从他之前的角度几乎就看不见。那会儿他四下查看，只找到了这女孩，根本没注意到车的存在。他们走近了，在远处微光的映照下，车的轮廓显露出来。那是一辆特别定制的低车身跑车，泛着甘草般的微光。寥寥几束弧光透过亭亭遮盖的树叶投射下来，圈出了几个金币似的光环，抛在了引擎盖、车尾和车身隆起的部位上。

肖恩打了个呼哨。"这车是你的？"他满怀着善意，想让她振作一些，尽管他采用的方式有些笨拙。"你刚刚连豪车都不打算要了？怎么忍心啊？"

肖恩注意到，对方没有什么反应，仿佛她不明白这车有多昂贵。

他靠近了方向盘。"有车钥匙吗？"

"大概是留车里了。"

肖恩在脚边找到了车钥匙。"很有趣，不是吗？"他像哲学家似的谈论着，"如果你当时反悔了，又想要这车了，等你回来时车很可能就不见了。但当你不想要了，它反倒好好地在这儿呢。"

肖恩不知碰到了哪里，一道如铂金般耀眼的强光迸射出来，照亮了前方的路面，树下立时亮如白昼。他赶紧把车灯调暗一些。

"看这事干的！"他说着探出手，去抚摸挡风玻璃倾斜的顶端。

"我们在那边时，父亲让人组装好了，在我十八岁生日时送给我的。"

说者无心，听者有意，从她的话里或许还能得到别的信息。"这车你开多久了？"肖恩摆弄着点火开关问道。

"到现在两年多一点。"

那么她的确是二十岁，猜对了。

她还是站在车门旁一动不动，好像没了肖恩手臂的支撑，她就没法自主行动。肖恩想让她上车坐在自己身边。于是，就把在桥上冒出的那个想法付诸实践了，借此让她靠近自己。肖恩作势要递给她一支烟，却故意不把手臂伸长。"这会儿想来一支吗？"

女子进到车里，在他身边坐下。肖恩可以看出，她神思恍惚，不知道自己在做什么。他一手为她点烟，一手揽过她，把车门关好。

他凝神看了她一会儿，手肘抵着座椅后背，转向她问道："现在我们来谈谈是怎么回事吧，你介意吗？"

只见她轻轻摇了摇头。他不清楚这摇头是表明她不介意，还是她认为谈了也没用。

他觉得她看上去很困惑，一副挫败的样子，不禁想用手臂紧紧地搂着她。他克制住了，伸出手抓住了自己的手腕，用手指环成镯子或手铐的样子,把手腕圈住不放,向座椅后背倾斜。

她一直在往下看,目光停留在脚边的狭小空地上。他知道是为什么。这样可以不往上看。她害怕星星,它们还在困扰着她。

"他是谁?"

她微微一笑:"我从没恋爱过。"

他想起了她的皮包和飘落一地的钞票。"跟钱没有关系?"

这次微笑变成了大笑。笑声中满是悲伤,没有丝毫的愉悦。她只回应了一个字。"钱。"那口气仿佛是谈到了尘埃,又像是在指某个一直存在的事物,你恨不得狠狠地去践踏,却不屑于谈论。

肖恩这次自问自答了:"我认为跟钱没关系。"

他伸手摸着方向盘的边缘思忖着:"与恋爱无关,与金钱无关。是不是医生告诉了你什么?诸如此类的?他们并不是无所不知,有时候也会弄错的。"

"我十二岁以后就没去看过医生。我从未有过这方面的问题,现在也没有。这辈子我还从没病过呢。"

他实在想不出还有什么别的原因,垂下了头,下巴抵着方向盘。"我只是想帮你。"

"你太年轻了,它们(星星)都那么老了。你只是一个人——它们却有那么多。"

肖恩觉得她头脑中对星星的印象太深了,可能要好几个星期才能清除。这种情况需要去看一类特殊的医生——人们都把这种医生称作什么呢？他一时想不起具体的名称了。

他注意到她开始哆嗦了。其实晚上还是挺暖和的，树下甚至还有些闷热。这可能是因为她在桥上经历了剧烈的情感波动，留下了后遗症。一个人神经绷得紧紧的，一心想着终结生命，现在突然松弛下来了，难免会有点举止异常。

"冒犯了。"他说着伸出手触碰了她的手背。她的手冷得像冰一样。

他发动了引擎。"我们可以离开这里了吗？"

"带我去一个看不见它们的地方。远离这户外的星空。一千双眼睛——炯炯地瞪视着——"

车子慢慢启动了。他沿着河边小路行驶了一会儿，他不得不这么做，直到出现一条岔道。她坐在车上，低垂着头，凝神看着自己的手。为避免视觉疲劳，她时不时地翻转双手。这一切都是为了不去往天上看。

经历这样的生活真是可怕。世界的一半一直都是被天空占据的。而又有一半的时间，那半个世界都是黑夜，只有星星在闪亮。你周围世界的四分之一，你整个人生的四分之一，都会成为一个危险地带，一个你必须远离、不能窥视的禁区。

肖恩还是不会去否定自己做过的事，但他也开始困惑了，他们两人在桥上时到底是谁的决定更为明智，是他还是那女孩？也许她早已知道要经历什么。

肖恩现在已经明白,这绝不是持续一晚的小事件。他心中暗想:"一次单独的行动虽已结束,可我还有工作要做,还面临着一项任务。这任务很艰巨,要耗费很多时间。我仅仅救了她的皮囊。现在我要完成任务,拯救她整个的身心。"

他们穿过了一条路灯林立的大道,远离了河岸。这对她要好一些。路旁的霓虹灯和各式招牌五彩纷呈,汇聚成炫丽的薄雾,绵延到远方,仿佛在和天上的繁星争奇斗艳。闪亮的星星败下阵来,黯淡了许多。

两人路过了一两家酒吧,烟气呛人,暗光迷离。这样的地方显然不适合带她这样的女孩过去。姑且不说今晚的情况,任何人只要看她一眼,都会明白她遭遇了不幸。如果再让她去廉价酒吧,面对嘈杂的喧闹谈笑和醉汉不怀好意的打量,她的情况只会更糟。而且,他不是要找一个社交的场所,而是要进行一次温和的急救。他们又经过了几家小餐馆,带有吧台,常客都是些开夜车的出租车和卡车司机之类的。这几家显然也不合适,他都避开了。

他想到了一个地方,是一家通宵营业的餐厅,只供应餐食,不提供任何的休闲娱乐活动。对他们这样的年轻人来说,有些不合潮流。这样一家老旧过时的餐厅为什么还能维持下去,他一直都没弄明白。也许是因为餐厅主人已经形成了这么一个习惯,并且终身保持,无法改变。

来到安静的餐厅门口,他们走了进去。餐厅里没多少人。自从他发现这家餐厅以来，一直都是这样。一张桌旁坐着两名男子，沉浸在无休止的谈话中。另一张桌旁坐着一男一女，因失恋陷入了长久的沉默。只有一个服务员闲站着，面容疲惫却毫无怨言。

肖恩领着她先走到餐厅前部的角落，拉开一把餐椅。"这里可以吗？"

她坐下了，又面带嫌恶地站了起来。"不，这儿太靠近窗户了。它们就在外面。我一转头就看到。它们就像在我肩头监视着我。"

他注意到餐厅后部有个缩进的凹室，就带着她走了过去。"这里怎么样？"

她这次坐下了，就没有再起身。

看到她安坐于此，他也落座了。

"服务员，把那边的窗帘拉上。挡住外面的——景观。"

"对不起，先生，可是不拉窗帘你就能看到满天的——"

"我说的是拉上。"

"把它们关在外面。"她说，"遮住我。一千个窗帘都要拉上。可它们的亮光还是会透进来。它们的亮光无处不在，在这世上或是地下，没有一个地方能躲得过去。"

"唷！"肖恩轻轻吁了口气。

他尽力朝她展开笑脸，问道："现在感觉怎么样？让我来试试你的手温。"

她的手依然冰凉。

"要不要来点威士忌？"

"威士忌有什么用？我早就该在河里淹死——"

服务员又过来了。"给这位女士的咖啡。清咖啡，很热的。"

等咖啡时，他点着了一支烟，不是真的想吸烟，而是要给自己找点事做。

"愿意告诉我你的名字吗？"他热切地问道，"当然，不用勉强，如果你介意——"

"珍·瑞德。"她打断了他。

"谢谢你，瑞德小姐。"

"你可以叫我珍，如果你愿意的话。"

两人隔着桌子相对而坐。肖恩不知道她在看什么。她目不转睛地盯着桌面一点，可桌上分明什么也没有。

他不得不继续找话题，以免冷场。"想知道我是谁吗？"

她仍然注视着桌上一点，尽管上面空无一物。

"你是个男人。你出现了，让我不得不一直看着它们。要不是因为你，我早就不用看它们了。像这样的事，我真不知道是否还要说声谢谢。"

他眨了眨眼睛，低下了头。"我叫汤姆·肖恩。"他说，"我在——我在警察局上班，我是凶杀科的一名侦探。如果有什么事情我可以——"

"警察——侦探——"她大笑起来。

他等着让她笑个够。

她却没有停下来的意思，反倒笑得越发厉害。笑声既不沙哑也不刺耳，甚至都没有引起餐厅另外两对客人的注意。笑如其人，她笑的时候也很有教养。但她好像就是没法止住不笑。

哭泣不算什么。更可怕的是枯坐于此，听着一个人大笑不止，笑声中没有欢乐，没有嘲讽，也没有希望。还有什么比这更加骇人？他握紧了藏在桌子下面的拳头，紧紧地抵着自己的膝盖，桌子挡住了她的视线。

他在想怎样让她停下来。

他听人说过打耳光可以奏效，可他不能这么做。

他还听说过，迎面泼一杯水也能止住笑。这当然也不行。这两种办法都行不通。他真希望在桥上救下的是个男人，这样他就能毫不愧疚地冲着他下巴来上一拳。

她向后竖起大拇指，搭在肩上。"警官，请逮捕外面的那些星星。给它们戴上手铐，给它们一闷棍。"

肖恩自带一种与生俱来的威严。本来是想帮她的，不料却遭到这样的冷遇。他起身把座椅小心地放回原位，一言不发地走开了。

笑声戛然而止。他从餐厅那边往回看，只见她的手臂紧紧箍着低垂的头，一声不吭。

肖恩站在那儿犹豫了一会儿，然后转身朝她走过去，和离开时一样步履缓慢。他拉开刚刚坐过的那把椅子，默默地坐下了。她终于抬起了头，发现他已安坐在她面前，耐心等待着。他用他所知道的唯一方式，努力向她表明自己是想帮她。

她望着他，眼里噙满了泪水，把头发往后理了一下。

"现在能告诉我了吧？"

"不能。"

"为什么不能呢？"

"我不知道该怎么说。"

"说出来吧。你把所有的事情都闷在心里了。现在一吐为快吧。"

"这没办法用语言表述。你必须得亲身经历，没法作为二手信息去转述。"

"没有什么是不能转述的。我就听说过一些很离奇的故事——"

"只是有很多细微的琐事，就像无穷的沙粒或水滴似的。你没法去讲述沙粒、水滴。人们会觉得你不知所云。"

"也许我能帮你。也许我能帮你开个头。尽量忘记我坐在你面前。就像在对自己讲述，大声地说出来，旁边没有别人。"

即使这样也不行，她就是没法开口。

他等了一会儿，然后耐心地问："今晚你很害怕，是吗？"

她颤抖着深吸了口气："是的，今晚很害怕。"

"以前你并不害怕。"

"以前我不害怕。"

"好的，开始吧。就这么说，就从那个时候说起。"

他注意到她的眼神慢慢起了变化，不再看着眼前的情景，而是陷入了对往昔的回忆。迷离的目光越过了肖恩，穿过了黑夜，回到了遥远的过去。

"那个时候我不害怕——"

讲　述

第一节

　　一切都开始得毫不起眼。只有一滴。是的，就那么一小滴。当然不是一滴水，而是一滴滚热的清汤，洒在了一条崭新的白色晚礼服裙上。事情的开端就是这么微不足道。

　　一滴泼溅的清汤，一个责备的眼神，两句无关痛痒的对话。抬眼看去，一张悲苦的面孔，大概就是为了那滴溅出的清汤。那面孔消失了，那清汤蒸发了，谈话还在继续，可有些事情就这么悄无声息地开始了。

死神临近了，黑暗入侵了，就在餐桌上昏黄摇曳的烛光里。黑暗，最初只有一点点，一个比洒出来的清汤还小的点。可它却在不断地增大，日复一日、周复一周、月复一月地增大，直到淹没了其他的一切。直到四下漆黑一片，万物全都化为虚无，只剩下黑暗。黑暗、恐惧、痛苦、厄运和死亡。

我告诉过你，我叫珍·瑞德，哈兰·瑞德是我父亲。神让我们心里满怀对父亲的爱意，又让女儿的爱意胜过儿子。但后来上帝忘了给我们解药，可以解除那些因爱而生的痛苦。

最重要的是，神允许我们向后看，但神禁止我们向前看。如果我们这样做了，我们将自己承担风险。没有什么麻醉剂能在痛苦之前就起效，唯一的慰藉物只能跟随在痛苦之后，那就是时间。两岁的时候我失去了母亲，所以我真的从未认识过她。我的生活中只有父亲，父亲和我。有时我认为那是最强烈的爱，一种与生俱来的爱的力量，除了被禁止的不伦之恋，所有浪漫的爱都被加了进去。这是我们一直以来的相处方式，也许不是很好，但我们不应该受到那样的惩罚。

我第一次发现自己与众不同是在八九岁的时候。直到那时我才知道，我们家和别人家不一样。如果让孩子们自行其是，他们是不会知道这些事情的。这对我来说可能是件坏事。我父亲负责不让它变成坏事。嗯，就像你跌倒时，在人行道上擦破膝盖或小腿皮，然后去找你的父亲，他把你放在膝盖上，凭着超高的智慧在你伤口上擦了点东西，防止它化脓。于是他就这么做了。灼烧、消毒，确保不会留下任何疤痕或损伤。

有次在学校操场上，一个小女孩直直地站在我面前，睁大眼睛看着我，微微扬起头说："你是太有钱了，是不是？"

我往后退了一点，算是自卫。"不，我不是。"我反驳道，还不能确定自己的立场。可她那句话听上去就像被指控在某种油腻、难吃的肉汁里游泳。

"是的，你是的。"她坚持说，"你有钱。他们告诉我的，你很有钱。"

趁她不注意时，我偷偷瞄了一眼自己的衣服。我的衣服看起来干净整洁，似乎没有什么问题。于是我很困惑。

那天晚上回到家，我问父亲："'你很有钱'，这话是什么意思？"

父亲的答话有些缓慢，带着悲伤，但很睿智。"认真听着。明天就别再记得了。但到了你十八岁或二十岁的时候，还是要记住的。那时你会更需要这些。很有钱意味着你会有一段艰难的日子，意味着你总是会有一点孤独。伸出手，却没有人去握紧你的手。有钱意味着没有人会爱你。如果他们这么做了，你不知道他们是爱你还是爱你的钱。有钱还意味着你必须要小心，人生之路上将会有陷阱。"

"那我该怎么办？"我深吸一口气问道。

"你只能做一件事，那就是假装你不知道。照常行动、生活、思考，就像你并不富有一样。然后这个世界也许就会让你忘记自己很有钱。"

第二天我就忘了这番谈话。当然，也可能是再后面一天。多年后，当我更需要它时，它又会被记起，就像父亲说的那样。就好比你往水里扔进一个东西，一开始会沉在水底很长一段时间，最终会再次浮现在水面。父亲把那番话当作人生信条送给了我，而我从那以后就把它作为生活的准则。

那一小滴突然就落在我身上，开启了黑暗，而在那之前的日子我已不太记得了。那时候我有自己的小任务、小差事和各种兴趣。生活是有庇护的，是安全无忧的。我几乎没有同龄的朋友，因为我和他们的爱好完全不同。我个性有点奇特，不爱与人交往，不喜欢聚会，对衣服也不太感兴趣。我很喜欢读书，喜欢独自在雨中漫步，不带雨具，手深深地插在口袋里，仰起脸感觉雨滴落下。至少那时候世界上还没有恐惧。

后来有一天晚上用餐的时候——这一定是那一小滴出现之前一两天的事——父亲很随意地提起："珍，看来星期五我得去旧金山了。"

"去很长时间吗？"我问。他以前也经常出差，总是要去外地。

"两三天吧。"他说，"只是过去看看，很快就回来。"后来才知道是来自日本的一批丝绸遇到了点麻烦。

我漫不经心地对他竖起一根手指以示警告，又继续用勺子舀甜点。"你最好改到星期一。知道星期五是什么日子吗？是十三号。"

他惬意地轻笑一声，这样的反应一开始就在我意料之中。我们接着谈论别的事情，女仆站在自助餐台旁帮我们倒咖啡。

过了一两个晚上——应该是周四，也就是发生那件事的前一天晚上，我记得家里来了客人。华美的烛台都用上了，晚宴在摇曳的烛光中显得相当正式。在我和父亲看来，这就意味着我们没那么自在了。这点我俩很久以前就承认了。但这样的事你不得不时常忍受。那天我穿了一件白色的新裙子，我怎么看都不喜欢。首先，因为裙子是新的；其次，它是白色的；最后一点，好吧，它竟然还是一条礼服裙。

我讨厌那种盛装打扮的感觉，裙摆一端短，一端长，无论走到哪里，都会有很多饰物拖在身后。还是毛衣和花呢穿起来舒服。但身着礼服也是要经常忍受的一件事。我只能尽量减少穿正装的次数。

那晚我穿戴着华丽的服饰，敷衍着我毫不在意的人，谈论着不感兴趣的话题。我想当时的客人中应该是有一位歌剧演员，要举办一次个人演出。"那你一定要来。"坐在我对面的那位贵妇人说，她身上满是奢华的钻石饰品，"我们期待你能来，明天晚上。"

"哦，等一下，你说明天？"我想起了一件事，心里暗暗松了一口气，"那我们就不能去了。父亲告诉过我，他打算明天坐飞机去旧金山。"

我转过身，顺着餐桌抬头望向父亲，想让他再确认一下。或者更恰当地说，是我在怂恿他拒绝邀请。

就在那时，一个汤盘差点在我面前滑落，上汤的女仆似乎没有托稳汤盘。一滴汤汁溅在我的礼服上，隔着轻薄的衣裙我感觉到一丝丝刺痛。

我的脸上不由得闪过责备的神情，女仆正低下头近身服侍我，她的脸上也浮现出一种适当的痛苦表情，或者说她表现得过于难受了。我原本打算对这种小事置之不理的，那样也许就会显得更为老练了。

其他人在继续交谈着，我急忙接过话题。"对啊，这并不是一个非常适合乘飞机旅行的好日子。"我赞同道，"那么，对于咏叹调来说是不是好日子呢？"

"对不起，小姐。"一个声音在我耳边轻声说。

这次我没有回头看，只是简短地回了一句："没关系。"接着又和客人交谈："父亲装得好像讨厌这种旅行似的，可我觉得他心里挺喜欢这样飞来飞去的。"

"哦，是的。"父亲装出一副可怜的样子，"飞过低气压区时飞机会突然下降，而那时我正试着刮脸，再没什么比这更让我享受的了。真是令人兴奋啊！我的意思是，你把剃刀放在了那儿，而你的脸会突然降到这儿。"

那晚就是诸如此类的谈话。那滴汤汁留下的污渍已经干了。

我怀疑一小时后我可能就会忘记这事了。可它又出现在了我面前。也可以说，印在了我的意识里。

客人们一走，我就上楼去卧室了。我立刻摆脱了礼服的束缚，换上一件毛线睡袍，四肢舒展地躺着，翻阅着一本书。突然敲门声响起，是那女仆站在门口向屋内张望。

过了好一会儿，我才想起在哪里见过她。她这会儿换了一件格子毛呢外套，头上压着一顶外出时戴的小帽子，帽檐还往下拉着。

"哦？有什么事？"

"我能跟您说几句话吗，小姐？"

"噢，当然可以。可你怎么还在这儿？我还以为你早就回家了。哎呀，都快十二点了。"

"我知道，小姐。我是故意等着的，好让您知道我有多么抱歉。"她走到那件搭在椅子上的礼服裙跟前——我从来不会把东西挂好——装模作样地仔细查看一番，看能不能找到弄脏的地方，"我希望您能原谅我，小姐。我真是无法原谅自己。"

对于溅落在身上的东西，即便是一下子泼溅了很多，我也可以视而不见。但我讨厌有人在泼溅之后在我身上拍拍打打，或者是想帮我清理干净。而在我看来，这就是她这会儿想要做的，即使只是口头上的。

"这不是多么悲惨的事，艾琳。"我说，"不要为此失眠。而且，那礼服裙也太特别了，我穿着就像从容器里蹦出来的俄式水果布丁。就我所知，稍微润湿一下看起来可能还会好一些。"

于是她摆脱了懊丧的情绪，但仍然没有离开。我一直拿着海明威的小说，没有翻页，手都举累了。

"可是，珍小姐，我要说的并不是那个事，而是造成那个的原因。通常我的手拿东西非常稳。"

"哦，那么，在那个时候你的手拿不稳了。这就是原因。现在我们讨论完了吗？"

然而讨论并没有结束。没有什么比温顺者的坚持更可怕了。或者我应该说那些表面上温顺的人？

"我要说的是那个飞机旅行。"

"什么飞机旅行？"

"小姐，瑞德先生的旅行。我听到他说他明天出发。您看，当时我就在您椅子后面。"

我想了好一会儿也没能完全听懂。我合上书，不解地看着她。"哦，十三号。是吗？上帝啊，艾琳，该长大了。"

她摇了摇头："不，小姐。日期本身不会伤害你。那只是一个数字。"

"很高兴你告诉我这一点。"我讽刺道。

"可返程的那班飞机很特别，从那里起飞的，那架——"她注意到我在看着她，"我知道这不是由我来决定——"

"哦，接着说吧，"我平静地同意，"我想听听这个。"

她偷偷地绞着双手，仿佛要把那些不情愿说出口的话用力挤出来似的。"坐那个航班对他不好。如果——如果他晚几天出发，就会晚几天回来。"

"哦，我明白了。"我语气冷淡地说，"你能提前知道这些事？"

"那样不好。"她又重复道，像在为自己辩护，"别让他走，珍小姐。那样不好。如果他明天出发——"

"那会怎样？"

"那就意味着他将在周一晚上乘夜里的航班返回。"

"是的，日程安排就是这样。怎么了？"

她的答话脱口而出，带着一种绝望，似乎不敢说出口，但同时更害怕自己会闭口不言："问题就在这里。那架飞往东部的飞机，一定会有什么事发生的。"

"哦，是吗？"我质疑道，"这些事在发生之前就已经有人知道了？"

"不，小姐，不是这样。"她的语气中略带责备，"你知道不是的。"

"好吧，艾琳。我不介意你在楼下喝上一两杯，但我确实不愿意你上楼到这儿来，借着酒劲跟我说些可疑的事情。"

"我没喝酒，小姐。"她低声说，几乎听不见。

我看了她一眼，立刻就知道她的确没喝酒。她的脸苍白消瘦，人也瘦骨嶙峋，哪怕只喝一杯，也会醉倒在地。

"你听说过预言家卡桑德拉吗，艾琳？"我问话的语气温和了一点,"我想她不怎么讨人喜欢。你不想变成那样,对吧?到处走动散布所谓的预言,真使人扫兴。你知道的,那样的话人们会想要避开你。"

她似乎露出了悔意。"对不起,小姐。"她说,"我不是故意要惹您生气的——"然后,她朝门口走去,"那个不是我说的,小姐。是我的一个朋友。"

"我明白了。你朋友是做算命这一行的。好吧,替我谢谢她,告诉她我在这方面不需要任何帮助。"

她睁大了眼睛,仿佛我说的话亵渎了神明。"哦,不,小姐。我本不该向您吐露一个字——"

"好吧,现在你已经告诉我了。"到了这会儿我有点累了,"晚安,艾琳。"

她无奈地接受了逐客令。她那瘦可见骨的喉咙抽动着,哽咽起来:"晚安,小姐。"然后她关上了门。

我继续翻阅海明威的书,读着他的作品,脸上还浮现出了微笑,其实那会儿读到的地方并不算有趣。

第二节

第二天我和父亲开车去机场。我在路上给他拍了一张快照,我的意思是在头脑里想象拍的。开车时我们一直在聊天,我转头看了他一眼——哦，没有任何理由，也没有想过要记录或保留他在那一刻的样子——就是两人并排坐在一辆车里聊天，你转头瞥了一眼，然后就有了这个印象。

在我脑海中仍然留存着那张快照，就像今天刚拍的那样清晰。如同真实的可打印的快照一样，会保存很久。它展现了现在已经消失的东西。

父亲坐在我身旁，显得那么刚健有力，那么英俊潇洒。也许是因为他那一头闪闪发亮的银发，与他身上其他一切年轻的东西形成了鲜明的对比，愈发突出了他的年轻与活力，这点我不太确定。但我确实知道，他给人的印象远远胜过你周围任何一位超过二十五岁的黑发青年，他是那么整洁、强健、轮廓分明、充满阳刚之气，随你怎么说都行。他的肤色很亮，气色红润，与此相对的是他那令人惊诧的满头银发，梳理得整整齐齐，在脑后和两侧都修剪得一丝不乱，和年轻人的发型没有什么区别。我望着他，看到了这银发对他的影响，于是就明白了为什么十八世纪的年轻人，不论男女都爱往自己的头发上扑白粉。

他下颌的轮廓很美，你可以看到腭骨清晰的线条，没有无力的下垂，也没有鼓鼓的赘肉。他说话时下颌在古铜色的脸颊下不停开合着，令人联想到力量。你想到了力量——或许这力量中还流露出些许固执，但固执没有占主导地位——你还会想到直觉决断力；最重要的是，哦，最重要的是会想到真诚。我不知道为什么，我不知道真诚和下巴有什么关系，按理说眼睛更容易流露出真诚，但是当你看到他那清晰的下颌轮廓时，不管他是闭口不言还是在开口讲话，你都会想到真诚。

他的眼睛目光清澈，晶莹透亮，充满活力。那是一双永不疲惫的青春明眸，永不厌倦眼前的一切。它们是蓝色的，有时几乎像灰色的，充满了善良和温柔。明眸发挥作用时，眼周的小皱纹会完美地表达出一种体贴与理解，远胜过其他任何事物。至少对我来说是这样，这种神情只有在看着我的时候才会流露，但在看别人的时候并非如此，所以我还不能强调这一点。

他把驼毛大衣的领子翻到颈后，他总是那样穿外衣，就像年轻人那样。不论是走动还是坐着，他都是毫不费力，他所有的关节都很灵活，没有因年老而变得僵硬。这会儿我们边开车边聊天，他把一个公文包放在腿上，往包里仔细查看着，以确保里面的文件都是正确的。我注意到他的包，乳白色的猪皮包，质地光滑，带有格子呢衬里，是我一两年前送给他的。

他只戴了一只手套，另一只摘掉了，方便在路上抽烟。他的手指结实而紧致，男人的手指就应该是这样，而不是那种纤细修长的。他的一根手指上戴着一枚金绿色图章戒指。从我记事起，这是他唯一拥有或佩戴过的珠宝。

他翻看着公文包里的文件。他把公文包的隔层恢复到原位，拇指向下按了按那个小小的铬质防护锁，把它固定住。那隔层是长方形的，像玻璃一样透明。记得当时我还注意到，他的拇指移开时，隔层像蒙上了一层雾气，然后又变得清晰起来，就像你对着镜子呼吸一样。有时我想，这就是我们给生活留下的全部印记吧，就像那样的一个薄雾般的、转瞬即逝的指印，即使我们不再触摸，它也会在瞬间变得雾气迷蒙。

这就是我存在脑海中的那张快照，依照他本来的样子，把他那一刻的形象完整地保留下来。而那快照上展现出的精气神现在已全然消失了。

我们到达机场的时候，还有一两分钟的空闲时间。我们坐在车里，停在行政大楼前，沐浴在淡白如水的阳光下。记得我甚至连引擎都没有关掉，因为只打算短暂停留。过一会儿我又要开车走了。我们俩谁也没有想到我应该下车和他一起进去。我进去又该做什么呢？这样的旅行实在不算什么。他已经飞来飞去很多次了，就像乘出租车去市区一样。

"你今晚打算去安斯利那儿看演出吗？"他风趣地问道。

"上帝啊，不！"我扮了个鬼脸，"很高兴有了借口就不用去了。"

"哦，顺便说一句，"他说，"如果本·哈里斯打电话来，告诉他一周后的星期天我和他比赛。如果可能的话，他应该把上次到场的那些家伙都请上。我喜欢他们。"

我伸出手指摸了摸额头，然后又指向车外。

"好吧，我想我该进去了。"他下了车，晃动着车门，俯下身吻了我。

"把你的领带系好,"我嗔怪道,"你就不能把结打在正中间吗?"说着我帮他整理好领带。

"这还有什么法律规定吗?"他干巴巴地问道。

忽然,我想起了那件事,不禁哑然失笑。"哦,有件事我忘了告诉你。昨天晚上一个女仆上楼来找我——你知道,就是那个叫艾琳·麦奎尔的——告诉我你不应该乘星期一的飞机回来。她的一个朋友的朋友的朋友会预知未来——我真希望你能看看她那副样子,事实上是她把地毯弄湿了。"

他想了好一会儿也没弄明白是哪个女仆。毕竟,那是哈钦斯太太的事情,而不是他该管的。"麦奎尔?是哪一个?"

"新来的那个。"

"未来会发生什么事?"他咧嘴一笑。

我打了个响指:"这个我忘了问她。"

他大笑起来。我也笑了。可是已经没有时间闲聊了。

"星期二早上见。"他高兴地道了别,带着公文包离开了。

"再见,爸爸。"

我松开离合器踏板,转身把车开走了,甚至没有等着看他走进去。这没什么。他以前也有过很多这样的小旅行,没必要太当回事。而且,我还要去见美发师,记得是约好了,我可不想迟到。

那天晚饭时,我独自进餐,是那女仆在服侍我。

她什么也没说,但神情很严肃,每次我们的目光偶然相遇,她就惶恐不安地低下头。再次见到她之前,我没再想过那件事,可现在又见到了她,自然就想起来了。

我能感觉到她很想让我主动提出那个话题,好给她一个开口的机会,而我却绝口不提。我为什么要怂恿她胡思乱想呢?

但是那双低垂的、饱含同情的眼睛最终还是占了上风。要是她一直低垂着眼睛就好了,或者就索性抬眼看着我。但每次目光相遇她都垂下眼帘,好像不敢看我似的。

"听着,艾琳,你能不能别在这儿制造这么一种悲苦的气氛?你看,我还要用餐呢。"

她顺从地退到餐厅门口。然后她就再也忍不住了。

"小姐,他走了?"

我不耐烦地把手伸向他的椅子:"你没看见他,对吧?自然他就走了。"

她再次提出了这个话题,接着又要退出,真是个典型的懦夫,莽撞挑起了事端却又想临阵脱逃。但我要阻止她,我要把这事彻底消除。"艾琳,上次那件事根本就算不上有趣。今晚我一点儿心情也没有。请给我来杯咖啡,就这样吧。"

"对不起,小姐。"她喃喃说着,退到了门外。

我有些不解地摇摇头,点了一支香烟。

星期六晚上我也是一个人用餐。又是那张不安的脸,又是那双低垂的眼睛,又是意味深长的沉默不语。

我把面前的盘子猛地向后一推,在椅子上转了半圈面向那个女仆。

"艾琳,我很抱歉这么说,但你让我心烦。"

"我什么也没说,小姐。"

的确是这样,她什么也没说。在我刚刚走进房间时,她只是含泪说了声"晚上好"。

"你不要这副样子。你一直在看着我,这一样让我心烦。"

"我有时候不得不看着你,小姐,看看我要去哪里,看看我要做什么——"

如果再这样继续争论不休,真是毫无意义。我仿佛被卷入了一场比赛,一败涂地却毫不自知,只感觉到令人沮丧的挫败感。你不能命令别人不要看你,你不能命令别人不去思考。

但她一直在不停地提醒我,让我想起什么。她仿佛把一种意识植根于我的头脑中。我所要做的就是看着她,让她待在我身边,来记住那件事。这与信念或轻信无关。这只是一种意识,但这点本身就很烦人。

我没有等餐后的咖啡,就起身离开了房间。

我在楼上的大厅里叫哈钦斯太太过来,好不容易她才听见。她是我们的管家,已经为我们工作十五年了。大约在我十六岁的时候,她开始在我的名字前面加上"小姐"这个词,刚一开始我就阻止了她。她并不具备职业管家的特点,也许正因为如此她才成为非常出色的管家。她总是让我想起那种温柔可亲、容颜已衰的邻家姑妈,脖子上围着一圈黑丝绒的丝带,说话声音很低,从不提高嗓门,也从不会盛气凌人地指手画脚。你几乎从未见她到处查看,然而房子却像时钟一样正常运转,不会出现一粒沙子堵塞它的运行。这真是一门艺术,我可做不来。

"亲爱的珍,用餐愉快吗?"她问我。

"格雷斯,能帮我个忙吗?请——"我很流畅地开了个头,却戛然而止,不知道该如何继续。我能说什么呢?我能让她怎么做呢?"让那个女仆不要一脸苦相?"听起来不太对。这样说根本就行不通。

"我——我——哦,没关系,忘了吧,我已经改主意了。"我结结巴巴地说,然后就径直转身离开了。

接下来见面是周日晚餐时。一般早上我只是在自己的房间里要一杯咖啡,然后别的女仆就会送过来。中午的时候,我几乎总是要开车出门。所以只有在晚餐时我才会见到女仆艾琳。

我走进房间,坚定地告诉自己,现在我们不能再这样了。我和她一样都有责任,我一直都在对她做出回应。如果我停下来,这一切就会自行停止。紧张的气氛是由我们两人一起造成的。

她帮我把餐椅拉过来时,我几乎带着斗志昂扬的喜悦对她说:"晚上好,艾琳。今天天气不错,不是吗?"

"啊,好极了,小姐。"她热切地回应道,"您出去兜风开心吗?"

"非常开心。你应该看看我带回来的花。"

她走出餐厅,拿了点东西进来,又出去了。

恰到好处地停留了一会儿,她又回来了。还没走到桌边,刚踏上餐厅门槛她就开始说话了:"我这辈子从没见过这么好的天气。阳光一直那么灿烂——"

"关于好天气我们已经达成一致了。"我温和地说。其实我真想加上一句,"你服侍我用餐就行了,没必要来逗乐我。"但这话似乎太伤人了。

她在我面前放了一个盘子,那盘子既不是很重,也不算烫手,却一直在颤抖。

盘子还没到桌面,我就从她手里接过来,又毫不费力地把它放下了。这样它就能放稳了,而不是像刚才那样摇摇晃晃的。

"你手抖得这么厉害。"我平静地说,"你不能让盘子晃成这样。"

可能是哈钦斯太太看透了我的心思,提点过她,叫她在服侍我时一定要显得高兴一些。这就像钟摆被调到了另一个极端。她也许担心自己会陷入沉默,于是就表现得过于激动了。对此我还不确定,但她这种变化显然更为糟糕。

"每年这个时候,像这样的日子是很少见的。如果这里的天气都这么好,想象一下周边的地方会是什么样子,这样的天气正适合你——"

她突然停下来，歪向一边，整个身体像打嗝似的剧烈摇晃起来。好像这还不够似的，她把手也举起来了，手心贴着嘴，像来不及阻止似的紧紧地按着嘴巴。她飞快地往父亲的餐椅那边扫了一眼，又迅速地把目光收回。接着她又把手放了下来，想掩盖刚才所有的动作。可显然是办不到了，她只能默不作声了，仿佛突然断了气似的。她开始跟跟跄跄地离开我，一步接一步地往后退，满脸都是惊骇不已的神情。

我觉得自己的喉咙猛然收紧了，不是由于惊讶，而是因为愤怒。我尽量不让声音中流露出怒气，说得很坚定、很平静。

"我父亲没有死，艾琳你没有理由演一出令人震惊的哑剧来提到他。"

我叹了口气，把餐椅从桌旁拉开。我这辈子还没开除过任何人。

我说："离开这里，我再也受不了了。帮我个忙，离开这里。从哈钦斯太太那儿领一个月的工资，然后——请你走吧。"

我看见她眼中闪着泪光，嘴唇颤抖着："我什么也没做啊，小姐。您这样太不公平了。"

我把脸扭到了一边。

"我很抱歉。你开启了一件事，一件我似乎再也无法控制的事。我不会生你的气，这样能让你好受一些。我不是在责怪你。只是——只是你离开对我们俩都有好处。"

她猛地低下了头，我想是为了不让我看到她那涨红的面孔和悲愤的哭泣。然后,她转过身去,不是在原地,而是沿着一个圆形的小轨道。她转弯时,这个小轨道会带着她向前转,就像推着一辆小型轮椅似的。然后,她踮着抖抖索索的小碎步奔出了房间,就像日本女人那种传统的小跑一样。

这是我见过的最荒唐可笑的离场。一瞬间我觉得自己刻薄无情。但我是依照自己的感觉行事的,要对自己诚实,还能有别的选择吗?

我把她逐出我的脑海,就像把她赶出了房间,赶出了屋子一样。她远离了这所有的地方,我以为这就是结局了。

接下来是星期一,阳光灿烂直到中午,转眼暮色渐进到了晚上。安全、平安、自信,这些习惯不会很快被打破。要改掉任何习惯都需要时间,不管是好习惯还是坏习惯,它们对我的影响仍然很大。那时候世界上还没有恐惧,没有惊恐不安。我平稳地开着车,披着宽松的羊绒大衣,沐浴着温暖的落日余晖,享受着迎面拂来的凉爽微风。我停下车加油,给那个帮我加油的家伙五毛钱小费,因为他的眼里露着友好的笑容。很可能我在他眼里看到了自己的倒影,那也没关系。

"那边有船。"他羡慕地说。

"艾琳是个好女孩。"我心里承认,"从不跟我顶嘴。"

我开着车飞驰而过,看见一个小女孩站在一个村子的十字路口向我挥手,我也伸出手臂朝她挥舞。记得我还是个小女孩的时候,我也喜欢像她那样冲着移动的东西挥手，没有得到回应时，我会感到很难过。我不想让她难过。

我看了看表，已经快六点了。"我最好掉头回去，"我对自己说，"没必要回去太晚，给他们厨子添麻烦。"

我一整天都在想着父亲。按照我们这里的时间，快六点了。这意味着太平洋沿岸快到三点了。两个地方有三个小时的时差。他还会在旧金山停留六个小时，在当地时间九点起飞。

然后我想到了女仆艾琳，或者——我可以这么说吗？——我想到了她一直想说的。她的微笑在我脑海中时而浮现，时而隐没，她还在那里，敲着我心灵的门。我不会开门让她进来的。一旦跨进门槛，她就不愿再走开，也不会让我离开。

太阳落山了，我身上已无暖意。那是由于时间太晚了，而不是我自己的感觉。冷风乍起，我稍稍裹紧了外套，低低地缩在车座里，尽量让自己暖和一些。

我路过了一家西部联盟电报公司，从后视镜里看到它在缓缓后退。突然，我把车斜向了路边，掉了个头，慢慢地往回开，想重新回到刚才的地方。

我停下车，走进去。我敢肯定，当时我没有进行任何有意识的思考，比如：我要进去了，我要在这里做这件或那件事。我就径直走了进去。

我在一张书桌前坐了下来，抽出一叠空白纸，拿起一支他们公司提供的带链子的铅笔，开始草拟电报：

哈兰·瑞德

瑞德＆塞维尔公司

市场街，旧金山

乘火车回来而不是——

然后我松开笔，停了下来，环顾四周，并没有留意自己在看什么。天花板上那个乳白色的吸顶灯已经亮了，虽然外面夜幕还未降临。一个身材矮小的送信员，看上去只有十二岁左右，但实际年龄一定会大一些，穿着橄榄色制服，坐在旁边的长凳上晃悠着双腿，等待下一份电报发出。站在柜台后面的那个人，不停地用铅笔尖戳着一条信息，不假思索地数着信息的字数。墙上那块巨大的白色标签构成了一本活页日历，最上面一页写着一个黑色的"16"。

我又低下了头，把刚才的电报草稿揉成一团，扔进废纸篓里，重新开始写。

哈兰·瑞德

瑞德＆塞维尔公司

市场街，旧金山

乘周二的飞机而不是今——

这样写更糟。

我不禁问自己，我为什么要做这些？我找不到任何答案。因为感到不安吗？不，当然不是。因为害怕吗？不，也不是。我真的相信那些胡说八道吗？别犯傻了！那么还有什么其他原因呢？

你知道他会说什么吧？他只会哈哈大笑。他会第一个出来笑话你。之后他还会一直拿这件事取笑你。

不，最好别去发电报。

我把铅笔扔了回去，它落在了玻璃板上，固定它的小珠链拧成了一个复杂的阿拉伯花饰。

我起身向门口走去。接着又回来把没写完的电报草稿撕掉，这样地址就不会落入任何未经授权的人的手中，我把它揉成一团，也扔进了废纸篓，然后头也不回地离开了。

回去的路上很冷。太阳已西沉，道路昏暗，寒风凛冽，我很高兴自己回家了。我独自驾车很少会以这样的心境结束。

哈钦斯太太今晚安排了一位体态丰满、友善可亲的瑞典姑娘来服侍我用餐。她是新来的，笨手笨脚的，但她每次走进房间，似乎都能使房间暖和起来。我不明白为什么我意识到这个房间仍然缺少温暖。阴郁的气氛没有变化。既然另一个已经走了，留下的是我，那气氛肯定是从我身上发出来的。这次的过错一定在我。

我说：“你说你叫什么名字？”

"茜格，小姐。"

"你能过去把那个开关打发了吗？门边的那个，就是那个。"

"打发了，小姐？"她不知所措地说，伸手去够开关。我猜想她以为我的意思是把开关从墙上拆下来扔掉。

我微微一笑，但笑得不如前次那么灿烂。"用你的手指让它的一端翘起来，我是这个意思，就是这样。"

房间里突然亮了起来，我俯身吹灭了那些可恶的蜡烛。直到现在我才意识到我不喜欢蜡烛。在我看来，也许目前还是没意识到。我不明白为什么突然开始讨厌蜡烛了，尤其是在它们点亮的时候，在用餐的时候。

女仆茜格满意地点了点头。"这样更好一些。这些个小玩意在教堂里用很好，在家里用不合适，弄得很昏暗。"

那晚余下的时光浮现在我脑海。像一幅幅插图，每个片段都是分开的，但所有的画面连接在一起，就形成了一部连续的电影。我看见自己仰面躺在客厅里一张鼓鼓囊囊的软垫椅上，摆出一副极其反常的慵懒姿势，如果有第二个人——除了父亲以外的任何一个人——跟我在一个房间里，我决不会展现出这种姿势。我身体的大部分是悬在椅子座位和地板之间的，在座位上陷得这么低。肩膀几乎与座位齐平,脑袋只高出座位一点点。双手紧紧握在一起，身后放着一个垫子。双脚交叉着，远离椅子，像独立的肢体一样上下抖动着,下面那只脚的脚跟还在地板上打着拍子。在我身旁一侧,一个硬木橱柜的表面上裂开了缝,闪着亮光,传出低沉的打击乐声。我的鞋子孤零零地立在一旁,就像一对送走了船客停在海滩上的小船。椅子旁边放着一只小小的水晶茶托,卷起来的茶托边缘上搁着一支香烟,散着一缕烟气,犹如一根纤细完整的灰色棉线,时而一股,时而两股,扩散开去,熏染了高处的一大片空间。

就是这么一个居家的夜晚。千百人都曾经历过这样的夜晚,依然有千百人将要经历这样的夜晚。满足惬意,却又空虚无聊。一切都难以描述,一种情绪,一种状态,而不是一个发生的事件。

心境平和时,你会唱歌。已经有音乐了,你就加入进去。唱歌我从来不擅长。要唱普通的音调或高音的曲谱,对我来说是难以驾驭的。但如果用低音哼歌,我就能保持音准不变。反正房间里一个人也没有。我加入了音乐里的那个男声,跟着他逐字逐句地哼唱着。

突然,我从椅子上跳了起来。鞋子留在原地不动。那缕灰色的轻烟弯了下去,渐趋平缓,然后又慢慢地回复到原先的形态,又开始往上飘散。我弹了弹什么东西,橱柜里吟唱青灰色新月的乐声消失了,它又成了一件普通的家具,陷入寂静的黑暗中。

我回头看了看刚才坐的地方,手轻轻地放在了前额上。那是我吗?我当时动作太快了吧?为了什么?怎么回事?究竟出了什么事?

我没有再坐回到椅子上。房间显得比之前更空更大，似乎有什么东西消失不见了。一定是一种气氛，一种内在的东西，因为屋里的家具陈设都没动过。所有的灯都还像以前一样亮着，但它们的热量和光芒都消散了一些，仿佛被调和、被冲淡了。一人独处，发现这个房间非常大。周围的空间太大了。夜深了，外面一片漆黑。这些事情我刚才都没有想到。

突然发现我不喜欢音乐——至少不喜欢刚刚演奏的那首曲子——就像突然发现我讨厌餐桌上的蜡烛一样。

我拎着鞋带捡起鞋子，穿着丝袜轻手轻脚地走过去。我反手一按，把灯关了，根本没有回头看。这个片段就这样结束了。

然后是另一个片段，更为简短。我在楼上卧室里，坐在那张小小的丝绸凳上，对着镜子。完全看不到脸，后面只有裸露的颈部，前面是一绺绺垂下来的头发，像帘子一样遮住了脸，一把梳子在有节奏地梳理着头发。忽然那梳子停了下来，一动不动。透过头发的缝隙，我刚巧看到一个帐篷形状的可折叠小闹钟，就在梳妆台上。十一点三十分。正是上床睡觉的时间，只要不想参加外面那些无聊活动，我通常都是这个时间休息。但也没必要突然停下来，我只是为了确认下时间。

我一直盯着闹钟看。我把头发分开一些，留出更宽的缝隙，让脸也露出来了。然后转过身，回头看了看床。不是在床上，而是在它旁边的架子上，放着一部电话。

接着我又转回来，看了看向后倾斜的钟面。十一点三十分。父亲那边就是八点三十分。我立刻放下梳子，猛地把头往后一仰，遮住脸颊的那缕头发都竖了起来，却又被甩到了脑后。

我走过去，坐在床边拿起电话。"请给我接长途电话。我要打一个叫人电话。我是珍·瑞德，想和加州旧金山皇宫酒店的哈兰·瑞德通话。"

我留下号码，挂断电话。我被自己吓到了。今晚我究竟是怎么了？这样做是为了什么？在所有人中，只为了他。我没法再和他说话了。哦，他会当面冲着我哈哈大笑的。我最好在电话接通之前取消掉。

我的手向电话稍稍伸了伸，然后停下来，又缩了回去。我的手似乎下不了决心，就像我的头脑也拿不定主意一样。

我起身又回到镜子前，在旁边坐下。梳妆台上摆了些我不打算用，也没用过的小玩意。我一件接一件地拿起，再把它们逐一放下，像在做一份库存清单。

突然间，那种早已熟悉的像长笛演奏时的小颤音飞旋而起。我吓了一跳，全身都在打战。我之前从未被电话铃声吓到过，现在却受到了惊吓。当你的人生之路进入了恐惧的晦暗地界，就会遇到许多的第一次。

我飞奔过去，把电话紧紧抱在怀里，手臂紧张得像要痉挛似的。我知道我现在就要告诉他，恳求他，我的确相信那件事，即使只是为了这短暂的一刻——

"瑞德小姐?"

"我是瑞德小姐。"

"对不起,我们无法为您接通电话。旧金山的皇宫酒店通知我们,哈兰·瑞德先生几分钟前刚离开。"

我挂了电话,浑身瘫软。

勇气悄悄回来了。勇气会带有畏缩的印记,怯懦也会套上勇敢的光环。勇气染上了酸葡萄的色泽:哦,好吧,问题就这么解决了。这不是你能控制的,这已经是最好的结果了。一开始你就知道不应该那样做,幸好你没让自己变成一个哭哭啼啼的小傻瓜。你应该心存感激。

我走过去,把灯都关了,只留下那盏床头灯,打算再看会儿书。房间里只剩下一片晦暗泛黄的微光,如同壁炉里明灭可见的炉火。

我拿起闹钟,上好发条,把它放到灯下的梳妆台上。我把选好的那本书也带来了,还是之前从书房搬到楼上的。

我解开腰间的衣带,脱掉白色睡袍。床罩上的三角装饰被折了回去,我把它全部掀开,钻进了被窝。

"他明天就回来了。到时候你就能见到他了,告诉他今晚你差点做了什么。这样情况就两样了,你事后再告诉他,而不是当时就做。你们俩都会觉得好笑的。"

我用打火机点燃一支香烟,拿起那本书,身子向后靠着,陷进那轮如鸵鸟蛋一般的光圈里。

"啊！马侬，马侬，"我叹了口气说，"太晚了，你把我惹哭了。"

我的目光离开了那页书，差十分十二点。他差不多要到了。他从来不会到得太早。我的视线又回到书上。

"太晚了，你害死了我。"

我不得不重新开始。

"太晚了　　"

我看不下去了，这样毫无意义。书从书套中往下滑了一点，还没合上。我拨了电话。

"还是长途，请快点。珍·瑞德，就是这个号码。叫人电话，找哈兰·瑞德。旧金山机场，洲际和西部的，行政楼。他订了九点钟飞往东部的班机。哦，别重复我的话。请快点，有急事。"

我挂了电话。

我以为电话永远不会响。真是太难了，我用胳膊肘支撑着，俯身向前，撑在电话上面。我的手指无声地敲打着被罩。被罩上折出一条短线，一条折痕，一条褶缝，来来回回地变化着。然后被罩卷到了我的头发上，我的头发已经整理好了，似乎是被罩想确认我的头发已打理过，想摸摸我的头发是不是理顺了。幼稚的事情在我的脑海里时时浮现。也许离电话太近会让它窒息，会让它接收不到——远离它，给它空间来接收铃声。

我把手放在电话上面，等待着。我又把手拿开，伸出手指敲了它两下，就像给狗下指令让它加快速度一样。

突然那颤音响起，铃声如此之近，简直像从我的胸膛发出似的。

"瑞德小姐？"

"是我！是我！"

"很抱歉，机场一直无法为我们联系到哈兰·瑞德先生。九点飞往东部的飞机已经起飞了。"

我自己的闹钟仍然是差四分钟到十二点。

我的声音有点干涩，不得不费力地问道："接线员，现在准确时间是几点几分？"

"现在是东部标准时间十二点零一分。"

十分钟后我动了一下。我有闹钟在身边，所以知道已经过去了十分钟。钟面显示是十二点零六分。我伸手去够闹钟，拿了起来，然后把它往前调快了五分钟。然后我把闹铃定到七点半，把闹钟放回原处。刚刚那十分钟，我一定是在灯下静静地坐着，不记得做过任何事。我一定是睁着眼睛坐在那儿——却没看见外面的任何东西。

我把灯灭了，它投射在枕头上的那束幽灵似的光，一下子就消失了。过了一会儿，在黑暗中，音乐又响起来了，就是我晚上早些时候听到的音乐，起初乐声轻微而不真切，后来愈来愈响，就像一台正在预热的收音机，终于在我的脑海中噪声沸腾。

我在黑暗中猛烈地挣扎着，用双手抓住枕头的两头，把它紧紧地蜷曲在头的两侧,痉挛似的捂着耳朵。但音乐并没有停止。它已经进入我的头脑,怎么还能挡在外面呢?然而,不知不觉中发生了变化。歌词和旋律都变模糊了,似乎在渐渐远离。只有那节奏还在,乐声减弱了,节奏却越来越快,竟然变成了飞机沉重的引擎在空中旋转的轰鸣声和悸动声。每当飞机从头顶飞过,我们都经常会听到那种熟悉的声音。渐渐地轰鸣声消退了,减弱了,消失了,逃遁到千里之外,越过了记忆的边缘。就在这令人心碎的时刻,一切都归于沉寂,不安的睡眠开始了。

过了一会儿,闹钟响了,天已经亮了。父亲快到了,他要进来了,该起床去迎接他了。

我拉开窗帘,太阳就像刚开采出来的一大块铜矿石。夜里出现的奇思怪想和恐惧担心都消失了。太阳能触及心灵的每一个角落,清除夜晚留下的烟灰和阴霾。感官法则重新完全支配了一切:只有你能看到、摸到、听到的才是真实的,只有这些才是真正存在的。

我走进浴室,没有一丝热度的淋浴喷洒而下,肩膀似被冰冷的水刺痛抽搐起来,我依然毫不畏缩。我一直都很骄傲地坚持用冷水淋浴。洗浴完毕,我的嘴唇也足够干了,我吹起了口哨,一边用毛巾擦干身子穿衣服。

楼下送来了一杯咖啡。我喝了咖啡,穿上外套站在桌旁。我拒绝了其他的餐点,告诉仆人我和父亲一起回来后再共进早餐。

我把车开得飞快,因为心情很好,即便招来警察追我,我也不会介意的,只是为了好玩,但是没有人追我。靠近城区时,我放慢了车速,这样就不会撞到什么东西或者伤到什么人。从另一端穿出城区时,又开足了马力。风力也很足,把我披在身后的头发吹成了一道直线,几乎把发卷都吹没了。

我提前五分钟就到了,把车停好,步行回到候机室。航班的信息已经在公告栏上了,注明八点半到。我在柜台买了一包香烟,然后漫无目的地闲逛。我在一个旋转书架前站了一会儿,翻阅着杂志,并不是真心想买,就随它们去了。然后我走过去坐下来,抽了一会儿烟,感觉非常惬意。我掏出随身携带的小镜子照了照,想看看自己的面容是否处于理想状态。

我不经意间抬了下头,看见一人走了出来,爬上一个轻便的梯子,正从可调节的航班信息公告栏上取下一块模板,上面写着"旧金山——上午八点三十分"。公告栏上留下了一处空白。

我起身走过去把他拦住,他正夹着那块模板往里走。"这航班随时都会到,是不是?我的表都二十九分了——"

他看着我,干脆地摇了摇头。"已经晚点了。"他闷声说道,继续往前走。

我又一次拦住他。"哦,会有多晚呢?你能告诉我吗?我特地赶过来接机的。"

"这很难说。"他出言谨慎。

"好吧，帮我问问看，拜托了。问那边办公室里的人，他们一定知道。"

他走进办公室，关上了门。我就在和他搭话的地方等着。片刻后他又露面了，说道："我们不知道航班什么时候抵达。你在这边等着也没用。最好还是回家吧，然后上午再给我们打电话。到时候我们也许会有更明确的——"

"但你们应该知道，"我坚持道，"到这里之前的上一站是哪里——匹兹堡吗？飞机是什么时候离开匹兹堡的？我能进去一会儿吗？"

"对不起，小姐，办公室不对公众开放，稍等一下。"说着他又进去了，然后换了个人出来了。

这人有些心不在焉，我注意到他即使在对着我说话，也好像在想别的事情，我真不喜欢这样。"如果你愿意，可以把电话号码留在机场这边。"他说，"我会让人尽快给你打电话的——"

"飞机是什么时候离开匹兹堡的？"我又问了一遍。

他先是看了我一会儿，似乎不打算回答，然后又说："还没到匹兹堡。"

"嗯，遇到麻烦了吗？发生什么事了吗？飞机什么时候离开芝加哥的？"

他看向另一个人，低声嘀咕了些什么，听上去像是在说："她有权知道这个消息，反正过会儿就要公布的。"他说着转身又走了进去。

"太平洋时间昨晚十一点起,也就是离开旧金山两小时后,就没再收到那架飞机的消息。"

那人出来继续跟我说话,但我几乎没听见他在说什么。我想大概在安慰我,告诉我不要担心,一切都会好的,他们没有得到任何确切的坏消息,根本就没有任何消息。他陪着我往停车场走了一段,一直走到候机室的门口。我想,他是为了让我离开这里,可能还做了很多其他的事。这正合我意,很高兴终结了他对我的短暂护送,正如他也肯定不乐意护送我。

然后我又回到了户外。阳光依旧灿烂,照耀着万物,景物投下的影子仍然是深蓝色的,清晰可见。人在影中穿行,天空依然碧蓝如镜,两三朵白云点缀其间,像洗发水溅起的泡沫,又像是有人用海绵随意甩出似的。一切都看上去清清爽爽,洁净如洗。

我回到车里,发动了引擎,然后在车里坐了好一会儿。我知道,如果想要车开动,就必须把脚踩在油门上,但我没这么做,似乎太麻烦了。

我原本还想在车里多坐一会儿,但后来停车场的一个服务员过来了,试图来帮忙。他听到了引擎转动的声音,却没看见车有动静。

"您遇到什么麻烦了吗,小姐?有什么地方出问题了吗?"

"不。"我没精打采地说,"不,车没出问题。只要愿意,什么时候都能开动。"我就踩下油门给他看,接着就把车开走了。

回家的路上我开得很慢,几乎像在爬行。我总是忘记保持车速,车子就会越开越慢,几乎要停下来了。然后我就会记起必须要打起精神来,才能把车继续往前开。

我整个人都不在状态,木讷呆滞。我知道目前情况还不算太坏,一旦所有的精气神都被消磨殆尽,接下来发生的事才会更糟糕。

我要开车回家,就得从城区的另一头穿越这座城市。晴朗的日子里,这城市沐浴着阳光,愈发显得熙熙攘攘,生气勃勃。商店的橱窗闪耀着光芒,如同阳光下的镜子一般闪亮夺目。建筑物的墙面是石灰岩或花岗石材质的,在天空的衬托下处处凸现出来,看上去像是新近打磨擦亮过的,一尘不染。人们三五成群地逛来逛去,每个人留下了小小的影子,像一滴滴深蓝色的墨水,无论走到哪里,影子都紧紧跟随。甚至连人行道都微微泛着亮光,路面还嵌着细小的云母颗粒。

停下来等红灯时,我想着他本该坐在我身旁,穿着那件宽松的外套,衣领往颈后翻起,公文包放在膝盖上。应该是我们两人欢声笑语一路相伴,而不是像我现在这样独自坐在车里,一言不发。我转过身来,望着身旁的空座位,伸出手轻轻地抚摸着,带着一种无言的渴望,然后又收回手继续开车。

开了一段路,我看到一辆给书报亭送报纸的卡车停在了广场上,正在卸载一份新出的报纸。我上前示意一个经销商,送一份报纸到我车上。一摞摞报纸都捆成了大方块,他刚刚把捆扎的绳子切断。

报纸上已经有了消息，但基本上都是我已经知道的。现在只是印刷出来而已，没有透露更可怕、更悲惨的结局。"据报道一架载有十四人的飞机失踪。最后的讯息来自落基山脉上空。正在组织搜救小组……"

痛苦如潮水般涌来，悲伤的泪水夺眶而出。我把报纸胡乱拧扭成结，任由它滑落在踏脚板上，然后又掉落到街上。我又从路边慢慢把车开走了。

从仆人们的表情可以看出，他们在家里也已经听到消息了。他们一言不发，也没问为什么父亲没出现在我旁边的座位上，沉默比什么都能说明问题。他们的策略就是闭口不言。也许他们是对的，问或不问都会伤人，不管怎样都会让我心痛。

我想去房间一个人待着，可又不得不先和他们打个照面。

我注意到哈钦斯太太在看着我。"我白跑了一趟。"我说着，故作坚强地冲她一笑。

我犯了一个错误，走进了餐厅，真让他们措手不及。他们为欢迎我们回家精心准备了早餐，还未来得及撤下。

"你们可以把这些东西通通撤掉。"我说着，猛地转过头去。

"就来一杯咖啡好吗，小姐？"茜格恳求道。

"不，谢谢你。可以给我一杯白兰地，我带到楼上房间去。"

她拿着白兰地出来时，不得不去找我。她发现我站在收音机旁。

我知道收音机是他们早已打开的,因为弯月形刻度盘外面的小块玻璃屏摸起来是温热的。

"收音机里有什么消息了吗?"

"没有,小姐。只说了怎样烤蛋糕。"

"每个小时的整点都有新闻播报,在这个台,在最后面的这个台。不要换台,你们中得有一个人一直听着。我在楼上,如果——如果听到什么消息,就来叫我。"

她当即对着收音机蹲下来,一大片裙摆拖在了地板上,看上去非常滑稽可笑。但我却没笑出来。我想她大概是以为离收音机那么近,就可以催消息快些来。她的眼睛里含着泪珠,冒着雾气,只待我允许,她立刻就会泪如泉涌。不论谁遭遇不幸,她肯定都会陪着大哭一场。

我不想让她为我哭泣,于是我径自上楼哭了起来。

"每个小时的整点。"这一词语此刻具有一种前所未有的特殊含义,我已经不知不觉地听到它重复了几千次,插入到别的话语中。有些词语注定被忽略,一闪而过,然后开始播报正式的节目。但我知道有一件事是确定无疑的:只要一听到那句模板式的播报语,我就会不寒而栗,头脑中痛苦的记忆就会又一次醒来,又一次刺痛我。这意味着,在未来的所有时间里,这一天的这几个小时都将会永远留存。慢慢地,慢慢地,一小时一小时地挨过去。

从机场回来后,到了中午才有人找我。他们派了人来敲我的门,我下楼时在楼梯上遇到了来人。我和他们一样在紧张地计算着每分每秒。

我走进了客厅，他们都聚集在我面前，一动不动，一言不发，全都是屏息凝神的样子。哈钦斯太太站在收音机柜旁边，伸出手摸着一个柜角，仿佛在担心如果她抬起那只手，即将传来的讯息将会自动停止。瑞典姑娘茜格又紧挨着柜子蹲在地板上，在我看来，她是一直都待在那儿了。另一个女仆贴着墙站在通道中间，就在门口和收音机柜之间，很不起眼地靠在柜子上，把双手藏在了身后。司机在客厅入口的外面，那里正是适合他的位置，除非有人叫他，不然依照他的职责他是不应该进房间的。厨子在更靠后的地方，站在厨房门口，从她的领地迟疑地探头张望，紧张地侧耳倾听着。还有威克斯也在，他是我们的男管家。

我悄悄地走进他们中间。我发现他们都尽量不盯着我看，避免引起不快。有人轻轻地挪动了一把椅子，示意我坐下，但我摇摇头走到窗前，背对着他们站在那儿。

"每个小时的整点播报，最新的新闻快报。从昨晚十一点起，失踪的洲际航空的客机就再没有任何消息。机上有十四名乘客，据信飞机是被迫降落在落基山脉附近的某一区域——"

我深吸了一口气，想要上楼回卧室，把他们所有人都留在身后。忽然一转身，发现屋里已空无一人。他们全都走了，全都很有技巧地溜了出去，很可能是哈钦斯太太悄悄发出了信号。

我从窗边走开了。收音机还在播报,一再重复着,着实令人厌恶。"对于那些晚到的听众,我们再报一次:洲际航空的客机没有任何消息……"我赶紧走过去把它关掉,然后就上楼去,爬着空荡荡的楼梯,经过那一扇扇细心紧闭的房门。

我没有哭,我几乎都没怎么哭。哭泣是为了小小的悲哀,而不是为了这个巨大的悲痛。我在梳妆台前坐了很长一段时间,忍受着内心的折磨,前额靠在台子上面,双臂交叉放在头顶上。安安静静,一动不动。一个小巧的雕花玻璃瓶倒在我身边,我看到了,但根本没去理会。

我一点的时候又下楼了,然后是两点、三点、四点,每次都看到众人脸上悲伤、痛苦的神情,如参加悼念会一般。"每个小时的整点播报,最新的新闻快报。每个小时的整点播报,最新的新闻快报。"然后就再没别的消息了。听得我简直要发疯了,这播报声不仅在房间里萦绕不散,还侵入了我的头脑,没有任何办法可以阻止它,仅仅靠关闭收音机的调谐钮是不行的。"每个小时的整点播报,最新的新闻快报。每个小时的整点播报……"

大约四点半左右,门外响起了怯怯的敲门声。刹那间,一股希望的火苗从我体内蹿出,猝不及防却又很快就熄灭了。我还没来得及朝门口看一眼,或者起身向门口走去,它就听不见了。敲门声中充满了怯意和不确定,不可能带来任何消息,无论是坏消息还是好消息。

我打开门，茜格站在那里，手里举着一个小托盘，上面放着一杯热气腾腾的咖啡，脸上带着一种无声的恳求。她甚至不敢要求我接受，只是小心翼翼地把咖啡送过来，准备一有拒绝的迹象就收回去，以免打扰我的痛苦。老实讲，这就是她正在做的事。

我接过她手中的咖啡，打发她带着脸上的表情尽快离开。倘若拒绝了咖啡，她可能会在门口逗留并一再恳求，我可不想承担这样纠缠的后果。我关上门，把杯子随手一放，之后就再也没有碰过。热气慢慢地升起、耗尽，咖啡留在那里，静静地变暗、变黑。

我意识到，恐惧和悲伤笼罩在我心头并不是由于灾难本身，也不是因为灾难带来的伤害，而是因为有人预先警告过要大祸临头。这里面有一种奇怪的、令人冷汗涔涔的恐惧，一种恐怖，一种——我也不知道究竟是什么。噩梦般的感觉死沉沉地压迫着我。最具毁灭性的事情已经来临，之后也不会再发生，即便这样，也不能让这种压迫感减轻半分。是的，如果没有预警，听到这样的消息仍然会感到悲痛震惊，如同在大白天遭遇雷击。可现在，我是在自己制造的黑夜，在心灵的混沌之夜被霹雳击倒，更是悲痛欲绝。

我心乱如麻地尖叫起来：这些事情谁也不能未卜先知！不可能！这不是真的，这不是真的！

每次都有低声的应答：但这是真的。你知道的。不要让你的心欺骗自己。有人告诉你了，你知道的。她来找过你，告诉你了。她走到你面前哭泣。她冒着被解雇的危险——最终还是被解雇了——

只是为了来告诉你。

不是这样的！这不是真的，我跟你说！（椅子被推倒了，已经翻倒的小香水瓶掉在地上。）我不要！我简直不敢相信！午夜一架飞机的引擎出现故障，坠毁在山坡上燃起大火。但是就在一分钟前、三十秒前，直到引擎出了问题，就连坐在它前面的飞行员都不知道将会发生什么。那架飞机上没有一个活着的人会知道灾难即刻来临。事情就是这样。任何事情的发生都是由仁慈的上帝来发号施令。可是你还想对自己说，一个远在三千英里之外的姑娘，就在东部，整整两天、整整三天之前，就知道空难会发生吗？一个小女仆，一个小苦力，一个什么都不是的——

但是——得到的答案是那么低沉，那么平静，却又那么不可避免，如同耳边的低语：

喂，往这边看，朝门这边看。就在这把椅子的位置。那天晚上，她就站在这个房间里，就在你现在看到的这个地方。她没有来过这里吗？她不是这样拧着手，想找个合适的词语来表达吗？打开衣柜。看那边，在透明包装纸的下面，往左边看，看那件飘逸的白色礼服裙。如果你把裙子拿出来，上面有一个斑点，是她的先见之明和恐惧让裙子上有了这污渍。

珍，喝点白兰地。不要让这些想法钻进来。一直喝不要停，直到你把这些想法统统淹死、烧光，把这些念头都清除。如果你一定要的话，转过身来，摔倒在地，但不要让那些想法进入你的头脑，胡思乱想会让你疯狂。

他们敲了敲门，想知道是怎么回事。我推倒了那么多椅子，打翻了各种东西，跟跟跄跄地走来走去，心里已充满了恐惧，却还在摸索着寻找答案，喝多少白兰地都不会对我有这么大的影响。

"不，我没事，别在意。"我喊道，"给我拿点白兰地来。把整瓶酒都送上来，放在门外。"

预知的信息没有低声告诉你吗？你没有从她那儿得到暗示吗？连间接的消息也没有吗？骗子。懦弱的骗子。那你昨晚六点为什么停下车，走进电报公司，想去发电报？你为什么要在夜里十二点之前，就在这个房间，给他住的旅馆打电话？你为什么要在十二点的时候又一次拿起电话，打给机场，做最后的尝试？

你否认做过那些事吗？你无法否认。如果你承认做过，你会否认有不祥的预感吗？你不否认。如果你承认有，你会否认那预感是来源于她吗？你也不能否认。如果你承认她是那预感的来源，你会否认是她事先得到了警告，并试图把消息传给你吗？

白兰地，快点，白兰地！把能喝的白兰地都喝了。

这样不行，没有什么好处。那些想法比酒精更强大。它们像一团倒转着的火焰，迅速地向下燃烧着，就像先前的敲门声响起时一样，闪着蓝色的火苗，转瞬又熄灭了。

你的手冰冷，你在发抖。你洒的酒比喝到嘴里的还多。你四五岁的时候，第一次去主日学校，他们告诉你关于上帝的一切。你以前从没听说过，但并不害怕。因为那些都是正面的。那时你四周有围墙，头上有屋顶。现在你二十岁了，你吓坏了，吓得要病倒了。因为这些负面的东西把你的围墙拆了，把你头上的屋顶也掀翻了。你现在孤身一人，一丝不挂，在暗夜的冷风中显得那么渺小。

没有人会未卜先知。没人能做到。

有人能做到。某个人就做到了。

这时有人跑过来敲了敲门，不等我应答就叫喊起来。

"新闻里有消息了，瑞德小姐。您最好快点下来。"

我推开门，与来人擦肩而过，一路跑下楼梯，身上的睡袍像信号旗一样从肩头飘散开来，那瓶被遗忘的酒还拎在手里。

我已经错过了新闻。"　　从昨晚十一点起。"但播报还会再重复的，播音员依然在线。刚刚播送的不可能是好消息，我注意到他们谁也没有打算告诉我新闻里究竟说了什么。他们蹑手蹑脚地走出房间，只留下哈钦斯太太一个人在门边徘徊，似乎想看看等会儿她是否需要帮我一把。

我发现自己手里还拿着酒瓶，便心不在焉地把它放下。新闻播报又开始了，我低垂着头，一动不动地站着。

"对于那些晚到的听众，我们再播报一次。载有十四名乘客的洲际航空公司客机失踪，大约一小时前被救援飞机发现。客机坠落在积雪的山坡上，位于一个偏僻、人迹罕至的地方。据报告没有生命迹象，也不太可能有幸存者。地面救援人员可能还需要一些时间才能到达现场。从昨晚十一点起,一直没有该客机的任何消息。"

我伸手把收音机关掉。

哈钦斯太太挪动了一小步,回到我身边。

我用手轻轻地挡开了她。"没关系。"我平静地说,"我要回房间去。"

她喉咙里哽咽了一声,转身离开了。

随后,我又回到了自己的房间。我想我是自己爬上楼的。整栋房子寂静无声,哀恸一片。外面天色仍然很亮,光线像滑石粉似的从窗子里透进来,但那是一种短暂的光亮,亮到极致就会消失。如同火柴一样,火苗熊熊燃起之后,瞬间就会熄灭。

我发觉自己已换好裙子,从衣柜里取出一件外套,从木制衣架上拿下一顶帽子。我四处走动着,好像马上就要动身了。好几次看到自己的影子在玻璃镜里来回移动,这让我看见自己在做什么。

我不确定当时是否知道自己要做什么,要去哪里,也可能是知道的。人的头脑不是一张印刷好的书页,即便某个段落已经读过,还可以重新翻看。

我走出房间,关上房门,外套随意搭在胳膊上,帽子漫不经心地戴在头上。我在包里翻来翻去地找车钥匙,确保钥匙都在。现在我知道自己要做什么了,但不知道是为了什么缘故,也不知道会得到什么结果。

我没有下楼,而是顺着楼上的穿堂朝后面走。走到哈钦斯太太房间门口时,我伸出手指,用指甲在门上面轻轻碰擦了两下,发出轻微的滴答声,但她一定听到了。她说:"请进。"我推开门走了进去。

她一直坐在靠窗的摇椅上,望着窗外。在看见我之前,她一动不动,显然已陷入忧郁与哀愁。她的失落感虽然不如我的强烈,但至少和我的一样真诚。她的头明显地歪向一侧,好像是倾斜着往窗外看,视角接近房子的外墙——尽管她根本没有在看任何东西——她的手平撑着脸颊,几乎把一侧的脸都遮住了,就像是用强力按着脸试图缓解牙痛似的。她的膝上放着一块小手帕,好像是用过后随手留在那里的。

然后,在我进门时她动了一下,但什么也没表露出来。这就是她的天性,有些情感她也许会去感受,但绝不会去展现。

她起身站在椅子前面,询问似的看着我,椅子因失去了重量而微微发颤。

"格雷斯,你有之前那个女孩的地址吗?如果有的话,能把地址给我吗?"

"艾琳?"她说,"艾琳·麦奎尔?是的,我有。"她脸上没有露出任何表情。她走到书桌前,打开抽屉。她是一个非常细致、有条不紊的人,似乎有一套卡片索引归档系统,能查到过去或现在为我们工作过的所有人的信息。我以前从未查问过她的管理习惯。过了一会儿，她抽出一张卡片拿在手里。

"只要我把地址给你，还是想要我帮你联系她？"

"不。"我说，"我想自己去那儿。"

"在城区。"她读着卡片上的街道和号码，"她住在霍顿街1-12号。"

"谢谢你。我会记住的。"

她把卡片收了起来。在我准备转身穿过门口时，她看了我一眼，眼神中饱含深意，持续了好一会儿。

"你想对我说什么吗？"

她说话声音很低，我几乎听不清。"别去那儿，珍。你这样做可能不太好。"

我看出她知道艾琳被解雇的原因。直到现在我才意识到他们中可能有人知道。

"我不得不出去，"我说，"没有别的地方可去。"

我随手关上了门，走下楼梯，穿过那幢费心保持安静的房子，来到外面，步入傍晚暗淡的余晖中。我把车开出来，踏上了返回城区的漫漫长路。

直到现在我才知道有这样一条街。有许多事情我之前都毫不知晓。如果没有人帮忙，真不知道到哪里去找。我开车沿着中央广场滑行，遇到了值勤的交通巡警，急忙探身出去。

"我在找霍顿街。您能告诉我怎么走吗？"

"哎呀，那是在城区后面很远的地方。"他含糊地说。他瞥了车一眼,又看了我一眼,仿佛要把我们和这样一个目的地联系起来。他挥手示意身后的人绕行,我似乎一时阻碍了交通。"告诉你该怎么办,你一直沿着第三大道直行。快开到尽头的时候,你就能找到霍顿街了。"

我沿着这条通道往前开,这路又宽又丑,似乎没有尽头。一路上开过了啤酒厂的烟囱、一个个煤场和好多个煤气罐,罐子上罩着金属网线,暗暗地发着幽光。路灯突然亮了起来,凸显了道路的空旷和一成不变的脏污。路灯之间隔得那么远,排成两道长长的线,一直延伸到远处,愈发衬托出道路的孤寂和凄凉。

白昼已然终结,坠入了它的墓地。西边的天空低悬着一团丑陋的黄色暗影,暗影周围还残留着几抹金色的余晖,剩下的地方像是被煤烟熏黑了一般,又像是脏污的炭笔画的房子和街景,被拨弄得模糊不清。

我又问了一次路,这次问的是运冰车的服务员,他正站在工厂前准备装货。他告诉我从哪里拐弯,怎样走才能到达霍顿街。

过了一会儿,我就开进了霍顿街。我的车灯在路面留下了一道巨大的光圈,这条路以前可能从未被照得这么亮。

我发觉这里和我的预期完全不同,尤其是在经过了刚刚的路段之后。是的,这里很穷,非常贫寒。但它不是一个废弃之地,也不是一个污秽之地,更不是一个贫民窟。它在清贫之中透着文雅与平静。

街上伫立着一排公寓，全部都是一样的高度，一样的形状，一样的大小。你看不出一栋在哪里结束，另一栋从哪里开始，除了每隔一段距离就会出现一个楼道入口。每一处都有同样低矮的铁栏杆台阶。窗子后面都有灯光，给人一种幽深的感觉。窗帘也都挂得很整齐，窗玻璃不太显眼但很整洁，好几个窗台上还栽着几盆天竺葵。喜欢精确划分社会阶层的人会认为这里接近下层阶级的上层或是中产阶级的下层，抑或是位于两个阶层的交接处。

我发现了要找的房子的门牌号码，就停了下来，关掉车灯，静静地坐了一会儿，手臂悬在车外晃悠着。

一个小女孩从旁边最近的楼道口走出来，在夜色中尖声叫道："蒂尼！妈妈让你现在就上来，不然她就会把那个给你，你让她送个特别的！"

另一个人影出现在她身旁，她们争执了一会儿，吵得人耳膜都要震破了，随后两人又一起进了楼道。这里立刻又恢复了平静。

一个人拖着疲惫的脚步走过来，显然上班很累。他神情淡漠却又好奇地扫视着我和我那辆停着的车，然后走进了我一直窥探的那个楼道。

我垂下的手碰到了车门的一侧。我想，不，那提前获知的消息不是来自这个楼道，不是来自这里的任何一幢公寓。不，我一定是弄错了，我一定是找错了地方！

然而飞机的确是坠毁了，这条街上的一个女孩在飞机起飞之前就告诉我了。

我下了车,站在那里犹豫不决。我希望从她那儿得到什么呢?我很迷茫。我该对她说什么呢?

我看见自己双手紧紧抓住车门的边缘。我把自己从车旁推开,似乎是那不易觉察的推力让我穿过了人行道,登上了几级有铁栏杆的台阶,走进了共用的楼道口。

楼道里面有灯光,光线有些暗,但还能分辨出各家的门铃按钮。大多数的按钮下面都有名字,其中一个写的是麦奎尔,从街边数第二个,所以我觉得她家应该在二楼。

我没按按钮,试着推了推那扇门,门开了。我毫不犹豫地走了进去,上了布满裂缝、年久失修的楼梯。我想我当时肯定是在担心,如果在楼下说明自己的身份,就会被拒之门外了。我可能也没意识到有这样的想法,但鬼使神差地没去按楼道入口的按钮。

一扇长方形的小门隔断了楼梯,我在二楼的单元门前停下了脚步,害怕再往前走,但又下决心绝不后退。屋里是有人的,我能听到微弱的说话声,有时离得很近,有时又退到远处,没入沉闷的背景声。但都是些平常的声音,既不刺耳,也不尖锐,更没有戏剧性。

我还没做好准备,就突然敲响了门,仿佛一阵痉挛的冲动推动了我的手。

一个女人的声音响起:"去看看是谁。"

门猛地闪开了，一个十一二岁的女孩站在那里，用她整个身躯挡住了门口，仰头望着我。

"是一位女士，打扮得可真漂亮。"她向门里报告，一眼不眨地盯着我看。

一只大手突然抓住了她的肩膀，把她推到一边，虽然有些不耐烦，但也不算很暴力。一个四十多岁的胖女人出现在门口，就像屏幕上突然换了张幻灯片似的，瞬间把一切都弄乱了。

她开始用围裙前襟擦手，我猜想与其说她觉得需要这样做，倒不如说是一种显示礼仪的姿态。

"艾琳·麦奎尔住在这里吗？"我问道。

"是的，小姐。"她想起了自己的头发，就飞快地把一缕散开的碎发编了回去，显得有些神经质，急于要取悦别人。

"我可以和她谈一下吗？"

"她还没回来，"她说，"她随时都会到家。"她的语速很快，像刚刚整理头发时一样带着急切和焦虑，似乎想缓和一下我对她答话的失望。她甚至还回头朝身后大声问道："凯瑟琳！钟上的时间是几点？"然后，还没等到应答就满脸歉意地对我说："她回来晚了一点。也许还得等车。"她殷勤地把大门完全打开，"您愿意进来坐一会儿吗？"

门后的情形随即展现在我面前，屋里的家居布置与她自身的特点、公寓楼的整体风格——或者应该说，与我对这两者的印象完全一致。真是矛盾，所有这一切几乎是人为设计的，设计的目的是为了强调、标明整个生活模式，透过开放的门口便一望而知，从而不会造成任何误解。考虑到当时的情形，我觉得不太可能表现出什么别的方面，但我的确记得所有的陈设都是那么恰到好处，让人感觉不可思议。你期望看到偏差，而这些就是最极致的范本。

墙壁被漆成了浅绿色。首先映入眼帘的区域悬挂着一个硕大的方形镀金木框，滚动扭曲着形成了一个精细复杂的设计。这里还铺着樱桃红的长毛绒地毯，地毯中心留出了椭圆形的通道。再往里看，能窥见一对男女的婚纱照，已经褪色发黄了。照片中男人坐着，女人站着。

一张主桌稍稍超出了门框，门框有点遮挡我的视线，几乎精确地按比例把那主桌缩小了一半。桌子上摆放着一盏不同寻常的灯，磨砂玻璃的灯罩拱成了圆穹，如同一把撑开的伞一样有棱纹。灯罩的底边挂着长长的玻璃垂饰。一段缠绕的杂色电线从灯座下面露出来，笔直地向上延伸到天花板上的一个插座上。

桌前坐着一个小男孩，比刚才开门的那个女孩还要小，下巴抵着桌面，睁大了圆溜溜的眼睛盯着我看，连学校的家庭作业都置之不理了。他面前摊开了一本书，书页七零八落，书旁展开了一张黄色的纸，一截铅笔头竖着，紧紧握在拳头里，指向空中。他的上嘴唇上全是划痕。我觉得是铅笔印，也可能是别的什么印迹。

从那个女人发出邀请到我出言拒绝，似乎只隔了一两秒钟，餐桌上就爆发了激烈的冲突，当然与我无关。一块折叠好的白色轻薄织物从上方悄无声息地落在了桌面上。这东西的来源在我的视线之外，大概也就一步之遥，下落时掀起一小股气流，拂动了小男孩的头发和他面前的那张纸。我听到那个女孩厉声给他下了命令："你现在必须离开这里，我得给妈妈摆放桌布。"

白色的桌布如瀑布般从桌子上倾泻而下，又如疾风般飘忽袭来，瞬间覆盖了桌子，遮住了书和纸，还几乎盖住了小男孩的整个脑袋。他从桌子下面退了出来，试图拿回面前的东西，桌布被撑得鼓鼓的，差点就要被扯下桌面了。突然小男孩摔到了地板上，显得比之前更矮了。他朝着我视线之外的一个人扬手打了两下，有一只手从那个方向转回来，也干脆利落地朝他打了一下。这三次击打都没有命中目标。这只是小孩子之间的一种报复，而不是恶意的争斗。

与此同时，我已经回应了他们母亲的邀请。"谢谢你，不进去了。我在楼下等她。"

"非常欢迎您进来。"

"我在门口等她。"

她想知道我是谁，但又不知道如何问出来。"如果您不介意的话，我该说谁在找她呢？"

"瑞德小姐，"我说，"珍·瑞德。"

她的神情立刻变了，开门时的笑容可掬变成了满脸严肃。这并不代表什么恶意,而是一种忧伤满怀的抗议。

我不知道她是否会提到那件事,我还在思忖,她已经说起了。这至少证明她不是个伪君子。"瑞德小姐,你为什么要解雇我的女儿?"她带着责备和悲伤的神情说,"听她说,她一直都在竭尽全力让你满意。"

她似乎不知道事情的起因,只知道结果。

我没有回答。

"哦,她找到别的工作了。"她说,"但她很难过。"

"对不起。"我轻声说,"我在楼下等。"我转身走开了。

我下楼时,身后微弱的灯光从她站着的位置投在我身边的墙上,形成了一个扇形。这扇形越变越窄,似乎手持折扇的人在慢慢地收拢,直到两根末端的扇骨合在一起,扇子就消失不见了。

我慢慢地往下走,一路用手扶着陈旧的楼梯栏杆,这之前不知有多少人都扶过这栏杆。我出了沿街的楼道口,走向我的车。我只是站在车旁边,没有再打开车门进去。我没有顺着街道张望,只是站在那里看着车,背对着房子。我想,也许楼上有两张小脸从透着灯光的窗户里朝下看着我。那女人自己也会很快地瞥上一眼,很可能是想看看我是不是在等她女儿,但她会把孩子们赶回去,告诉他们不要偷看,这样很失礼。

但我并没有抬头,去验证自己的判断是否正确。让全世界都盯着我看吧,我才不在乎呢。

我看见她的身影从街那头走过来,我知道那一定是她,虽然我没见过几次她走路的样子,尤其是隔着一段距离的时候,而且夜色浓重,从远处已看不清她的容貌了。但能看出是一个女人,一个非常瘦的女人,独自一人,急匆匆地往家赶。她走得很快,看上去非常沮丧疲惫,显然是工作时间太长了,往前赶路时上半身稍稍偏离了原来的重心,但并没有真正地曲背弯腰,所以我知道这一定是她。

我从车旁大幅度地向外转,以脚后跟为中心几乎转了个圈,然后站在之前的位置,面对着她过来的方向。我整个人变得僵硬、紧绷,胸口涌起一股奇怪的加速感,一定是心跳加快了,虽然并没有细想自己究竟是怎么回事。

她越来越近,终于走到了灯光下。她的到来冲淡了幽蓝的夜色,而我曾见她穿过的那件格子绒外套,凭借熟悉的色调勾勒出了她的身形。然后那顶帽子也出现了,像是一顶针织帽,或者类似的帽子,男孩们过去常常戴着去溜冰。谈不上有什么款式,把整个头都包起来了,大小正合适,帽子顶部缀着一个羊毛织的小圆球,算是不太实用的唯一装饰。

最后看清的是她的脸,我记得是那样地苍白、憔悴、面无血色。这是一张不会衰老的脸,即便年轻的时候也显得那么瘦削、毫无神采,以后也不会有多大变化了。现在她看起来疲惫不堪,甚至比在我家做女仆时还要糟糕。她嘴角低垂,嘴唇发白,她太累了,太着急回家了，根本顾不上涂唇膏遮掩一下。

她先是注意到了那辆车，然后又继续往楼道口走。奇怪的是，她的目光从我身上掠过，好一会儿都没认出我。我可以看出她不是在耍花招，此刻她对谁都不感兴趣，她已经筋疲力尽，无力关注街上的任何人。她只想进楼道，上楼回家。

我觉得喉咙绷得紧紧的，不敢确定还能不能发出声音。"艾琳。"我低声叫道。

她似乎没有听到，在楼道口往上走了三四个台阶。

"艾琳！等一下。"

她停下来，转过身，看着我。然后她认出了我。

先时的茫然不解变成了一种愠怒的表情，接着就要转回身，继续前行。

我感觉像在一个固定的地方窥探自己，一个我牢牢地站在车子旁边，另一个我跟跟跄跄地冲到台阶脚下，就像你使出了太大的力气往前迈步，结果就收不住脚了。我一只手抓住了栏杆，另一只手冲着她向上半举着。她站得比我高，因为她刚刚登上了几层台阶。

我又莫名其妙地把手放下了。也许是为了留住她，也许是一种隐忍的求助。

"你不认识我了吗？我是珍·瑞德。"

"我认识你，瑞德小姐。"她语气中带着受伤的冷漠。

令人痛苦的沉默持续了好一会儿。我抬头看着她,她低头看着我。我们两人仿佛同时被对方催眠了。

"那件事——那件事发生了。"我结结巴巴地说,"我不清楚你知不知道——你知道吗?但它真的发生了。"

我听见她倒吸了一口气,带着轻轻的嘶嘶声。"我还不知道,"我听见她说,"我懒得去拿报纸——实在是太累了。我父亲之前经常带报纸回家,但自从他不在了——"

我能听见她在说什么,但却看不清她说话的样子。我的眼睛好像出问题了。她的形象在我眼前慢慢消失,裂成了碎片,如同水面上的月亮一样,模糊不清地漂浮在我眼角。我感觉到脑袋往下耷拉着,仿佛有一只手突然用尽全力地把它压了下去。我的前额靠在了铁栏杆上,就这样保持着,只是轻轻地左右晃动着,在两个太阳穴之间来回滚动,仿佛是要故意触碰冰冷光滑的铁栏杆,来缓解脑壳里难以忍受的压力。

我觉察到她用手轻轻碰了碰我的头,似乎想要减轻我的痛苦,然后又缩了回去,被自己的肆意妄为吓到了。

我抬起了头。只见她的脸从碎片般的影像又合成了一个圆圆的整体。只需一眼我就可以看出,她的眼神中绝对没有邪恶,没有怨恨,没有报复,也没有对我痛苦的幸灾乐祸。如果有的话,这些情绪都会显露出来的,根本无法隐藏。这种顿悟是在一瞬间获得的,从那时起就一直伴随着我。

她没有敌意。

她和我一样，脸上因丰富的表情而显得有些扭曲了。她的脸上有恐惧，至少和我感受到的一样。那里也有无助感，也许比我所体会到的还要强烈。那里还有弱点，极大的弱点——沉默、被动、苦苦挣扎。她的整个性格就是软弱的化身，不时受到各种打击。但她脸上没有恶意，没有个人利益的意识，也不会表现出冷酷的满足感。在这一点上，从看着她的那一刻起我就确信无疑，比以往任何时候都更有把握。

"艾琳，我真应该听——"我低声说。

"我不怪你。不管做什么，该做的都得去做——没有任何办法可以改变——"

她的手臂原本是撑在腰间，现在已完全被动地垂在身体两侧。垂下时稍稍摇晃了一下，没有露出一丝抗拒。我记得她手里拎着一个棕色的纸袋，袋子也在微微晃动着，垂得更低了。

"您父亲是——？他已经——？"

"我不知道，"我麻木地说，"我打听不到任何消息——我等了一整天了——他在那架飞机上，他一定在上面。昨晚我试着联系他，就在飞机起飞前，但已经太迟了——"

"那样是没用的。无论做什么，该做的都必须去做，而且无法逃避。"

夜色似乎愈加浓重，这黑暗是来自内部，不是在外面。我几乎看不见她的脸，哪怕就在我眼前。心愿、意志就像摇曳的烛光，在黑暗中越燃越低，光亮愈来愈微弱，直到最后熄灭。那永恒的、暗淡无光的宿命之夜，那命中注定的一切，让我们窒息，她和我都一样。

突然我奋力一搏，奋力向黑暗冲去，扇动那逐渐暗淡的火苗再燃亮一点。不！不！不！意志力当然存在。意志能把握一切，能即兴发挥。事情不是注定要发生的，而是自然而然发生的。在事情发生之前，没人会知道，没人会期待。一切都是偶然发生的。

她见我浑身发抖，像是在进行抗争，她无法理解，不知道是为什么，还以为我是在害怕或是因失去亲人而悲不自胜。但事实并非如此，我是在经历一场战斗，一场精神上的战斗。就在这所普通的砖砌公寓门口的台阶上，我的理性在与黑暗的力量做最后的抗争。

"上楼去我家吧。"她怜悯地说，"你病了，你累了——"

我摇摇头，坚持自己的立场。我能感觉到意志的火苗又要熄灭了，它没有燃料了。

"要是他之前没去就好了，要是他等到下个星期就好了——"

"他不得不去，"她轻声说，"就像你不得不解雇我一样，就像你打电话没找到他一样。所以我才会那么傻，还想把事情说出来。但要学会这点很难，人总是会忘记——"

我猛地用双手捂住耳朵试图挡住她的声音，用力摇着头。"不！

不！那不是真的！我不会听的！他不是非去不可。任何事情都可能阻止他，哪怕是最微不足道的小事，哪怕是风中的一根稻草——"

"没有什么能阻止他。唯一的问题是，你不了解，你不相信。我也花了很长时间。你也看到了我之前想做什么，我想告诉你——还以为那样就可以阻止他了。"

我的手放下来了，不再捂着耳朵。她不知道刚才我经历了什么，连我自己都不确定。火苗已完全熄灭了。无边的黑暗与寂静充斥了我的内心、我的外部和我周围的世界。再也没有什么值得争取或反抗的了。

她站在那里看着我，没有试图去猜测什么。也许她的灵魂更单纯，不用经历如此的挣扎。

"我希望——如果我能帮助你的话？"她终于开口了。

我抬头看着她，伸手拽着她外套的衣襟。"那个朋友，那个人——艾琳，带我去见她，让我问问看。飞机上所有人都已经——难道不会有例外吗？十四人里有幸存的？就是为了这个，我过来找你。艾琳，我必须知道。我再也忍受不了，就这样等着，一无所知——就像有一把斧头，随时都可能掉下来，但永远不会掉下来——"

我看见她咬着嘴唇，似乎在犹豫。

我紧紧地抓着她的外套，手止不住地发抖。"艾琳，至少让我跟你一起去——让我去问问看——你说过那是你一个朋友——"

"是这样的。"然后她说,"他不喜欢人家问他这样的问题。如果他知道我告诉了你,他会不高兴的。他不喜欢别的人——嗯,陌生人,你明白的——知道他的情况。"

于是,我第一次知道她那个朋友是男的。

从她的表情我可以看出她的态度软化了。她有点动摇了。她看了看身后的楼道口,又回头看了看我。然后她转过头,顺着公寓楼的外立面向上看了看。她大概在看自己家的窗子,当然这只是我的猜想,那迷离的目光也可能是在寻找另一扇窗子。接着她的目光再一次回到我身上。

我继续恳求道:"我至少要知道,至少要有人告诉我——折磨人的不是知晓真相,而是这种无望的等待。我实在受不了——艾琳,我快发疯了,帮帮我。听着,我求求你了,如果你有一点同情心的话——"

她一定明白了我的意图,看到我的身体开始微微下坠,就要跪倒在她面前,跪倒在她破旧公寓脏污的台阶上。她一把抓住了我,扶着我不放,带着一丝怜悯和倔强。对于她这样性格的人来说,这是一种少有的坚定,尽管鲜少流露。转瞬间这坚定又消失了,如同一小块闪闪发光的云母陷入了柔软、不成形的沙子里。

"请等一下。"她说,"我要——"她回头看了看,就像一个孩子在考虑做一件事能否获得允许。"你在这里楼下等着,我去试试看——我去看看能不能跟他谈谈——如果他认为是你要直截了当地问他问题，他会不高兴的。不过，也许我能帮你问到什么消息——"然后她马上补充道，"你确定不害怕吗？确定要我去问吗？"

"是的。"我大口喘着气说，"是的，哪怕是最坏的消息。任何事我都不在乎，只要不再让我经历这些——"

"那你就在外面等我。如果他不知道我是在为别人打听消息，那就更好了。他也住在这同一幢房子里——"她伸出双手，握了握我的手臂表示安慰。

"如果有可能，请一定告诉我——"我恳求道，"如果他们都失踪了——"

"我会尽快下来的。"她低声说道，转身离开我走了进去，我独自一人徘徊在楼道口，等待预言的到来。

我听见她上楼的脚步声越来越轻，直到完全消失。我对自己说，你听到了吗？这只是一个疲惫的女孩，一个在工厂或商店做苦工的，在廉租公寓房里吃力地爬着楼梯的女孩，仅此而已。你为什么来这里？你为什么要站在这里等着她告诉你什么消息？这样的消息住在这个地方的人是不可能知道的，这个城市的人今晚也不可能知道。你真蠢啊，你太蠢了，为什么要竖起耳朵听个不停呢？那脚步并不是迈向能预知未来的高高在上的圣地，而是笨拙地踏在几乎要崩塌的建筑物里摇摇欲坠的楼梯上啊。那脚步声就像囚犯们日夜不停来回走动时发出的声音一样。你为什么要把希望都寄托在这里呢？

我独自留在那儿很长时间。我能看清，也能明白周围的一切。我的车就停在路边，在夜色中泛着微光，引擎盖上有一层薄薄的橙色油漆，从楼门口透出的光线正好照在盖上。漆面上显出一种波纹图案，如同流动的水波荡起层层涟漪。从她让我站着的地方，我有次还挪了挪脚步，走到车旁边，紧贴着车门，双手紧紧按住门顶，好像都站不稳了，需要抓住什么东西才能站直。我的头也低了下去，像是在专心地盯着椅背的衬垫。

是的，这辆车是真实存在的，就在那里。我的手能感觉到它，眼睛能看见它，只要按一下按钮，光就会从车里面射出来，没有阴影能抵挡那光。然而阴影却占了上风，尽管我的眼睛注视着光，我的心灵期盼着光，那光却无力掀开遮蔽我眼睛和心灵的帷幕。它无法把我从阴影里带走，反倒是我把它拖入了阴影。它失去了对比的力量，和我周围的哥特式阴影融为一体。阴影是来自于内心的，所有的东西一旦遇上就都被阴影遮蔽了。就像你用一块烟色玻璃挡住眼睛一样，最闪耀的阳光也会变得暗淡。

每个人都有自己的世界，从那里看向外部空间。哪怕是同一寸土地，用粉笔做好了标记，片刻前你曾逗留，此时别人也来驻足，但他绝不会看到同样的东西。这样将会出现两种不同的景观，而不仅仅是一种。我有些迷惑了。或者，当我们凝神远望时，眼前真的有什么世界吗？难道它不是在内心，在眼睛后面？在外部其实什么也没有，只是无限的空白吗？我的思想里潜伏着疯狂，我很快让自己回归正轨。

一只找不到主人的小狗，轻轻踮着小爪子，沿着寂静空旷的街道小跑过来。它看见我站在那里，就朝我转过身来，用鼻子胡乱地嗅着我的鞋。我低头看着它，它也对上了我的视线，从低处直视了我好一会儿。

它摇了摇尾巴，似乎回忆起过去的一些友好，然后转身跑开了。它浅色的身影在夜色中变得模糊，仿佛成了一个发着微光的旋涡，螺旋似的旋转着，直到旋涡中心闭合时，它就消失得无影无踪了。

我又开始了遐想。小狗，你也被困住了，就像我一样被困住了。你必须在这个特定的时刻经过这条特定的街道。你不能在别的时候来，也不能从别的街道走。你做的那个停顿，你嗅来嗅去的那个动作，你尾巴的那个摇动，所有这些都是你注定要做的，这是几百个小时以前就写下的命令，也许是几百年前写的，我现在不确定。这些事就在那里等着你去做，你无法逃脱，也无法回避，直到你全部完成。

是的，我们都被困住了，你和我。但我比你陷得更深，因为你至少不知道你必须这么做，而我——现在——知道你确实必须这么做。

公寓楼里又传来了脚步声，她慢慢走下楼梯了。我的手臂一直撑着车门，框成了一个方形托着我的脸，此刻我战栗着抬起了脸。声音似乎变响了，仿佛成了一个空壳或外皮包裹着她，所以我即便在外面也可以听得到。但那脚步声既不是沉重的闷响,也不是尖锐的高音,更像是一片干枯的树叶在沙沙作响,悠闲地从一个台阶飘到另一个台阶。

我纹丝不动地站了好一会儿,无法放开车子,无法控制自己的身体。树叶飘落般的啪嗒声已到了尽头停下了。我转过身来,她已经站在楼道口,一动也不动,倚在门边,呆呆地望着我,脑袋无力地靠在砖墙上,仿佛在她肩上松动了似的。

父亲不在了!这个念头瞬间闪现。她身体的每一条柔弱瘫软的线条都在表明——

中间的人行道似乎从下面推了我一下,就像有人把你脚下的地毯拉了一下,就这样我登上了她身旁的台阶。

"每次听到他做这个,"她呻吟着说,"我都害怕极了。我真受不了——"她双手紧紧地贴着自己,"我的胃冰冷冰冷的——"

我看得出她的牙齿在打战,她的嘴唇在颤动,说不出话来,她一定是打听到了最坏的消息。

"他知道——他都知道了——"她呜咽着说,"我还没鼓起勇气开口呢——也许他可以从我脸上的表情看出来,但这样也总是让我害怕。他一定知道你就在楼下等我。'下去告诉她——'他这么说的。"

"也许他从窗户看到了我的车。"我没意识到自己脱口而出了,但肯定是说出声了,因为听见她在回答我。

"他的房间在公寓楼的后面。"

这答话悄无声息地飞掠而过,像一根树枝在黑暗的溪流中飘过,猛烈地抽打着我,威胁着要在我的头顶上折断。我紧紧抓住她,如同一个随时会被洪水吞没、冲走的落水者那样。我的手牢牢地扯着她外套的前襟,把外套向我这边拽过来。

"怎么说?"我喘息着问,"艾琳,他怎么说?"

"他们都死了,所有的十四个人。飞机上没人活下来。"

我感觉到黑暗如同一根冰冷的鞭子,猛然缠绕上我的喉咙,即刻就要收紧了。

她的声音从很远的地方传来,似乎要经过很长一段距离才能传到我耳中。现在是她在抱着我,而不是我抱着她。我们靠得很近,可她的声音却离我如此遥远。"然后他说:'但是你要告诉她,她会再见到她父亲的。'你能听见我说话吗,瑞德小姐?你能听懂我在说什么吗?他说,'让她回家吧,她会有消息的。'"

"可他在飞机上呀。我知道的,因为我电话打得太晚了,飞机已经起飞了,他也登机了。如果飞机上没有一个人活下来——"

"来,让我扶着你上车。照他说的做吧。先回家——"

我进到车里。她站在那边看着我。我能模糊地看到她的脸。

"你还好吧?需要我帮什么忙吗?还能开车吗?"

"也许能开吧。"我含糊地说,"开车不需要做太多。只要把脚往下压一点,保持车轮平稳——"

她的脸在夜色中缓缓退后，我一定把车开动了。

我会再见到父亲的。噢，是的，我想会的。但怎样相见呢？见到他躺在担架上的遗体，几天后从飞机上抬下来？

这两件事分明是相互矛盾的。如果那架飞机上的乘客全都死了，那么他也不可能独活。如果我能见到他还活着，那飞机上的人就不是全部丧生。两者之中，我更相信前者。

在一个忙碌的十字路口我被红灯拦住了。我不会因为红灯本身而停车，但我前面有一辆车，那车停了，我也只好停下来，慢慢地查看前面的情况，直到想起刹车。另一辆车跟在我旁边，停在外面的车道上，与我并排。我猜是辆出租车，但也不确定。那车里播放着一场职业拳击赛的实况报道，断断续续的，单调又乏味，司机和后座上的两名乘客都挤在一起，想听清楚每一个字。

然后，突然出现了一个停顿，片刻的沉默，一个声音像报丧似的清晰地说道："我们中断广播，为您带来刚刚收到的一条新闻。地面救援人员现已抵达洲际航空客机的失事现场。现已经确定没有幸存者。飞机从最后一站起飞时，搭载的所有乘客的遗体都已找到。他们中的一些人是在距离——"

喇叭在我身后愤怒地鸣响。红灯早就变绿灯了，前面的车不见了，旁边的出租车也不见了。我自己的车停在马路中间，挡住了车流。

开车很容易，没什么好记的。你只需要把你的脚轻轻地放下来，就像这样,让轮子不要晃得太厉害。你要等着回家再哭,你的脸要像这样不带任何表情。

你不确定那是不是你家,即便在确定之前就开车过来了。你的双手放在方向盘上,似乎在毫无意识的情况下指引着你,它们没有眼睛,只有记忆。你看了两次想确认,但还是没有把握。就在这时大门开了,他们站在门里面,等着让你进去,所以你知道自己终于回到了正确的地方。

我进来时,他们都站在门厅里等着我。所有人都用那种沉默、无助的眼神看着我,显然想要告诉我一件事却又不知道该如何开口。

"我知道了。"我平静地说,"刚才在路上听到了。"

有人试探着向我伸出了手臂,我说:"不用了,我可以爬楼梯。让我过去就行了,请让开——"

有人在我身后偷偷抽泣着,另一个人断然地低声制止了她。我猜是哈钦斯太太。

只要他们不站在那里看着我上楼,我就可以稳稳地爬上楼梯。已经登上五级台阶了,身体没有晃动,我只用了一只手去扶栏杆。

"瑞德小姐。"他们中间有人胆怯地说。

我探询地转过头,原来是茜格。我本来不知道是谁,是哈钦斯太太生气地挥了挥手,想让她闭嘴,但为时已晚。

"什么事?"

"然后这个也来了。"

我看到他们的视线都转向了那里，却又不敢上前触碰。桌子边上放着一个黄色的信封，电报的一角从边缘伸出来。

应该是唁电，官方的通知。

"给我吧。"我说，"我要带到楼上去。"

哈钦斯太太一把抓住信封，跟在我后面急忙走上三四级台阶，亲自把它交给我。

我转过身去，又上了一级台阶，接下来还有一级。现在更加艰难了。那份电报似乎有千钧之重。

我停住了脚步。信封被撕开了，我手指颤抖着取出了电报，信封掉在了栏杆上。

电报上的紫色墨水仿佛化成了一片污渍，一个个大写字母都变得模糊不清。但当我凝神盯着报文时，它又重新凝聚成清晰、纤细的印刷体。

刚刚听说。别担心，安好。留下来谈生意。后天坐火车到。

父亲

我又听到了哈钦斯太太的声音，似乎是从电报里传来的，仿佛那信息本身在说话。但那可能是因为电报和我都虚弱无力地朝她脚下的台阶倒下去。

"快！帮帮我，你们谁帮我一把！没看见她昏过去了吗？"

在车站接他的时候，我起初想一见面就告诉他，那件事应该是我要说的第一句话。然后，我看见他从大门进来了，透过横格依稀看到他那件黄褐色的驼绒外套。外套好似被横格分隔成了几块，后又黏合在一起，形成他的完整的身影。他正穿过集聚的人群向我走来，我奔向了他，靠在他身上一动也不动，连一个字都没说。那件事也好，别的话也好，什么都说不出来了。只要能倚靠着他，只要能感觉到他抱着我，就足够了。紧靠着他的外套很温暖，也很安全。没有黑夜，没有星星俯视着你，只有他的脸在靠近，只有他温暖的呼吸将你包围。

我们一动不动地站在那里，人群汹涌如潮，逐渐变为涓涓细流，直至最后的迟缓者逐个排队，依次散去。我们一直站在那里，静静地相拥着，忘记了周围的一切，在那片宽敞而阴暗的空间里，显得格外引人注目。就像周围水位下降时，没在水中的桩基或岩层便会凸显出来。

"那件事对你有影响。"他怜惜道。

他试图托住我的下巴，把我的脸完全转过来，让他看得更清楚些。我扭头转开了。

"我们别再站在这儿了，"我闷声说，"出去吧，离开这里。"

我们开始往车站外走去，仍然紧紧地搂在一起。

"你等了很久了吗？"他问。

"天亮就来了。"

我感觉他平稳的步伐突然顿了一下，他冲我低声说道："可这是九点钟的火车。我还以为你一直都知道呢。"

"我知道呀。但我还得步行一段路来迎接你呀，哪怕车就停在门外不远处。这看起来是加快速度的唯一办法。"

"可怜的孩子。"他低声说。

直到现在他才看清我的脸。我俩刚刚在后面的幽暗处拥抱时，他只是很快扫了我一眼。我们已经走出了空阔的车站出口，靠近了停车场，沐浴在明亮的日光下，现在他完全能看清我了。他什么也没说，却突然停了下来，脸上霎时闪过一丝微妙的表情，然后又继续往前走。我们并排走着，两人的手臂仍然在背后交叉着，我的胳膊伸进了他那件松垮垮的外套里。

"开车了？"我随手把门关上了，他问道。

"好的，开吧。"

我们的手都碰到了轮辋。

"你的手很冷。"

"已经冷了三天了。"我往手上吹着气，"不过现在没事了。"我把一只手放到他腋下，另一只从外面绕过去，双手就这样连在一起。

"让你受苦了。"他声音沙哑地说，怒视着前方的车流。

他没再说什么，我们又失去了谈论那件事的机会，然后就开到了离家不远的地方。

"你这样有多久了？我尽量用最快的方式把消息传给你。从你听到新闻到收到我的电报，中间隔了很长时间吗？"

"不是因为这个。"我简短答道，接着又改了措辞，"不是这样的。不是因为这次坠机。"

他思考了一会儿，我发现他还是没明白我的意思。

"珍，"他关切地说，"你变化太大了。所有的稚气都不见了，而且——我不知道怎么回事，感觉像十年没见你了。"

我想说，不是我变了，而是我所处的世界完全变了。

仆人们见到他都很高兴，纷纷过来问候了一两句，热切的程度各有不同。他们和我的区别就在于，对他们来说，一切都结束了，他们又回到了事情发生之前的原点。而我不是，我再也回不去了。

威克斯小心翼翼地拿起他的帽子和外套，把外套折叠起来搭在手臂上，动作是那么轻柔，仿佛那外套非常珍贵，容易损坏。这就是他表达关心的方式。厨子说："我给您做了一些糖浆松饼，先生。"仅仅是糖浆松饼还不会让她的眼角这么湿润。哈钦斯太太表现得温和而又严肃，对仆人们下达了一连串不必要的命令，把他们派遣到各处忙活。

但他们都很幸运。对他们来说，一切都结束了。

不一会儿，我们走了进去，一起坐在早餐桌旁。父亲轻快地把双手一合,说道:"啊,这太棒了!"阳光如淡黄色的花粉一般,倾撒在桌布上,甚至给他的肩膀和袖口也加上了亮闪闪的条纹。玻璃器皿也闪着亮光,咖啡渗滤器的表面像镜子一样,映照出一张肿胀的小脸,从镜面斜睨着我。他面前摆着成堆的信件,他只是随意翻看着,连一封也没打开。

我等待着。但那件事迟早要说出来的。它就在那里,无法回避。它在阳光下也无法消融,也不会因他安然归来的事实而自行消除。它就像一块坚冰,冻结在我心脏周围,需要用镐和钳子把它撬开。

"珍,"他说,"有什么事吗?你怎么啦?"

我们都放慢了吃饭的速度,还未吃完我们就停止了进食。杯盏交错的零星声音戛然而止,我们安静下来,默默注视着对方。

"瞧,"我突然开口了,"我得说说那件事了。我得跟你谈谈,试着闭口不谈是没用的。我每时每刻都想着,不分白天黑夜。必须得说出来。不说不行!"我的拳头重重地砸在桌子上,一次又一次,每一次都比前次的力道减轻了一些。

他跳了起来,绕过桌子来到我身边,站在我的椅子旁边,揽过我的头和肩膀紧靠在他身上。我就这样倚靠着他,把脸埋在了他身上。

"但这事结束了,珍。已经结束了。这样想会好一些。"

"我想出去到车里告诉你。我要说的不是坠机,也不是你侥幸脱险的事。"

"那你想说什么呢？你到底是怎么了？"

"我是在事情发生之前就听说了。城区有个人说过会发生坠机，结果的确发生了。"

"噢，不，珍，"他放慢了语速安慰我，"你提过的那个女仆的事？我现在想起来了。不，亲爱的，不，你太敏感了，太较真了——"

"那天晚上我去了那里。有人告诉了我别的信息。他说你会没事的。然后我回家了，你的电报也来了。你真的没事。"我有点发抖了。

这次他没有回答。他抬起了一只手，虽然我没有抬头去看，但也知道他在若有所思地抚摸着下颌。

"你怎么碰巧推迟回来了？"过了一会儿我说。

他微微吃了一惊，不是很明显，不过是刚刚有些走神罢了。

"我在最后一刻收到一封电报，当时正要登机。其实听到广播里叫我名字的时候，我记得我的行李已经查验——"

恐惧就像一把刀，有一个锋利的尖头。一旦刺中，就会在你体内翻转，拔出之后，被刺的地方依然会痛。

我那天是想发电报的。我起草了一份又一份，但从未完成过。

"哦，天啊！"我不由得厌恶自己了，抬起手腕无力地搭在前额上。

"为什么这么说呢？"

"我还以为电报没有发送呢——我确定我没有——"

他用力钳住我的肩膀使我安心。"那电报不是你发的。"

我感觉到自己的脑袋无力地耷拉下来,就像藤蔓上一个熟透了的甜瓜。我还能听到自己疲惫的喘气声。

他的声音有点发紧。我听见他说:"我讨厌有人这样对你,我要给他点颜色看看。我讨厌他们这样戏弄我的小女儿——"

然后,他好像突然想起我也在场,可以听到他说出的想法,他就轻轻摸了摸我的头发。

"没事的,"他轻声说,"我们一道去那里,然后——我能证明给你看,你会明白的,那样的事根本就不存在。"

我看得出,她吓坏了。不是害怕我们,而是因为她知道我们要问她什么,她知道我们到这里来是为了什么。她一见到我们就从门口往回退,动作并不猛烈,有些畏畏缩缩的。

她结巴着打招呼:"您好,小姐。先生,您好吗?"她双手环抱在胸前,无助地四下看了看,又回头望望,似乎期待能有人及时出现给她支持。

我问道:"艾琳,我们可以进去吗?"

她说:"可以——可以,进来吧。"她拉着椅子的扶手,把它挪了挪,但还是没有摆放好,不方便给人坐。

父亲想让她自在一些,便微笑着说:"艾琳,你好吗?过得怎么样?"

"哦,很好,"她答话时像喘不过气似的,"哦,非常好,先生。"她又拉了拉那把椅子的扶手,这次是把它放回原来的地方。

然后她弯腰屈膝地撑着椅子,身体也稍微倾斜了一下,仿佛已失去了平衡,双腿不足以支撑自己,就像一个孩子因心理上的不确定而受到了打击似的。

我看着父亲,他也看着我。我认为最好的办法就是立刻说出来,这样就结束了。"我们可以和他见个面吗?"我问,"可以和他谈谈吗?你知道的,我说的是你的那个朋友。"我把声音压低了一些,也许是想让她更信任我。

她咬了一会儿下嘴唇,就像你疼得缩成一团时那样。然后她松开下唇,冲到我们俩中间,朝门口跑去,像是松了一口气,仿佛事先就知道自己去跑腿办事会很笨拙。"我去看看他在不在。"她提议道,"我上楼去敲门。还没听见他经过这里,他应该还没到家。"

她跑出去,把身后的门虚掩着,留了一个狭窄的缝隙。我们能听到她匆匆忙忙地上楼了,鞋底刮擦着楼梯,发出沙沙的声响。

她的母亲来到两间屋子之间的内门边,向外看着我们。她手里拿着一个盘子,在褶皱的洗碗布上慢慢地转来转去。

她不情不愿地说了声:"晚上好。"手中的盘子停下了转动,她打量了我们一会儿,然后又转起盘子来。

我父亲冲她亲切地点了点头,我也同样友善地回应了她。

门开了,艾琳回来了。她比离开时要镇静一些了。对胆怯的人来说，延迟就是一种助力。"屋里没人应门。"她说，"他肯定还没回来。"

她母亲从门缝里咕哝着对她说："什么？你是要带他们过去让他展露天赋吗？你不该这么做。你知道他讨厌这样。"

"这不是艾琳的错，"我插嘴道，"是我们想要见他。"

"我很想结识他，"父亲和蔼可亲地说，假装没有注意到她们的心不在焉。"我想和他谈谈。这当然不会有什么害处，对吧？"他环顾四周，挑了一把椅子。"我们可以坐下来等吗？"

"可以，坐吧。"艾琳吞吞吐吐地说。其实在得到许可之前我们就坐下了。她还想做最后一次劝阻，两只手疲惫地绕来绕去，嘴里喃喃地说："我希望他别拖得太久，他可能不会很快回来。"

"我们不着急，"父亲答道，"我觉得真的有必要和他谈一谈。"他开始把雪茄烟上的玻璃纸剥下来，一边剥一边仔细研究。只要他愿意，他就能从容自若地采取行动，坚韧地抵御外界所有的反对意见。我曾见过老于世故的人对他的淡定都束手无策，因为他表面上看起来毫不在意，其实可能在施展巧妙的策略。

"在你的客厅里抽支烟，你不介意吧？"

"噢，不，先生，一点也不！"艾琳急忙嚷道，"您请吧。"至少在这一点上，她是站在不同的立场上的：她有义务尽地主之谊。她赶忙走过去，在他身边放了一个烟灰缸，然后又退了回来，由于着急显得气喘吁吁的。

我望着他，心想距离他上一次不被人待见，不知有多少年了。可能也是像现在这样，他到了某个地方不受欢迎，但还是决定留在那里。很可能已经有很多年了吧。也许是在年轻的时候，他曾坐在某家事务所里，毫不理会别人的虚情假意，坚持留下来，一直等到达成目的，完成决心要拿下的交易。但从那时起情况肯定就改观了。从最初的创业时期开始，经过这许多年的打拼，他可能再也没有遭受过这般冷遇了。但他并没有失去看家本领，依然能从容行事。

我坐在他那把椅子的扶手上，手搭在他肩膀上，尽我所能地使我们的逗留显得随意而友好。

她母亲转过身去，从我们的视线里消失了，显然是默许了我们留下来，尽管没有明确说出口。艾琳靠墙站了一会儿，像是在寻找支撑，又像是因为我们两人在房间里，她就不得不靠墙站着。然后，她觉得自己的姿势很别扭，就侧身坐到最近的一把没有扶手的椅子上，后背挺得直直的，离椅背远远的，身体显得愈发僵直了，让人看着就感觉很难受，她自己也不舒服。

房间里一片寂静，没有人说话。

她母亲的脚步声响了，人又出现了，这一次完全走进了客厅。她搬了一堆盘子，把它们放在桌子上。接着，她打开靠墙的一个小瓷器柜的侧门，开始一个一个地把盘子放进柜子，按照大小、形状和用途进行整理。

"除了餐具，我什么都整理好了。"她对艾琳说。

艾琳从椅子上一跳而起，动作特别敏捷，显然是急于逃离这个房间，急于摆脱我们，而不是由于母亲的话里有什么命令或责备的意味，其实母亲并没有责怪她。

"我帮你做完。"她说着就跑出去了。

母亲继续把盘子一个一个地放进柜子，一言不发，根本不理睬我们。

"你相信他有天赋吗，麦奎尔太太？"我突然发问。

"他的天赋就在那里。"她没有回头看我。

"你认识他很久了吗？"

"是的，很久了。"她的答话很简短。

她的神情是那么冷峻，让我觉得她不会再继续交谈了。她拿起一个盘子，用围裙把边缘擦了擦，突然又说话了，就好像没有停顿过似的。

"我们从小就认识了，他和我还有我丈夫。我们小时候经常一起玩。我们来自同一个地方。"她又停住了。

有一点是必须要问的。倘若父亲没有问，我也会问的。

"小时候他就有那个天赋了吗？"

"有，我想是的。他一直都有。"

"你那时候注意到了吗？"

"我们怎么会注意到？孩子们不会这样想问题的。"

"不过，肯定有过第一次吧？你们第一次是怎么注意到的？"他语气温和地坚持问道。

"那年他大概十二岁。一天，我们在山坡上玩，三个人一起。你可以看到下面的农场，他家的农场，就在山下，像铺在桌布上一样。突然，他不玩了，说：'我必须下山去。我家的谷仓着火了。'我们转过头去看，弗兰克和我。你可以在阳光下清楚地看到谷仓。那天是个大晴天。"

我微微低下头，看的不是她，而是地板。父亲停止了吸烟。我们两人都担心她会停下来。

"'不，没着火。'我们说。那时谷仓上方风和日丽，根本看不到一点烟火。

"他跑开了，我们站起身，追着他跑。直到我们跑下山了，还是没有任何着火的迹象。就在我们跑到谷仓跟前的时候，第一缕白烟从谷仓门底下冒了出来，不一会儿，它就被烧得千疮百孔，每个裂缝里都往外冒着烟。

"人们从房子里和田里跑来了，我们都在帮忙，把火扑灭了。嗯，我们保住了谷仓。后来，我记得我们躺在那儿休息，弗兰克对他说：'你的视力一定好得惊人。从那么高的地方往下看，我可什么也看不见。'

"他嘴里嚼着一根稻草说：'我没看见。但我知道谷仓快要烧着了，就是这样。'

"我们没有笑话他，因为他是对的。我们问他是怎么知道的。他说他也不清楚自己是怎么知道的。我们看见他抬头望着太阳眯起了眼睛，尽力想弄个明白。然后他开口了。下面要讲的都是他的原话，我从来没有忘记：'我在去那儿的路上碰巧想到了谷仓。每当你想到什么事物，总有一幅画面伴随着它，出现在你面前，展现出你的所思所想。如果你想到一棵树，就会看到树的画面。如果你想到一幢房子，就会看到房子的画面。我碰巧想到了我家的谷仓。突然间，我的头脑变得非常清晰，就像有一束强烈的光照射着它。我看到了谷仓着火的画面，一幅这样的画面闯入了我的脑海，异常清楚。于是我看了看山下，发现谷仓还没着火，所以我知道那一定意味着它很快就要起火了。'"

我们两人都没有作声。他把雪茄的烟灰抓在手心，就这样握了一会儿，一动也不动。我们谁都没有动静。终于，他伸出手，让烟灰慢慢地流进专门准备的烟灰缸里。

我一直低头看着地板。她讲得那么直白，怎么可能不是完全的真相呢？我对自己说。她刚才给我们讲述的那种情况，怎么可能有什么虚假，有什么诡计呢？

她已经把最后一个盘子收好了。她关上柜子的两扇侧门，在柜子旁停留了一会儿，用围裙掸去玻璃把手上的灰尘，一遍又一遍地重复着，仿佛没有意识到自己在继续掸灰，思绪却飘到了别处。

在一片寂静中，远处传来一声银器的叮当声，那是艾琳在清洁整理餐具。在另一个房间里听起来很奇怪。

艾琳母亲继续揉着门把手,望着房间那头,沉浸在过去的回忆中,回味着她告诉我们的那些往事。

"后来还有许多这样的事,"她平静地说,"也许没有一件像谷仓的事那么引人关注,那么令人印象深刻。谷仓是第一次,第一次发生的神奇事件。其余的事也没必要都告诉你们。"

"其他人知道吗?"父亲问。

"有几个人,不是很多。消息慢慢地在乡下传开了,在那些认识他、也认识我们的人中间。"

"他们是怎么看的?"

她耸耸肩:"我不知道。我想和我们一样吧。那些人和我们一样,都是一类人。他的天赋是我们无法理解的。我们承认他有某种别人没有的天赋,但除此之外,我们没觉得他和其他人有什么不同。他没有任何东西能让我们感觉他与众不同。那天以后,他的父亲还是揍了他很多次,就像别的父亲打自家的半大小子一样,教训的次数不多也不少。"

"嗯,难道人们没有想得到什么好处吗?去利用这个——你所说的他这个天赋吗?"

"有的,起初他们中有几个是这样的。怀孕的妇女会时不时地来打听她们怀的是儿子还是女儿。邻居会问庄稼有怎样的收获。像这类的事情,只要是真心实意地向他提问,他并不介意。但是,有些人纯粹是出于无聊的好奇心,只是为了测试他的天赋能力——他就无法忍受了,这会让他感到痛苦、羞惭。我不清楚究竟是怎样的情况,就像让他赤身裸体地暴露在大庭广众之下。有一天,他从那些人身边逃跑了,还试图上吊自杀。弗兰克在谷仓里找到了他,及时把他救了下来。从那以后,我们就不再提这事,也不愿再向外人说起,就随他去吧。"

"他就一个人在这儿吗?"

"像他那样的人,总是独来独往的。我和弗兰克结婚后不到一年就来到了这个城市,没过多久他就跟着我们来了。他的父母去世了,他把他们的农场卖了,我们是他唯一的朋友。他还能去别的什么地方吗?他还有别的选择吗?"

父亲若有所思地慢慢说道:"可是,凭借这样一种天赋,他可以拥有各种各样的力量。他可以发财,而且——"他转过身来,无可奈何地望着她,"为什么呢?"

"他是一个很好的人,"她虔诚地说,"他只接受上帝赐予的一切,不会去索要更多。"

我们沉默了好一会儿。父亲观察着她,之前她一直在擦拭那个玻璃把手,现在终于停下了。只见她穿过了房间,站在桌子旁边,微微弯下腰,低头看着桌子,仿佛在审视光滑桌面上自己的倒影。

"麦奎尔太太,他的天赋是怎样的?你说究竟是怎样的呢?"

"这不该让我来说。"她回答,"这不是我该质疑的。我年轻时没有怀疑过他的天赋，现在老了也不会去怀疑。他从来没用这个伤害过我，也没伤害过我认识的任何人。这是上帝的旨意，除此之外，我不知道该怎么解释。"

艾琳走进房间，对她说："我整理好了。"

她母亲说："谢谢你，亲爱的。"说着她神色茫然地叹了口气，好像是她刚刚完成了任务似的。

"希望没有给你们添麻烦。"我觉得有必要表示下礼貌。

"没有，一点都不麻烦。"她们忙不迭地答道，她们的回答和我的道歉一样虚伪。

我父亲没有参与这种典型的女性式客套，在这方面男性通常不太在意。

"你最好叫凯瑟琳和丹尼现在上楼。"她母亲提议道，"他们该上床睡觉了。"然后又冲我们解释道："如果没有人叫他们，这些孩子就会整夜待在街上。"

艾琳朝窗子走去，显然是要打开窗户，从楼上朝他们大喊一声，这俨然已成了这片城区的古老习俗。

但是她突然停下了，凝神听了听，我们也听到了动静。

有一个缓慢的脚步声从门厅的楼梯上传来。我们在原地就可以毫不费力地听见。脚步声疲惫而又沉闷，从这样的声音里，你可以猜到它的主人伸出了手臂，紧紧抓着楼梯扶手，用尽力气支撑着，一步一步地向前挪动着。那人拖着有气无力的步子，时不时地靠在扶手上停歇。

离这么近却看不见他,真是奇怪。我们和他之间只有一层薄薄的隔墙。脚步声从墙的另一边斜着向上传来,从最底层的角落到楼上的另一个方向,嗒嗒,嗒嗒,嗒嗒,非常缓慢、委顿、谦卑——然而就是看不见他,只能听到有人从木板和灰泥上走过的声音。应该有更多的动静,应该有光线从门缝里射进来。然而,什么都没有,只有沉重、疲惫、艰难跋涉的脚步踏在破旧的楼梯上,听起来非常平淡、令人泄气。

我们的呼吸变得急促起来。我很清楚自己是这样的。父亲不再慵懒地靠着椅背,抖擞精神坐直了身子,我的手搭在了他肩膀上。

"他现在回来了。"艾琳说。我们也已经知道了。

我突然离开椅子扶手,转身朝门口迈了一步。

麦奎尔太太猛地伸出手来。"等等,别开门,别盯着他看。让他安静地上楼。如果你们非去不可的话,几分钟后可以和艾琳一起过去。"她脸上明显地流露出强烈的不满,不愿意我们贸然开门打扰他。她起身离开房间,不再和我们说话。

我们静静地等着。我想知道父亲在想什么,从他的脸上我丝毫看不出。是怀疑他的天赋?还是决心证明自己是正确的?现在艾琳坐在了桌旁,胳膊肘靠在一起,两只手交缠在一起,头转向另一边,似乎想躲开我们,畏缩着不愿执行强加给她的任务,但又无法逃避我们无须明言的要求。她的一生肯定会经历一连串犹豫不决带来的痛苦。如果一个人的内心意志不够强大，任何微乎其微的外在因素都会造成冲击，对此她无法抵抗，无法取得平衡，就会一直处于摇摆不定的状态。意志力就像一个风标，总是随着风向转动。如果两股气流相遇，它就会无奈地失去方向。我想，最初她试图告诉我关于飞机的预言时，她一定就是这样的。

头顶上，从天花板传下来些许轻微的动静，声音越来越小，最后完全停止了，显然他在自己的房间里安顿下来了。

父亲站了起来。"我们现在上去好吗？"他问。

我注意到艾琳在打量着我，看了看我的衣服，突然对我说："这样可不行。"

她示意我跟着她，进了她的小卧室，把我肩上的裘皮围巾轻轻地取下来，放到床上。然后，她从我裙子领口上摘下父亲送我的钻石别针，放进我手里，我顺手打开手提包把别针放了进去。她迟疑地伸出手指向我的帽子，于是我主动把帽子拿下来放在床上。

她打开衣柜，取下一件她自己的灰褐色外套，递给我。"还是穿这件吧。这样他——他跟你在一起会更自在些。"她递给我一顶不像样的旧贝雷帽。"还有这个。"她又一次无可奈何地做了个手势。"还有——还有——"我从包里抽出一张纸巾，擦去了涂在嘴上的唇膏。

我们又回到前屋，父亲扬起眉毛看了我一眼，我听见他含糊不清地咕哝着什么，听起来像是"阶级意识"，还带有疑问的语气。

我们打开了房门,三个人一个接一个地走到楼梯上,她走在最前面。

他上楼时转过头,撇了撇嘴角偷偷对我说:"这里有个矛盾。他什么都能预先知道,可我们却能换个外套来骗他。"

我们来到了他门前,就在艾琳家楼上一层。门后面很安静,你不会想到屋里会有人。然而,仔细观察底部的门缝时,你会发现门后隐藏着细如发丝般的青黄色光线。

我们停了下来,挤成一小群站在那里。艾琳吓得喘不过气来。我感觉到一种令人窒息的紧张感,近乎恐惧。我无法看出父亲的反应。他站在那里,目不转睛地盯着那扇门,仿佛在门上或门边研读着什么。

我碰了碰她以示鼓励,她抬起了手,如同我拉动一根引线,控制着木偶的一举一动。

她敲了敲门,门里传来一个男人的声音:"请进。"

声音深沉而缓慢,令人联想到一个壮硕威严、蓄着浓密胡须的男人。

然后她把门开了,我们看见了他。

他瘦得惊人,几乎到了骨瘦如柴的地步。两颊瘦削凹陷,脖子像一根粗糙的多节茎支撑着脑袋,裸露的胳膊瘦得几乎只剩下骨头了。

我观察着他的脸。这是一张非常普通的脸,平淡无奇,缺乏鲜明的个性，没有任何突出的优点或缺陷。他的眼睛是蓝色的，有些呆滞，里面没有精彩的故事，也没有犀利的眼神，只是流露出温和，这就是那双眼睛的主要特点了。眼帘之上挂着两道沙色的眉毛，也许是由于颜色偏浅，无法在他脸上描画出任何丰富的表情。那眉毛也可能会皱起，但不会形成很深的纹路，也不会表达嘲笑或蔑视，也许最多只能去抱怨、去欺骗。温和乏味的眼睛，谦卑顺从的眉毛。

他的头发是金红色的，又细又少。头皮从头顶露了出来，只剩一缕头发在勉强遮盖着。两侧的发量稍多一些，还能在灯光下充分展现原本的发色。

他的嘴和下巴长得还不错，是他脸上最好看的部分。这两个部位并不显得软弱或懈怠，也没显露出一种野蛮、专横、咄咄逼人的决心。嘴巴紧绷着，下巴瘦长结实，仿佛在顽固抵抗着某种内心的冲动，而这种冲动是由自以为是的认知造成的。

他穿着一件脏兮兮的衬衫，袖口上有几块地方是湿的，肩上挂着工装裤的吊带。他已经脱了鞋，一双血管毕现、微微发白的脚踏在不成样子的绒毡拖鞋里。他坐在桌旁灯光下，面前摊开的报纸上散落着烟斗的零件。他正在用一块破布擦着烟管，还时不时地在裤腿上蹭两下。

就这样，我们第一次看到了他。

这就像一幅幕布在舞台上徐徐升起，在大张旗鼓的宣传炫耀和充满期待的灯光闪烁之后，却什么也没有展现出来。只有一个荒凉的场景，一个被无视的舞台布景制作工在笨拙地摆弄着一根钉子或一块木头。

这部戏经历了漫长的等待后，已化为一片虚空。

他抬头看了我们片刻，又低下头看了看他的烟斗。

艾琳结结巴巴地说：“耶利米，我——我想让你见见我的两个朋友。”

他没有回答。烟斗的内管占据了他的注意力。

"这位是瑞德先生，这是他的女儿瑞德小姐。"

他抬起头看她，而不是看我们。

"这两人是你以前的老板吗？"

她不管不顾地完成了介绍："这位是汤普金斯先生，我们的老朋友。"

总得有人说点什么，最终是我先开口了。"我们可以坐下吗？"

他回应得很慢，先是抬头看了看，然后又低头看看手里的烟斗，终于不情愿地答道："请自便。"

艾琳说："我——我好像听见妈妈在叫我。最好去看看她要什么。我——我马上就回来。"说着就逃离了房间。

我们和他单独在一起了。我张了张嘴想说话，却引起了父亲的注意，只好闭口不言。他想让汤普金斯先开口。我们毕竟是在他的房间里。不管怎样，他想占据那种虚无缥缈的心理优势。

沉默了很长一段时间，汤普金斯把烟斗都重新装好了。然后，他开口说话了，虽然声音没有提高，但非常突兀，令人惊惧不已。

"你看我看够了？"

我迅速地深吸了一口气。"我不是故意盯着你看的。"

"你是出于友好呢，还是出于不健康的好奇心？如果我有一只干瘪的胳膊，或者畸形的脚，你也会盯着我看吗？"

"如果我们看上去像在盯着你，那么我道歉。"父亲出言捍卫他男子汉的尊严。

"我们是来感谢你的。"我委婉地低声说道。

他还是对着我父亲说话："你是来嘲笑我的。你来这里是为了让我出丑，好给你女儿教上一课。这样她就不会再想那件事了。"

"我可以向你保证，我父亲没有这样的——"我伤心地插言。

"也许他一个字也没吐露，但他心里就是这么想的。"

父亲顿时怒气冲冲，答案昭然若揭。

他面无表情地望着父亲，继续说道："你以为你能考验我。嗯，我拒绝你的测试。我才不和你斗智斗勇呢，我又不是在受审。"

"没人说你是。"我父亲沮丧地低声说。

"他们有一次派了个经纪人来找我。他说他听别人说起过我，他兴奋极了。他会给我钱，给我丰厚的生活，如果我愿意上台表演的话。每天出场三次，坐在椅子上面对观众，说出他们口袋里有什么。他也想考验我，就像你现在做的一样，我就随他去了。

我想摆脱他，这就是最快的办法。他在我面前举起一个烟盒，问我里面有多少根香烟。我本可以告诉他根本没有香烟，那烟盒是他用来随身带阿司匹林药片的，但我告诉他有三根。然后他打开盒子，给我看里面装的是阿司匹林药片。他问我他怀表盖内侧刻了什么字。我本可以告诉他没有刻字，只有一块镶嵌了碎钻的马蹄铁，还缺了左边的那端。但我告诉他说：'给某某人，他的爱妻。'我用的是他告诉我的名字，顺便说一句，这不是他的真名。他打开怀表，给我看，上面根本没有字，只有一块镶嵌了碎钻的马蹄铁，还缺了左边的那端。

"他问我装在他外套口袋里的信是谁寄来的，还给我看了信的边缘，上面盖着红色的印章和取消标记。我本可以告诉他信封里根本没有信，是他用来放赛马投注单的。但我告诉他这封信是一个女人写的。他拿出信封给我看，里面根本没有信，他用那废弃的信封装赛马投注单。他还指出，即便是信封上的地址其实也是一个男人写的。

"他嘟囔着要报复什么人，然后就冲我撇了撇嘴，这正是我想要的。"

我和父亲一时无语。

突然，他怒气冲冲地一拳砸在了桌子上，嘴绷得紧紧的，有些发白。

"可你比他聪明多了！"他痛苦地喊道，"你用的手段和他正好相反，所以现在你让我把本来不想说的事亲口告诉你了！"

我惊呆了，一脸无辜地扫了一眼父亲，只见他两边嘴角都挂上了一丝得意的笑，答案不证自明。

"我并没有把这些话放进你嘴里。"他轻声说。

"好吧，好好利用这些吧。现在你回去告诉你所有的朋友，好叫他们成群结队地到这里来折磨我。我反正已经被折磨过了。"他的压力和情绪似乎都是真实的。他试着点燃烟斗，但拿火柴的手抖得厉害，差点没点着。

"现在请离开吧。"他含糊地说，"已经看到怪物了，好奇心得到了满足，没必要再留下来了。"

父亲突然站了起来，仿佛这种讽刺和侮辱使他失去了警惕。他还没来得及控制情绪，就本能地一跃而起，但随后又静静地挪到一边，背对着我们的主人，在一个摇摇晃晃的五斗橱旁站了一会儿，仿佛陷入了沉思。我看见他随意摆弄着一个烟草罐和其他一些物品，似乎在考虑下一步要说什么。

终于父亲转向他。"如果我们冒犯了你，我很抱歉。"他温和地说，"我们不是来测试你，也不是来取笑你的。我们过来是为了表达感激之情，表达我们的谢意。"

"你们不欠我的情。"汤普金斯绷着脸说，"我什么也没做。"他抽着烟斗，目光阴沉地盯着那缥缈的轻烟，对我们视而不见。

"我们觉得欠了。"父亲说，"至于说到告诉我们的朋友，我可以向你保证，如你所期待的，我们决不会把这件事告诉任何人。在这方面，我知道我可以代表我的女儿，也可以代表我自己。"

父亲走到他身旁，向他伸出手来。

"如果我能为你做点什么，如果我能帮上什么忙——"

"没什么。"汤普金斯冷冷地说，"我不想从任何人那里得到什么。我不求任何人做任何事，让我一个人待着吧。"

我不知道他是否会握住父亲伸出的手。最后他还是握手了，不过是以一种相当勉强、不懂礼仪的方式，而且很快又把手松开了。

我注视着他，突然意识到，不管他是否拥有什么力量，他在精神上必定是天生贫乏渺小的。这一点从微不足道的小事上就表现出来了。与其在握手时显得那么小家子气，还不如根本不握。他不过是个乡下人，一生都不适应环境，也没有能力应付周围的事情，为此他充满怨气、痛苦不堪。

我注意到他结束握手时，盯着父亲的手看了一会儿。我想起他幼年时曾经告诉过艾琳母亲的一些话。刚才在楼下，她还向我们重复了："每当你想到什么事物，总有一幅画面伴随着它，出现在你面前。"

"你和我，我们两人没有任何共同之处。"他尖刻地说，"我一开始就没叫你来。但现在你来了，就这么一次吧，以后就再也别来了。你要是再过来,总有一天会让我惹上很多麻烦的。现在回去吧。回到你自己的生活里去，让我留在我自己的生活里。回到你那漂亮的房子里去，见你的晚宴客人去，那些把钻石表戴在膝盖上的客人，回到你经纪人那里，买你的股票去吧。回家路上千万不要撞倒小女孩。"

"走吧，珍。"父亲只简短说了一句，就帮我把门拉开了。

我见他转过身来，在关门之前朝汤普金斯望了一眼，看不出他的表情有什么异样，因为他的脸转过去了，但他高昂着头，姿势僵硬，对汤普金斯毫无缘由的粗鲁无礼进行了无声的谴责。

我最后看了一眼我们专程过来见到的那个人，门转了一圈，他似乎被推到了一个狭窄的嵌板中间。他坐在桌子后面，嘴里叼着烟斗，头向下耷拉着，温和的蓝眼睛从沙色的眉毛下盯着我们。这么一个毫无生气的人，在茶色灯光的映照下愈加显得无足轻重，平庸无奇。

无论是他的外在还是内在，都与高贵大气无关。不过是一间俗气屋子里的一个俗人罢了。我真不知道我们去那里做什么。

然后门转开了，他的身影不见了，父亲领着我下楼。

我们没有说话，默契地经过了麦奎尔家的大门，走到街上，进到车里。

"我来开车。"他喃喃地说，"你肯定累了。"

这是我们从那里出来后说的第一句话。

晚风扑面而来，我点燃了一支烟，感觉还不错。

我知道我们迟早要谈那件事，不妨就在这里开始吧，在太多的印象被抹去之前。于是我提起了话题。

"你不相信?"

"演得很好。一次完美的表演。"我觉得他说话时有点心神不宁,但并不确定。

我想到了那架飞机,那份电报。我自己也努力试着不去相信。真希望能得到他的帮助。听到他说不相信,我真是高兴极了,期盼他能一直坚持己见。我想和他一起待在阳光下。怀疑的态度正如暖阳一般,让我远离冰冷彻骨的黑暗。

"我们的智商被设定得很高。"他继续说,"径直瞄准高目标。不会再有什么迷信的爱尔兰女佣了。"

"用什么方式呢?他整个争论的重心似乎都是要否认——"

"没错。但否认就是肯定。你没看到他是怎么做的吗?诡计中的诡计,一个诡计套着另一个诡计。就像过去用在发酵粉罐头上的标签一样,一个圆圈里画了另一个罐子的图片。在那图片上面,又是一个圆圈里画了另一个罐子的图片。这个图片上面,还是一个圆圈里画了另一个罐子的图片。直到图片变得太小,眼睛都分辨不出了。他说我很聪明,把那件事翻了个底朝天,结果他亲口把不想说的事告诉了我。但也许他比我更聪明,里里外外又把它翻了个底朝天,这样看来他不想告诉我的事,其实就成了他最想告诉我的事。"

"完全跟不上了,简直像迷宫一样。"

"你累了，睡着了，而他还能在你前面安然无恙地来个回旋。"

"那么，他又能得到什么呢？让我们说服自己，反对他本来就反对的意见？"

"在这个世界上，谁又能得到什么呢？究竟什么是'得到'？这个词本身是什么意思？"

"钱吗？但后来你问了能为他做点什么。"

"我料到他会拒绝或忽略这一点。在见到他之前，我就知道他会的。"

"怎样知道的？"

"艾琳还没带我们去见他，就给你穿上了她那件破旧的外套。那时我就知道，这种伎俩是神职人员惯用的典型手法，他们看似对报酬深恶痛绝——"

我审视了一下自己，突然发现衣服不对。"我现在还穿着她的外套呢。我把自己的东西忘在那儿了！"

他满面狐疑地放慢了车速。

"今晚不行，"我说，"我不能回去。"

"那意思就是你改天还要再去找。虽说他要我们不要再靠近他，却有更多正话反说的技巧。也许这就是一整套的方案，让你改变初衷。"

"可是，把每件小事都细细研究，然后再反着看，这太疯狂了！"我捂住了眼睛抗议道，"他们怎么能提前知道我会忘记呢？"

"可你的确忘记了，不是吗？"他只回答了一句。

我无力地把手放下了。

"回到我刚才说的话上来，"他继续说，"我给他设了一个陷阱。他不想要我的帮助，不想从我们这里得到任何东西。你看见靠墙的柜子上有个烟草罐吗？"

"我注意到了，有一个。"

"我在下面压了五百美元的现金。"

我转过身看着他。"如果他默不作声地接受了——"

他耸了耸肩。"你刚才问过我，他希望得到什么，通过让我们相信他的能力，我可以这么说吧？"

"但如果他拒绝了那笔钱，你会更愿意相信——"

他摇了摇头。"不管怎样，我都不相信，"他干脆地说，"想起一个事物，他就可以在脑海中看到那个东西的画面。可是，他根本看不到烟草罐下面的那五百美元，就在离他两三码远的地方。"

"也许是因为我们在他房间的时候，他碰巧没有想到那个烟草罐吧。"

他冷笑了一下。

我心里暗想，他对这件事并不超然。他一定很努力地让自己不要相信。他已经在感情用事了。也许他这样只是为了我？他是想要说服我不去相信，还是要说服他自己？

"可是，你这样做，难道不像是站在冰冷的甲板上做交易吗？"

过了一会儿我说，"五百美元不是车费，不算小数目。我看见他房间里有一份报纸，招聘栏是向外折着的。"

"我也看见了。"他粗声粗气地说，"也许就是故意放在那儿，好让我们看到。"

每件事都有两面性。从来没法贴上任何硬性的标签说"这是正确的一面"或"这是错误的一面"。我叹了口气，为那个原有的二维世界感到悲哀。

他伸出手来握住我的手。"我不相信，"他声音温柔，口气却很强硬，"我也不希望你相信！"

汽车突然转向，我撞在了他身上。然后车又直行起来，我听见他低声咒骂着。

"怎么了？发生了什么事？"

只见他转头往回看，我也跟着转头。

一个小小的身影单膝跪在我们身后的马路上，似乎刚才突然往旁边跳了一下，身体失去了平衡。那身影站了起来，应该没有受伤，只见一件白色的罩衫在飘动着，越来越远直至没入夜色中。那是个小女孩。她怒气冲冲地瞪了我们一会儿，然后转身跑到马路的另一边去了。

后来车子慢吞吞地停了下来，倒不是因为那个差点儿发生的事故——那件事已经过去了，结束了——而是因为事件中所蕴含的深意，那些随之而来的影响已慢慢地渗进了我们的脑海。而且，我猜想他是不自觉地刹住了车，就像一个人会在句子的末尾加上一个句号。

我们坐在车里目视前方，都没有转头看对方。此刻我们都想避开彼此的目光。身后的一切都没入黑暗中。那个鬼影似的孩子不见了。

我们俩谁都没有提起那件事，根本就没必要提。两个人都喋喋不休地聊着别的话题，像要为对方的耳朵提供盛宴。可谈话的内容却全都是已经对自己说过的话。

我想，那件事是不可能逆转的，不具有两面性。这就是我刚才想要的结果，上面的硬性标签写得清清楚楚，不会出错："这是正确的一面，没有另一面了。"但这不是我现在想要的。

我意识到此时他就坐在我旁边，不禁陷入了痛苦的思考：你现在的逻辑在哪里？你的论据都到哪里去了？我可怜的父亲。

"来吧，爸爸，我们回家吧。"我压低声音说。

汽车又向前滑行了。

"要我替你开车吗？"我说。

"不，"他说，"这使我有事可做，这样总好过——"

我明白他的意思。他一直眯着眼睛向前看，可并没怎么看路。我打开手提包，取出一块手帕。"爸爸，你脸上这一片都湿了。"我拿手帕轻轻地擦了擦他的前额，"她把你吓了一大跳，真是个调皮孩子。"

"来,"他说,"我们回家路上,抽抽这个。"我自己带香烟了,但他从口袋里掏出他的烟递给我。

我想我们俩都想对彼此表现得非常殷勤体贴。两人都在互相欺瞒,虽未明说,但都心知肚明。

已经离家很近了。"珍,"他脱口而出,"你和我,我们两人从来都不是伪君子,我们一直坦诚相待。这一点现在我们也不要改变。那件事只是我们两个人的想法。不要把它带回家,就在这里立刻解决掉。"

我点了点头,等待着。

"那是个巧合,就在那时,就在那里。"他提高了声音,几乎成了喊叫,"我不在乎胜算有多大,十成五、八成二或百分之一。我告诉你,那就是个巧合!"

"你真是这么想的吗?"

他击中了轮辋。"我希望我们俩都是这么想!必须这么想!没有别的办法。珍,我从来没有试图控制你的思想,以后也不会控制。每次有人开车外出,就可能会发生这种事。他不过是随口来了句冷嘲热讽,因为他忌恨别人用车,嫉妒那些有车的人。而这件事碰巧让他说中了。街上到处都是孩子。任何时候只要开车,都有可能发生这种事。"

但不论我们两人谁开车,直到今晚这种事都从未发生过。而且当时街上只有一个小女孩。这话我没有说出声。

人们说信仰是顽固的火焰，不会熄灭，也不会消亡。怀疑的念头也是如此，也很难被扑灭。我能感觉到他内心的疑虑如同烈火一般熊熊燃起，火光比以往任何时候都更加灼亮迫人。

"这只是一次巧合，"他反复说道，绷紧了下巴，"黑暗中打出一枪居然命中了目标。"他转过身来，得意扬扬地朝我眨了眨眼睛。"现在我们回去见'晚宴客人'，好吗？"

"今晚我们没有邀请客人过来吃饭。"我说，"就我们两个人，你和我。"

"我和你一样清楚。即便我们请了，你见过有什么人会把钻石表戴膝盖上吗？"

我不置可否地笑了起来。

他脸上露出了像钢铁般坚毅的笑。如果不相信那种事，完全可以这样笑，但现在已经置身其中了，怎么还能这样笑呢？"的确是个奇怪的巧合，"他含糊地说，"信口胡言罢了。"

我转过身，紧紧地揽过他的手臂，感激得几乎有些语无伦次了。"真高兴你这么想！"我热切地说，"要是你能知道我有多高兴就好了！"

尽管没有加入他的阵营，但我对他说的每一个字都是认真的。

第三节

我们下车走进房子时，我觉得客厅的窗户看起来异常明亮。我们都出门了,窗子应该是暗的才对。

他也注意到了。"一定是有个仆人离开前忘了把灯关掉。"他漫不经心地说。

"很可能是那个新来的女孩。她不知道开关怎么用。"

这毕竟不是什么严重的违规行为。

我们打开房门的时候,客厅里似乎传来了各种声音,时而是爽朗的笑声,时而是时高时低的谈话声。

男管家从大厅后面匆匆赶来,急切地向我们报告:"先生,奥德威先生和他妹妹来了,还有一位女士,他们说会等你们回来。"

这并不算什么冒昧之举。这对兄妹和父亲都是四十年的老朋友了,我小时候一直叫两人"叔叔""阿姨"。

我们走了进去,嗡嗡的说话声瞬间更响了。露易丝·奥德威冲上来吻我,这是她长久以来的特权。然后她转向父亲说道:"哈兰,我们不请自来,你不会生气吧?我们正在路上……突然发现离你们这么近,我就说一定要顺便去看看珍和哈兰,千万别错过了……不管怎样,我才不在乎要多晚才能到下一站呢,去不成也无所谓。这些年来,玛丽亚经常从我们这儿听到你们俩的事……"

她是那种说话不带标点符号的人。我一度以为她一定是在模仿室内喜剧里出现的那些角色,但后来平心而论,我更倾向于认为是那些角色在模仿她。

"如果你们不过来,我会很生气的。"父亲说。

另一位来客是个身材匀称、金发碧眼的女士，四十岁左右，欧洲大陆人，说话带点口音。她穿着一件紧身的黑色晚礼服，勾勒出曼妙的身材。他们三人都穿着晚礼服。

"玛丽亚·莉莎塔，"露易丝在一旁小声对我说，给更为正式的介绍加上了附言，"来自布加勒斯特的罗马尼亚国家剧院，我们在巴黎认识她好几年了。这是她第一次到这边旅行，她和我们一起的。你在欧洲那边见过她吗？有她在，我就能对那些坚信女人不如男人聪明的人做出最有力的反驳。她会八种语言,亲爱的……"

"露易丝又要当我的新闻发言人了。"女明星在房间的另一边笑了，"从她那生动的表情我就能看出来。"

她非常有魅力，几乎会让人心跳加快。看到她的第一眼，你就会被她征服，至少也会意识到她的魅力。说得直白一点，这本来是对她不利的一种特点，我一向不喜欢费尽心机地施展魅力。但她的魅力不是煞费苦心、刻意修炼的，而是与生俱来的，就像她的身高和眼睛的颜色一样都是天生的。这是一种特定的人格模式，正好能取悦大多数人。

威克斯就在门口那悄无声息地徘徊着，一直等到引起父亲的注意。

"要准备晚餐吗，先生？"

"哦，当然。"父亲说，"五个人的晚餐。"

他还能说什么呢——即使他已身处危急关头，又有谁能说些什么呢？

然后他转过身来，发觉我正看着他，我俩的目光交汇在一起，无声地向对方表示理解。

终究我们还是迎来了晚宴客人。谁能早一点知道我们会面临这样的局面呢？

"我觉得，"他走向调酒器，生硬地说，"我想要你们大家都喝点马丁尼酒，双份的。"

我明白他的意思。

露易丝目光敏锐，似乎觉察到了异样。她问："你确定我们没有带来不便吗？你们俩看上去都有点疲惫——嗯，有点紧张。"

"我们刚才开了很长时间的车。"我说。

"亲爱的，你从哪儿弄来的这件样子古怪的外套？"

我低头看着外衣，咽了口唾沫，一时不知该怎么回答。

父亲帮我打了圆场。"借的，"他的语速很快，"车里很冷。"

"我觉得需要上去换件衣服，"我说，"两位愿意上楼补个妆吗，这位小姐？露易丝？"

"以我的年龄，补妆也没什么用了，"露易丝回答，"而且潜在的回报几乎为零。你们两个去吧。"

我们一到楼上，莉莎塔就非常信任地对我说："真高兴你叫我上楼。你们是怎么说的？——拯救了我的生活。你有一个这样的——"她无助地用手指在空中画了一个圈，"——我可以借吗？

这个东西的英文单词我还不会说。我在车里出了状况。我不想在托尼面前提起这件事——"

她露出了一条修长精致的腿，把那一侧裹在身上的黑色紧身衣拉到臀部附近。

"哦，你需要一条吊袜带。"我赶紧说。

"没错。"她点了点头，"在找到急救人员之前，我必须尽我所能来补救。我可真是足智多谋。"

就在她那略有凹陷的膝盖下面，一块镶着钻石的腕表闪着奇特的光芒，如同在她小腿旁边打了个玫瑰花结；系在上面的黑丝线伸展到最大限度，紧拉着她的丝袜，保持丝袜的舒展平滑。

"我把表从手上拿下来，戴到了这里。但要是有人问起我时间——"她打趣道，还沮丧地耸了耸肩。

突然，她的裙摆掉到了地上，她直起身子，快步朝我走来，毫不掩饰对我的关心。

"怎么了，珍小姐？你脸色这么苍白，你觉得不舒服吗？要我按铃叫人过来吗？"

"不，"我虚弱地说，"我没事的——"

"来，坐一会儿。"她关切地搂着我，把我领到一把椅子前。"你有古龙水吗？我帮你在额头上洒一点。"

"不用了，谢谢，我没事的。"我冲她感激地笑了笑，"不过，很高兴你陪我一起上楼。"我有点不安地环顾着四周。"是不是这个房间也把你吓着了？是不是这里有什么？"

"这个房间很可爱。"她平静地说，还抚摸了我的头发一两次，让我安心。

"我得赶紧换衣服了，"我说着俯身去穿鞋，"我们不能让他们等太久。"我没有抬头也知道她站在那里，一言不发，只是低头看着我。"跟我说说话，小姐，"我恳求道，"我换衣服的时候请跟我说话吧。说说布加勒斯特、巴黎、剧院或者你自己。说得快点、大声点。哦，请一直说下去！"突然，我转过身来，掩面痛哭，像个受惊的孩子一样哭了一会儿。

我们下楼去和别人交谈时有点晚了。

"你喝了双份的酒吗？"我和父亲打了个招呼，"好吧，现在我要喝酒了。三份的。"

客人们离开时，我和父亲一起送他们到门口，站在那儿目送他们上车离开，父亲站在一边，我在另一边。

我们不停地往外看，直到门口的那一方天地空空如也。夜色中一片空茫，只有星星还在闪耀。然后我们关上了门，只剩下我们俩了。不，不止我们两个。要是能我俩单独在一起就好了，然而不是，还有星星和我们在一起。

我们一起朝楼梯走去，两个人之间却隔着一扇门那么宽，他走在大厅的一边，我走另一边。不知道为什么，就好像我们不敢走到一起。

我什么也没说就上楼了，他进了屋子，走到酒柜那里，我听见了他打开酒柜的声音。

过了一会儿，我听见他也上楼了，走进他的房间，关上门。

后来，我还是从自己卧室出来了，走过去敲门。

"进来，珍，进来吧。"他的声音低沉又凄凉。

他穿着睡袍睡裤，远远地坐在床沿上，背对着我。床边的小桌子上放着一瓶白兰地，还倒了一小杯平放在他手掌上，但没有用手指握住，好像他是在测试重量，抑或是功效。

他没有转身，依然是后脑勺对着我，问道："你是不是吓坏了？"然后不等我回答就说，"我知道，我也吓着了。"

我在床的另一边坐了下来，侧身望着他。"她真的把钻石表戴在了膝盖上，露易丝的那个罗马尼亚朋友。我已经不记得她的名字了，她就那样戴着表出门了。"

他很快地吞下了白兰地，似乎要阻止别人从他手里夺走酒杯。"几乎全让他说中了，"他强忍着咳嗽说，"每一件事，每一个细节。"

我抚平手边的那块被单。"除了经纪人什么都应验了。"

父亲又倒了一杯白兰地。"你得允许有一点误差。我已经好几个月没有沃尔特的消息了，我投资股票都是好几年前的事了。但除了你和我，谁会知道呢？要是我把最后一根稻草拿走你可能就——"

"你什么也没拿走，因为我什么都没有。"

"可是那块戴在膝盖上的钻石表,珍。"他压低了声音说。

又像是有人想把他的白兰地拿走,他躲开了,一饮而尽。

"谁会知道呢?甚至连你和我都不知道。"我轻声说,"就连跟她坐同一辆车的露易丝都不知道。"

他没有回答。很遗憾我的那些话脱口而出。然而,即便我不说,他也会这么想的,说或不说又有什么区别呢?

他的后脑勺又微微动了一下,像在对着天花板点头。

"它带给你的是震撼。这就像所有的东西突然都绕着一个轴心转了半圈,所以你必须学会谨慎从事。我喜欢我的世界美好而公平,不带任何偏差。"

酒瓶的软木塞发出了咯咯声。

"我要做一件二十年来没做过的事:我要喝倒在床上,用酒为自己安眠。"

我伸出手,拍拍他的背以示理解。然后我站起身。"我觉得我最好还是回去。不能整晚都待在你房间里。"

"在你自己房里没事吧?"他问。

"在哪儿都一样,"我说,"这事与你有关,与地点无关。"

"你说得对。那些与地点有关的事情更容易逃避。"

我走到门口,把门打开。

他没有环顾四周,仍然斜着肩膀坐在那里。"好吧,我们会习惯的,"他说,"你会习惯做任何事情,甚至连毛玻璃刺进脊椎骨都可以。我们会想出办法接受这些的。"

他举起小酒杯端详着。

"但今晚没什么意思,是吗?"

"的确没什么意思。"我苦笑着表示赞同,然后关上了门。

第二天他比我先下楼。我的眼底依然带着浓重的夜色与阴影。已经是早晨了,太阳炙烤着一切,尤其是那些在空中闪烁的尘埃。

他的甜瓜就放在那儿等他享用,搁在了刨冰上,旁边放着他的信。但他不在餐桌旁。

我在另一个房间找到了他,他正在接电话。

他当时一定是在听对方说话,自己一言不发。

他转过身来,看见了我。我正准备再出去时,他向我点了点头,示意我过去。

"剩下的东西也应验了,"他平静地对我说,"是沃尔特·迈尔斯打来的电话……不,沃尔特,接着说吧,我只是跟珍说了几句话。"

太阳的暖意消散了。如果世界上有寒冷的阳光,那一定是在那边,从窗台到地板似乎瞬间形成了一道青灰色的踏板。

他见我又要转身离去,那只没拿电话的手迅速伸向我,拉住了我,像是发出一种急迫的恳求。"不,等等,不要走。我要你留在这里陪我。"

这个小小的手势带着那么浓重的挫败感和无限的辛酸,刺痛了我的心。他要我站在他身边,这是一种发自内心的孤独、无助、困惑的呼唤。没错,我们世界的轴心的确发生了偏差。

我留了下来站在他身旁,他把空出的一只手臂搭在我的肩膀上,就这样拥着我。我紧靠着他,感觉到他的心跳比平常快了一些,不是因为迈尔斯对他说了什么,而是因为迈尔斯真的打来了电话。

"我的合并股份。"他在我耳旁低声说,"我都不记得我有什么——"

说着他又继续听电话。

然后他说:"昨天收盘后出了状况,他自己也不清楚是怎么回事。股票像降落伞似的,一路狂跌——"

他又听了一会儿。

"他想知道是不是要在还剩点盈利的时候赶紧抛售。"

他一直盯着我看。可我知道他并没有在想我,也没怎么在想迈尔斯说的话。我知道他在想什么。他脸上的神情是那么疏离,半是忧虑,半是抱怨。对这一切他无法理解,他不明白这个人怎么会在这个时候打来这么一个电话。

"那么,这很重要吗?"我问。

"如果只买了几百股,就没什么关系。但如果有五千或一万股,每四分之一个点就可以——"

他停顿了一下又说,"太晚了。已经没法获利了。现在大大缩水了,比我们的买入价还低。"

迈尔斯一定是在高声尖叫，听筒发出了刺耳的声音，像锉刀在刮擦似的。

"他想问我们是否应该赶紧割肉，承担损失，然后抛掉股票。他很想知道。"他对着电话说："我听到了，沃尔特，我听到了。我明白你的意思。没有必要重复。不是因为这个。"然后又转头对我说："我能想到的是，昨天晚上就有人告诉我我会接到经纪人的电话，当时连经纪人都不知道他自己会打这个电话。"

我也只能想到这些。"你最好还是做个决定告诉他吧。"我无可奈何地说。

他继续问我："那人说了什么？他的原话是什么？"然后他自己想起来了，重复了一遍，"'回到你经纪人那里，买你的股票去吧。'……经纪人，买股票。"

突然，他把手臂从我的肩膀上移开。他对着听筒说话了，声音轻快、清晰、紧张。

"那东西我现在还有多少，沃尔特？不，我说的是股票。"他从内侧口袋里掏出一支铅笔，拿起一张随手丢在电话机旁的报纸，在报纸边上草草写下一个数字，一个四位数的数字。"好吧，加持两倍，买原来数目的两倍。再帮我买另一只——"

电话突然发出一声锐响。那头一定是在高声尖叫。

"买，我说的是，买。现在是你没听清。B——U——Y，买。"

电话又传出刺耳的杂音。

"买，"他固执地重复道，"这是我的命令。"他挂了电话。

他没有笑，也不是很高兴。他说："为了证明那该死的预言是错误的，额外的损失也是值得的。我希望股票跌到5，我希望它跌到0，我希望它就在我们面前炸个粉碎。"

"你的甜瓜还没吃呢。"我说。

我们走进去，在餐桌旁坐下。这里阳光灿烂，但我还是希望穿得更暖和一些，我把开襟羊毛衫紧紧地裹在肩膀上。

我们俩都把勺子探进瓜里，又都把勺子留在那儿了，就好像它们被紧紧抓住了似的。他开始拆信，而我只是坐在那里来回地摆弄着勺把，似乎想要撬出什么东西。

"看，"他说，"看看这封。"

这地址是用墨水写的，字很难看，甚至把我们的姓氏都拼错了，字母 e 和字母 i 的位置颠倒了。左上角是同样拙劣的笔迹，写着"耶利米·汤普金斯"。

信封里什么也没有，没有写字，没有信纸。只有钞票，五张百元的纸钞。他把撕开口的信封拿起来，摇了摇，纸钞如流水般冲到了桌面上。

我没有碰它们，甚至离它们更远了一点，似乎被吓到了。其实的确是吓着了。

"是我压在烟草罐下面的钱。"他说，"邮戳是半夜盖的。他肯定是一发现钱就寄出去了。"

"我们进屋之前，他一直在看招聘广告。"

父亲看出纸钞放在那儿吓着我了。他一张张地捡起来，漫不经心地放进钱包。他似乎对此毫不在意。不过他的手有点笨拙，还稍稍有些抖，好像拿不稳似的。

"这个陷阱没用。"我说，"他不是为了钱，他不会被钱收买的。"

他拿着信封做了个手势。"这就是我们能得到的信息。"他表示同意。

他一只手就把信封揉成一团扔掉了。

"也许他比我想象的聪明，五百美元的陷阱还困不住他。"他说着坚定地看了我一眼，"或许他的精明在于一种长线投资，不相信能很快套现，而是让股息积累起来。"他咚咚地敲着桌子。"如果五百被接受了，你还会再给一千吗？但是五百被拒绝了，除了提高到一千你还能做什么？以此类推。我不过是打个比方。"

但连他自己也不再相信这一点了，我看得出来。我可以通过观察他，细听他说话的方式来判断。他说这些只是为了我，也许只是为了他自己。但我明白即便他这么说了，我们两人其实都不相信。

迈尔斯下午三点左右又打来电话，父亲不在。我告诉他，我让父亲一回来就给他回电。如果到时候他不在办公室，就打到他家里。他想留言，但我没接受。我害怕听到什么消息。他还没来得及开始留话，我就把电话挂了。他显然压力很大，听起来几乎语无伦次。

然后，他等不及了，又打了三次，每隔十五分钟一次。我让仆人们接的电话。我知道他不会把消息告诉他们的。

然后他放弃了。反正那个时候交易市场已经关闭了。

快吃晚饭时，父亲回来了。我告诉他迈尔斯是多么疯狂地想联系到他。"他到处找，找遍了全城。他说，任何一个可能找到你的地方，你都不在。"

"我知道。我故意一整天都待在他找不着的地方，我就是要尽可能地验证一下。"

"既然你回来了，打算给他回电话吗？"我问。

"不，"他说，"我没有勇气，我害怕回电。"我知道他在意的不是钱，也不是股票上的得失。

然后，我们就站在那儿，电话铃突然响了起来，我们俩都跳了起来，好似被一股电流电到了。

"现在他打过来了。"他说。我们互相对视着。"这简直就是地狱，"他说，"我再也受不了了。"

他进去接电话，我走了另一条路，尽量离得远一些，什么电话都听不见才好。

我等了很久，但他既不叫我，也没来找我，最后我终于受不了了，就回到了他所在的地方。

电话打完了。他微微弯下腰，又给自己倒了一杯白兰地，就像前一天晚上在他卧室里那样。他的脸色很苍白，几乎没有一点血色。他似乎费了好大劲才重新站起来，艰难地放开柜子的一角。

他说："他按照我的意思买进之后，股价又下跌了四分之一点。然后跌幅停了下来，似乎犹豫了一会儿，最后又开始上涨了。也许是因为我让他买进了，我也不知道。从那以后，股价就一直稳步上升，而且越涨越快。离收盘还有半个小时，它已经涨到了最初开始下跌的价格。到下午三点钟，当交易所收盘时，已经比昨天高了二又八分之一，种种迹象表明，明天还会涨得更高。"

他喝了一口白兰地，咳嗽了几声，但脸色仍然苍白。

"到今天三点钟为止，我们已经赚了两万两千美元。明天可能会赚到四万，甚至五万。"

但他的脸苍白如纸。

"这样，"他说，"是你想要的一种结果吗？"

我预料的也是一样。

我心中充满了恐惧，也许这才是陷阱，那藏在烟草罐下面的五百元小费根本不是陷阱。

但如果真的是陷阱，奶酪转到另一边了。老鼠和诱饵已经换了位置。

两三天后，艾琳来了。茜格说楼下大厅里有个人等着要同我说话，我对这类事情并不十分在意，就下楼去了，也没有再仔细问是谁。不管怎样，即使我知道来人是她，我也会下楼的，但我就不会因为她的意外出现而微微颤抖。其实不是因为她，不是因为她这个人，而是因为她的出身，因为她和那人有关系，因为我现在把她和那件事紧紧地联系在一起，姑且不论是否公正。

我还是下楼见她了，她怯怯地靠墙站在那儿——任何一次见面，她总是紧贴着墙壁，不敢站到开放空间的中心——她身旁摆着一把小长椅，但她太胆小不敢坐在椅子上等我，尽管椅子放在那儿就是给人坐的。

她胳膊上搭着一条皮草围巾，我认出那是我的。她手里拿着一个纸袋，里面装着一个圆形的小东西，从形状上看，肯定是一顶帽子。

我站在楼梯中间抬手打了招呼："哦，是艾琳来了。你好，艾琳。"片刻停留之后我从乍然相见的惊诧中恢复过来了，接着就往楼下走。

"我并不想过来麻烦您，珍小姐。"她颤抖着说，"我不知道是该留下这些东西就走，还是——"

那么，她为什么没走呢？我真想顺便问一句。

"您那天晚上把这些东西忘在我们家了，而且——如果可以的话，我想拿回我自己的。"

我忘了，她的东西的确在我这里。但她真的需要那些衣物吗？还是说只是为再次见面找个借口？这又是一个双面标签：哪面是错的，哪面是对的？与那些人有关的任何微乎其微的小事，现在都让我无法忍受。父亲说得对，这简直就是地狱。

"早知道是你过来了,我刚才就把东西带下来了。"然后我就问了心里真正想问的,"你刚才有没有告诉茜格你是谁?"

"没有,"她不好意思地承认,"我只是想和您谈谈。我担心您——您可能不想见我。可我确实想要回那些东西——"

"你告诉仆人们,她们也会照样给你的。"

"我不知道呀,珍小姐。"她低声下气地说,"我想她们也许还要征得您的同意,或者可能不知道我说的是什么,她们可能会把您的好东西错拿给我了。"

哪一面是错误的?哪一面是正确的?

那好吧。假如说她设计了这些,就是想再次面对面见到我。现在她见到我了。为了什么呢?她想要什么?动机应该自动显露了,或者这件事本身就很单纯,没有经过精心策划。

我打发了一个女仆去取那些东西,详细地描述了一番,告诉她在哪里能找到。

然后是无聊的等待,谁也没有说话。

接着女仆下楼了,手里拿着那件松松垮垮的外套和贝雷帽。大概是看不起艾琳,她翘起了鼻子,把东西递给艾琳时上半身还微微拱起,好像不想靠得太近。她真是我见过的表现得最势利的小角色,因此我不太喜欢她。毕竟,这些东西我都穿戴过的,我自己并没有那种感觉。我感觉到的是迷信带来的恐惧,但不是那种势利。

等到我们两人单独在一起时,我说:"看,你喜欢这顶帽子吗?皮草呢?想留下给自己吗?这些我都不想要了。"

她急忙把我的衣物放在椅子上。你给她任何东西,似乎都会吓着她。"哦,不,小姐,我——非常感谢您,我很感激,但是——我不能——我不能接受。"

"为什么?"我催促道,"为什么不要呢?为什么不能接受?"

"哦,我不知道,小姐……"她后退了一步,以配合她那隐藏的借口。

"但你必须知道。"我坚持道,"看,我自己是再也不会穿了。"让我再穿戴这些,我根本做不到。它们浸泡在恐惧之中,染上了恐惧的色彩,带着恐惧的气味。我再也不想看见它们了。"那你为什么不要呢?"

"我不能要。"她又往后退了几步,"这太像一笔交易了,拿别人的——"她停下来不说了。

"别人的什么?"

我没法从她嘴里问出来,但我不需要,我自己很容易就能猜到。不是感恩,因感激而给予帮助,接受帮助并不会感到内疚,这是意料之中的事。应该是一种通常不会带来回报的东西,非要推导出来是不道德的。忧愁、不幸、悲痛、烦恼,这其中有一个词就是她刚刚想说的。肯定有一个词是猜对的。

我和她一起向门口走去。她突然停了下来,转向我,似乎终于要把一直想说的话说出口了,之前一直没有勇气说,直到现在时间已经不多了。

她的动机,她就要说出这次来见我的动机了。

"好吧,再见,珍小姐。还有——祝您一切安好。"

说得像是最后的告别?为什么?

她想说的远不止这些。我几乎想陪她一起费劲地说出来,但我没有任何表示。

最后,她鼓起勇气小声说:"别再去那里了,小姐。尽量别去。"说完,她又战战兢兢地走开一小步,好像随时要挨骂似的。

"哦?"我说。

"为了你们好,您和瑞德先生——"她伤心地呜咽着。

这次我什么也没说。

"不会有什么好结局的。"她痛苦地低声说。

她匆匆走下台阶,很快消失在我眼前,我不得不把门关上。

这就是动机,又是两面性的。哪一面是正确的?哪一面是错误的?是诡计还是诚意?是一种反其道而行的诱惑吗?表面上阻止我们,从而更能诱惑我们?还是出于她单纯的内心,发出一个诚恳的请求?或者,她不过是个诚实、不善猜测的中介,抛出了一个巧妙设计的诱饵,而这诱饵完全来自别人,却通过她传递给了我们?

我站在那里,双手紧紧地箍住脑袋,好像要把它压得不成样子。

这简直难以忍受，生活成了一个痛苦的迷宫。恐惧、恐惧，到处都是恐惧。出口实际上成了障碍，障碍也可能转变为出口，你不知道该选择哪个，只能无助地四下徘徊，最终倒地不起，耗尽所有。

女仆一直在楼上大厅里窥视我。

"她让你头疼了吗，小姐？"

"让我浑身都疼，"我说，"从头到脚。"

我把艾琳留在椅子上的东西递了过去。"把这些拿走，"我说，"送人也好，扔掉也行，不要让我再看见。"

她贪婪地扑过去抓住衣物，嗖的一声拿走了。

现在一切都结束了，我对自己说。一切都完成了，终结了。两方之间的连线已经断了，再也没什么能把我们带到他们那里去，也没什么能把他们带到我们这边来。除了我们自己的愚蠢。

唉，我们两人会变得多么愚蠢！

几天后，我发现他坐在车里，在门口等我。我不知道究竟过了多少天，是过了很久，还是短短几天。但这段时间足以让我们挣扎，让我们坚持反抗。也许是八天、十天、十二天，或是整整两个星期。

我凭两点知道他是在等我。因为他坐在驾驶座旁边，显然不是要自己开车，而且因为我出来的时候他一直在朝门那边看。

我真不明白，我走下台阶出大门的时候，他为什么一直坐在车里那么满怀期待地望着我。

我走到汽车旁，站在那里。

他没有回避，直截了当地说："珍，我要去那里。"

"那里"不需要详细解释，我知道他指的是哪里。

"你想和我一起过去吗？"

"他们甚至连借口都消除了。她一两天后就把我的东西送过来了，你知道的。"

"我知道，但是，珍，我们都是凡人。我过去不需要有借口，我没有借口。"

"只是——只是出于无聊的好奇心？只是想再试一试他？"有那么一会儿，我对他感到失望，这是我一生中仅有的几次。

"哦，我有正当的生意上的理由。"他继续说。

"那你确实有借口——"

"不是一回事。如果我那样说，就对自己不诚实了。如果我找他是为了一些靠不住的借口，连我自己都不相信的借口，只是为了试探他，那么可以说我是在找借口。但现在我要去找他谈一件对我至关重要的事，我不会以此为借口。这就是为什么这件事对我很重要，而不是对他，不是他能做什么或者不能做什么。我不知道你能不能理解我。"

"我想我明白你的意思了。"我答道，然后又悲伤地说，"但你还是要去。"

"珍，我已经无计可施了。不知道还能怎么办，也不知道还能向谁求助。"

"我觉得今晚吃饭时你表现得有些担心。"

"今晚吗？已经持续了好多天了。"

我打开了车门。"我开车送你过去。"

"如果你不想去，不必和我一起去。"

"我是不想去那里，"我说着上了车，"但你去的任何地方我都想去。如果你的目的地就是那里，那我要和你一起去。"

我关上车门，打开了点火开关。

"你这次去了以后，再想不去就难了，要比上次难得多。"我说。

"我知道，珍。"他沮丧地说，"我知道。"

我们开车开了好一段时间。

"不是去问股票，对吗？"

"不，那是廉价的噱头。"他有一会儿没再说什么。然后我们靠近那里时，他开口了："你知道吗？海岸那边罢工了。"

"我知道。"

"我有一批价值好几十万的生丝，在檀香山滞留好几个月了，不能在旧金山卸货。我接到了岛上一个商人的报价，大大低于原价，更不用说利润了。看起来我要么低价出售，要么就全部赔光。这种僵局会永远持续下去。我已经起草了接受这个报价的电报，就在我的口袋里。"

我一脚踩下刹车，我们到地方了。

他下了车。

"你觉得我这样很幼稚吗，珍？"

"你这样也是人之常情，"我说，"我们每个人都会这样。"

他走了进去。

我坐在车里等。

他又出来了。

我们开车走了，我什么也没问。过了一会儿，他从口袋里掏出空白的电报，翻到背面，用铅笔写了一条新消息给他在檀香山的代理商。我忍不住扫了一眼，只有六个字，全部用的是大写字母："告诉他去死吧。"

过了不到二十四小时，州长本人出人意料地出面干预，整个罢工在日出和日落之间被仲裁、取消。工人们六个月来首次开始装卸货物。报纸上说，连州长最信任的顾问都不知道他的意图。

我们的货物比其他货物先抵达旧金山。最早到那里，就变成了一大笔意外之财，他赚到的正好是预计盈利的两倍。驾车开一小段路，到达一栋简陋寒酸的公寓，再爬一段楼梯，就赚了二十万美元。他告诉我的就是确切的数字。

我坐在那里等他，手里拿着香烟，肩上披着一件浅蓝色的风衣。我再也没有上去过，不知道为什么。我再也没有问过他，也不知道为什么。他又下楼了，每次都跟我说一些小事。我一直希望他不要说，因为听到这些我的心会畏缩。

"他知道我母亲在我十四岁时去世了。"

我自己都不知道他当时是多大。

"他知道，是看到她穿着美丽的丝绸和服，才让我后来进入丝绸进出口行业。"

"是这样吗？"

"是的，但直到现在我才记起来。"

我的心畏缩着，似乎蜷成了一团。

我坐在那里等他，肩上披着一件铁锈色的风衣。我再也没有上去过，再也没有问过他。他会告诉我一些小事情，我一直希望他不要说。

"你还记得那天晚上我们都去了使馆俱乐部，庆祝露易丝·奥德威的生日吗？我得说，那天发生了一件扫兴的事。你的鞋是新的，跳完舞后，鞋子挤脚挤得厉害，你就把鞋脱下来放在桌子下面好歇歇脚。可别人跳舞时把那双鞋在地板上踢来踢去，你再也没能找回来，你就那样只穿着袜子被托尼抱到车上去了。"

"他——他知道这件事？"

"那双鞋现在就在诺福克街120号当铺区一家旧货商店的橱窗里。从街上看不到，因为放在了一架很大的二手班卓琴后面。"

第二天我开车经过那里，下了车。我只能看到班卓琴，别的什么也看不见。

我走了进去。

"你的橱窗里有一双金色的小山羊皮晚装凉鞋。我能看看吗?"

"没有,小姐,据我所知没有。我想你一定是弄错了。"他走到窗前,从里面看了看,我能看到他的肩膀。

从里面也看不到那双鞋。只有班卓琴的琴背,还有一堆碎布、吊牌和短尾琴。我感觉很好。

他把手探进去,把那一堆杂物都掏了出来,以免损失一笔可能的买卖。然后那双鞋就冒出来了。

他目瞪口呆地了挠了挠头说:"我自己都不知道有这些。"

我坐下来试了试。鞋跟四厘米,架在两厘米的鞋楦上,尺码是三号。我以前的脚真是小得可怜,像中国女人缠过的小脚。现在这鞋小得像一双手套。

我烦躁不安地甩掉了鞋,它们在空中打了个圈。我这辈子也不要再看见这双鞋。

我坐在那里等他,肩上披着一件紫红色的风衣。我再也没有上去过。我从没问过他——

"还记得我追求你母亲时给她写的那些情书吗?——不,你不会记得的。"

"不过你以前告诉过我。那时候她在瑞士上学。嫁给你之后她还一直保存着那些信，用丝带系着。她走了之后，你就自己留着了——"

"我不确定放在哪里了，都这么多年了。我们谈起了她，也不知怎么就说到了那些信。他告诉我是放在了国家安全银行的保险柜里。我一定是十七年前放进去的。他还说丝带是蓝色的，一共有四十八封信。当年我们分隔两地快一年，我每周给她写一封信——我必须去那儿看看——"

有那么一会儿，我用手捂住了耳朵。是他在开车，汽车保持直行。

"我曾经送给她一条钻石加红宝石项链，也在那个保险柜里。我现在想起来了。他说，那项链上有十颗钻石，但只有九颗红宝石。一颗红宝石丢了，我们后来也没再修补——我必须去那儿。"他又说道。

去那里干什么呢？我想，丝带肯定会是蓝色的，情书会有四十八封，项链上会少一颗红宝石。

"你记得我们保险柜的密码吗？"

我以为他不过是随口问问。

"不记得，你呢？"

"不记得。"

然后他又说，"他说密码是 1805。"

一早我给银行保险柜的保管员打了电话。

"我是珍·瑞德。请告知我们的保险柜密码,好吗?"

"对不起,瑞德小姐,"管理员说,"为了确认身份,我必须先给您回电话,打到您在这里登记过的住处,然后才能提供任何与这相关的信息。"

我等着,他的确回电了,花了一些时间。

"只是为了保障安全,"他说,"您的密码是1805,1-8-0-5。"

我坐在那里等他,肩上披着一件浅黄褐色的风衣。我从来不上去,从来没问过。他没有再告诉我什么。我很高兴他没有——

我坐在那里等他,肩上披着一件绿色的风衣——

我坐在那里等他,肩上披着一件黑色的风衣,就像我之前坐在车里等过的很多次一样。已经记不清有多少次了。在同一个楼道口,同一幢房子前。街道在我面前伸展开来,两条狭窄的线倾斜着会聚一处。远处的房子排列得越来越低,低得似乎要沉入地下。一切看上去都黑乎乎的,仿佛有一团木炭灰吹过,被轻轻揉了进来。

头顶上是数不清的星星,似乎都在收缩、扩张,如同天空中出现了奇特的气孔。星星是事件中的一部分,它们是来预告的。

夜空下是我,独自一人在车里,静静地坐着。有那么一会儿,我好几分钟都一动不动。偶尔会看到一小股烟从挡风玻璃上方飘过，飘向另一边的黑暗中。那是我在抽烟。有一次我把手腕翻转过来，看了一眼，手举得离仪表盘很近，但不记得是什么时候了。我想那时我也没注意到时间，看表只是一种习惯。

但除此之外，我没有其他的动作，坐在那里静静地等着。

突然，我看见他出现在楼道口，只是在我注意到他之前，他一定已经在那儿待了一两分钟。因为他一直站着不动，不像是刚刚停下来。漫无目的地站着，他的身影显得毫无生气，仿佛在一个地方站得太久，已陷入四周浓重的夜色中，活力已被吞噬，周身的棱角也都被磨平了。

我替他推开车门，免得他自己动手。他似乎没看到我这么做，即使他看到了，他似乎也不明白我在做什么。他没有再靠近。

终于他摸索着迈出了一步，结果却走错了方向。沿着这条路继续走，就会离我越来越远。

"爸爸，"我说，"我在这儿呢。我在这里。"

有那么一会儿，我几乎以为他的眼睛出了什么问题。要么是因为太黑了，他无法适应这边的街道，要么是——

然后他摇摇晃晃地转过身来，朝我走来。我发现不是他眼睛的问题，是他的脸有点不对劲。他的整张脸都出问题了，就好像一分钟前就在他面前发生了一次爆炸，震荡还未退去，受到的惊吓还未消退，他脸色灰白，神情呆滞。又像是爆炸引起的火光还在闪烁，照得他的脸上泛着一种磷光般的惨白，如同镜子里反射的水光。

他找不到敞开的车门。只见他的两只手在门框顶上胡乱摸索着，就是摸不到门。车门其实就在他面前。

"你不舒服，你病了。"我说，"怎么了？"

"扶我进去。"他说。

我把他拉进了车，他在我身边重重地坐下，整个底盘都摇晃了一下。他落座时的动作如此沉重，简直像坠落似的。

我见他笨拙地摸索着领口，就赶紧为他解开领口，拉开领带。

"没事，"他吃力地低声说，"别在意。"

我帮他掏出手帕，贴着他的前额敷了一会儿，时不时地帮他换个地方继续敷。

"你看起来跟鬼似的。"我说。

"没错，"他喘着气说，"我就是个鬼。"

突然，他的脸向前一倾，压在了方向盘上。他坐在方向盘旁边，因为我挪过去让他坐在我旁边。他的脸卡在两根辐条之间的空隙里，仿佛他正透过辐条向下凝视着车底。他的手懒洋洋地搭在轮辋上，那样子像是在驾驶，在指引着车，其实他已浑身湿透，无力地瘫倒在那儿，眼睛向下盯着车底。

他的身体颤抖了一两次，但没有发出声音，也没有流眼泪。他一定是很久没有哭过了，再也哭不出来了。

我伸出手臂环住了他，有那么一会儿紧紧地搂着他的肩膀。现在我们两人都那样向前倾斜着。

"没什么,"他说,"别在意。"

他又直起身子坐了起来。

"是他说了什么吗?"

他摇了摇头,然后说:"不。"但他是过了很久才回答的。这显然是一个支离破碎的谎言。

"一定是的。你进去的时候好好的,还没发生过什么事。"

我能感觉到自己近乎歇斯底里了。他点燃了一种令人疯狂的恐惧。

"他对你做了什么?告诉我!"

我抓住他的衣领,不住地摇晃,像个纠缠不休的孩子。我哭了起来,因为一无所知而感到莫名的愤怒。

"告诉我,你得告诉我。我有权知道。"

"不。"然后他说,"不行。"

"我有权知道。我是珍——看着我,回答我。他对你说了什么,让你变成这个样子?"

"不,"他疲惫地说,"不能告诉你。我不会告诉你的。"他把头靠在椅背上,失魂落魄地向上望着。

"那我自己上去问他!如果你不愿意说,我让他告诉我。"

车门砰的一声打开又关上,我就出去了。

他猛地从方向盘上抬起头来,我不由得加快了速度。他显然受到了惊吓，在我身后厉声叫道："不，珍，不！不要靠近他！看在上帝的分上，别上那儿去——我不想让你知道，不想让你知道！"

我冲进了楼道口，哭着跑上楼，哭泣声一路伴随着我断断续续的脚步声。心中满是悲愤，不顾一切地想要保护父亲，反抗周遭对他所做的一切。恐惧已被抛到脑后，此刻我迎头冲向了恐惧，与它搏斗。

我走到了门口，汤普金斯家的门口，拼命地敲起门来。然后我抓住了门把手，没等主人回应是进或不进，是走还是留，我就自己打开了门。我没有等待，也没有征得允许，就这样不请自来。

他慢慢抬起头来看着我，这是他唯一的动作。除了头部微微向上移动，其他部位都保持在静止状态。手臂直直地撑着，像个夹紧的支架，刚刚是托着脑袋，按着太阳穴，这会儿他的手还是保持了弯曲的弧度，虽然手中已空空如也，仿佛陷入了忧郁的沉思。

他没有说话。他那向上翘起的手在灯光下显出一片不规则的模糊暗影，轻扫过脸颊的下半部分，就好像那个地方没有刮胡子似的。

"你究竟对我父亲做了什么？"我两眼冒火地问，"你对他说了什么？"

他没有回答。

我随手把门关上了。"刚才这里到底发生了什么？"

他的手终于放下来了，那片阴影掠过他的脸。

"别问我这个。你走吧，和他一起走。现在就跟他回家。"他安慰我道,像在安抚一个烦躁的孩子。

我开始尖声喊叫起来:"我不能。我不能就那样和他走了。你肯定在这里对他做了什么。你必须告诉我,一定得告诉我,告诉我。"

他已经从椅子上站了起来,但究竟是出于胆怯想自卫,还是固执地暗示我走开,我也不清楚。"我没对他做什么。"

"你做了,一定是你。除了你还有谁?他进这屋之前不是这样的,现在出去后——"

他一言不发,只是站在椅子后面,抓着椅子的顶部。

"我是他的女儿,我有权知道。你怎能就这样看着我站在你面前?你到底是什么样的人?"

他还是没有说话。

我突然跪倒在他面前,抓住他的外衣。

"起来。站起来,孩子。"

"就问你一件事,就这一件事。看到他那样我真是受不了。"

他想把我的手掰开,但并没有恶意。"孩子,你根本不知道你在问什么。"

我不愿起来,他也没办法让我站起来。他的手在我的肩上抓来抓去,却是白费功夫。

"我要是告诉你了,你就明白还不如不知道呢。"

我拉了拉他的外衣,感觉自己脸上满是苦苦的哀求。

"我请求过。我告诉过你们不要再来这里,从第一次——"

"那不重要,我不想听,他毕竟还是来了。"我的声音沙哑了,"现在说吧。告诉我,你究竟跟他说了什么?"

他叹了口气,表示认输。我感觉到他不经意地扶了一把,我站了起来。我们现在面对面地站着。

"他是来问我一个问题的。我回答了。"

"不可能——不可能就这些。"我结结巴巴地说。

然后他又补充道:"说得比我预想得多一些。"

他往旁边挪了挪,好像要躲开我。我转过身去,再次面对着他。

"什么问题?他问了什么问题?"

"一个生意方面的问题,就像他问的其他问题一样。"

"这个我知道,他来时告诉我了。但这还不够,他到底问了什么问题?答案是什么?"

"他问了他正在考虑的一个长期交易。他问我,要继续还是终止这笔交易,哪一个对他有利。"

他停住了。

如果我的手没有真的伸出去紧抓住他,他也一定强烈感觉到了我想这么做。我的确这么做了。

他压低了声音。"我看到了画面,关于那笔交易的画面。我告诉他不管怎样都无所谓。他问怎么可能呢。他对我的答案不满意,继续逼问我。我让他放过我,不要再问下去了。他不听我的,坚持追问。他比我聪明得多。当他想要什么时,他知道如何能得到。

他让我再讲一遍，结果我讲得太多了，讲了我不想说的那部分。"

他疲惫地叹了口气。

"那就告诉我吧，就像你告诉他的那样。你不能现在就停下不说了，这样太过分了。"

"他说：'但这次交易会有两个可能的结果？'我毫无防备地答道：'是的。六个月后。'他点了点头。'我知道，至少需要那么长的时间才能有回报，这一点我明白。那么，哪一个对我更有利呢？这就是我想知道的。'"

他又深深地吸了一口气。我似乎停止了呼吸。

"我说：'哪个都一样。'

"他说：'不可能。如果有两个结果，它们不可能是一样的。肯定是一个对我有利，另一个对我不利。'

"我说：'都一样。'

"他说：'如果两个都对我有利，至少一个会比另一个更有利。如果两者都对我不利，至少有一个造成的损失会少一些。哪怕只有毫厘之差，告诉我吧。'

"我说：'没有区别，一点区别也没有，没有其他的答案。'他粗暴地把我拉到身边，摇晃着我。他要探听的话就这样溜了出来。'需要六个月的时间才能有结果，而那时你已经不在了。'"

他闭了一会儿眼睛。

"他明白过来时，我看到了他脸上的神情，就跟你现在的这副样子一模一样。那样的神情我从未见过,真希望永远不要再见到。死亡来得太快,身体还没有做好准备。然后他开始和我讨价还价,好像这种事情上我也有发言权似的。

"'五个月?'他说,'从现在算起还有五个月?'

"他读懂了我的沉默。

"'四个月?'

"我没有回答。

"'三个月?'

"他看了看我的眼睛。

"'两个月?'

"我摇了摇头。

"'那么,一个月。至少一个月!'

"他在祈求我无法给予的东西。

"'那么,什么时候?到底什么时候?'

"总比看着他在我面前一无所知,慢慢死去要好得多。任何事情都比那令人窒息的痛苦好。我只是一个普通的人,不是石头打造的。'三个星期以后,'我说,'在六月十四日和十五日之间,午夜钟声敲响的时候。'

"他只剩下一个词可以用。'怎样?'他问。

"'你将丧命于狮子口中。'"

突然,房间里安静了下来,就在片刻前,我们还在这里吵吵嚷嚷。此时好像有一张毯子刹那间从天而降，把一切都盖住了。

沉默一直持续着，我以为它永远不会结束了。然后出现了一个很小的声音，那么微弱，那么模糊，那么细小，我不知道这声音来自哪里，但不可能是他发出的，因为没看到他的嘴唇在动，在呜咽着说"不"。等了一会儿，又是一声"不"。继续等待，然后第三次听见了"不"。接着又是一阵沉默。

现在我是坐着的，肯定是他领着我坐到椅子上的。他的手搭在了我的肩膀上，想找个法子来安抚我。那是一双笨拙、粗糙的手，有些不知所措。我也不知道该怎样安慰自己。那双手终于拿开了。

"你不该来，也不该问的。"

我看着他，却什么也看不到，什么也听不见。我迷迷糊糊地思索着，仿佛想唤醒对当前环境的模糊记忆。我来这里做什么？为什么要坐在这里？为什么要留在这里？

我紧紧抓住椅背站了起来，茫然地四下张望，寻找出路。我知道这里应该有出路。

"他在楼下等我呢。"我喃喃道，"我还是回到他身边去吧。他现在独自一人。"

"我们都是孤身一人，"他轻声回答，"每个人都是这样。"

他扶我走到门口，他的手又一次不经意地在我的肩膀上方搭着，并没有真正触碰到我，只是为了防止我摇晃或绊倒，准备随时搀扶我。

然后他打开了门,我穿过门口继续往前走,他的手刚才虚揽着我,这会儿悬在半空中,依然保持在我肩膀的高度。

对我来说,到处都是漆黑一片,但究竟是我内心的黑暗向外蔓延,还是外部的黑暗向内入侵,我说不上来。我在黑暗中慢慢穿行,用两只手摸索着身体一侧的墙面,一只手叠在另一只手上,样子就像倾斜海面上的侧向游泳者。

"你能看见下面的路吗?"

"看不见。"我轻声说,"但我根本不知道我的路在哪里,所以没关系。"

过了一会儿,身后又传来了他的说话声。

"不用忍着了,可怜的人。没有什么是可以改变的。"

我听到他的声音就在我身后,但什么也看不见。前面、后面、四周都已被黑暗包围。

过了一会儿,我们两人中有一个在车里动了一下。我忘了是谁先动的。

但先说话的是我。我呆呆地环顾四周,仿佛在这之前我的眼睛都是紧闭着似的。我说:"我们在这儿坐了很久了吧?"

"我不知道,珍。"他说。

我抬头看了看天,脸部抽搐了一下。"现在还是晚上,"我说,"有星星——我都看不出还是不是夜里。还是我们来这儿的那天晚上吗?"

"我不知道,珍。"他答话时带着一种奇怪的、我从未见过的顺从,就像一个特别乖巧的小男孩,只在别人对他说话的时候才答话,在所有他不能理解的事情上都等待长辈的指引。

"我觉得头昏眼花。"我说,"那些星星游来游去,你抬头看它们的时候,它们就会变成带波纹的圆圈,就像镶嵌着珠宝的手表在晃动,而你的脑袋也会跟着它们一起晃动。"

我能感觉到自己仰起了下巴,随着我眼中的那些闪闪发光、转来转去、互相套住的小轮子,勾勒出一个小小的椭圆形。

"我觉得我们最好还是回家吧,回到我们的房子里去。"他说,"我感觉不到什么,但我想我们还是回家吧。总是有人走过来,停下看着我们,太滑稽了。我不喜欢他们那样做。"

"我也不喜欢。"我附和道,但还是仰着头看星星。

"我想我们最好回家,回到我们的房子里去。"

"我们的房子离这儿很远,离我们现在的地方很远。"

"但我们必须回到那里,我们住在那里。"

"我觉得现在记不得路了。我没法清醒地思考。"

"你还能开车吗?"他无助地看着仪表盘问道。

"我觉得开不了。如果你想让我试试,我可以试试,但我想还是不行。"

"人们总是那么滑稽地看着我们。"他呜咽着说,"看,他们站在那里,看着我们,不肯往前走。"

"他们以为我们喝醉了。"我说,"我们像这样挤在一起。"

我试着用一只手握住方向盘,另一只手去转动点火开关。车钥匙滑了出来,掉在地板上。我的手也从方向盘上滑落,根本就没法握紧。

"我不行。"我低声对他说,"我开不了,不知道是怎么了。让我安静地想一想,等会儿我再试一次。"

"我来帮你。"他说。他把手放在方向盘上。我的手也放回来了。现在我们用四只手抓住了方向盘,每边两只手。我们试着摇了摇。然后我们还是被挫败了,只能抽身而退,随它去吧。

"最好还是坐出租车吧,把咱们的车留在这儿。"

"你能出去拦一辆吗?"

然后我很快拦住了他。"不,不让你去叫车,我担心你不回来了。问问那个看着我们的人。"

"先生,"他声音微弱地说,"您能给我们叫辆出租车吗?能帮我们叫一辆过来吗?"

"怎么了,你们自己不会叫车吗?"那人嘲笑道。

奄奄一息的时候,没人能帮你,我无奈地感叹道。

"我们的状况不是很好,出不了这辆车。"

我们的样子很不对劲,就在那儿等着被人看见,一旦有人指给他看,他马上就能觉察。他显出悔悟的神色。"哦,我去叫车。

请原谅。"

他转过身去，走向街角，绕了过去，我们就看不见他了。但我们远远地听到了他在大声招呼远处的出租车，有一两次都没有成功。最后他打了一个呼哨，像金属哨声一样刺耳。

"她的脸色苍白得吓人。"一个站在旁边的女人说。然后她走近我们，直接跟我们说话："怎么了，你们出什么事了吗？"

周围零星有些人，不算多，大概三四个，因为已经很晚了，天色又很暗，没有什么热闹可看的。而且之前已有一两个停下来看过了，没发现有什么特别的。

"让他们自己待着吧。"站在几步开外的一个男人语气生硬却又带着怜悯。

我抬头看着她的脸。"是的，请让我们独处一会儿。"我低声下气地恳求道。

她毫无怨气地回到了原来的地方。

一辆出租车从外面开过来，挨着我们的车停了下来。叫车的那个人正要走下踏板，一条腿还没着地。他下了车，帮我们打开两扇门，出租车的门和我们自己的车门。这两扇车门几乎挨在一起了，形成了一个封闭的小通道，正好可以让我们从一辆车出来，再进另一辆车。那人也伸出援手，先是架着我的手臂送我上车。然后我们两个人，他和我，一起去搀扶我父亲，这次双手都用上了，他站在地上扶着，我从车里接着。

然后我让父亲坐在我旁边的座位上,司机把胳膊向后一伸,替我们把车门关上。

我们停留了一会儿,正纳闷为什么不开车呢。然后我想起来还没告诉司机去哪里。我探身往前,司机听到我在他背后摸索玻璃挡板时,他转过身为我打开了挡板,我告诉了他我们家的地址。

他又不像我们被命运击垮,他开车当然没有问题。出租车开动了,把我们停车坐了很久的地方抛在了后面。

星星再也看不见了,被出租车的车篷挡住了。如果坐在座位中间,甚至从侧面的车窗也看不见星星,道路两旁的建筑挡住了它们。

有一次,车停了一会儿。我说:"你想喝点什么吗——在路上,在到家之前?那边有个酒吧。司机可以帮我们把酒拿过来。"

"不,我害怕喝酒——现在。第一次遇到这种特殊情况。如果只是一个小麻烦,我想喝点酒是会有用的。但现在我害怕——"

我抱住了他,双臂紧紧地搂着他弯曲的身躯,他的头低垂着,靠近我的腿。

"这么害怕有什么不对吗,珍?"他喃喃道。

我不知道我嘴唇一开一合说了些什么,但我的心在对他说,知道自己的死期肯定是常人无法忍受的。

出租车停了下来,又在我们身后拐了个弯。我们孤零零地站在黑暗中,现在是到郊区了。

我们摸索着向前走,朝着前面亮灯的窗户走去。"靠着我一点。"

我说,"这几步路得靠我们自己走了。"

我们终于走完了,来到了大门口。星星从空中将亮光一泻而下,像在敲打我们的背,又像银色的雨点一样向我们猛扑而来,我们不敢回头看。但过一会儿,就会有人为我们开门了,星星就追不上,也看不到我们了。我们站在那里紧紧地靠在一起,用尽最后一丝力气举起胳膊,敲了敲门。他喘着气说:"我们到家了,珍。"

"我们到家了,父亲。"

讲述的终结：等待的开始

  这时，小餐厅外面天色渐亮，夜晚已经过去，星星也不见了。在餐厅里，肖恩注意到墙上的壁灯已经和室外的亮光开启了一场注定要失败的对抗。壁灯成了浑浊的黄色球体，光线都缩在球体内，不再向外辐射。终于，所有壁灯的电源在同一时间被某个总开关切断了，关灯带来的光线变化几乎没人觉察到。

  外面的光线越来越强。蓝色开始悄悄溜走，越来越多的白色慢慢渗了进来。然后白色逐渐变成温暖的黄色，白天到来了，天完全亮了。时不时地，窗外有人经过，人影越来越多，轮廓也越来越清晰。从模糊难辨的轮廓变成了三维立体的行人，完整而圆润，他们的影子在身后的玻璃上滑动着。玻璃上倒过来的招牌字号现在也有了自己的影子，远远地投射在室内的地板上：咖啡屋。

一辆公交车的齿轮啮合在一起，声音传进了寂静的餐厅。过了一会儿，还能听到一枚硬币被塞进去了，投币机发出了叮当声。然后公交车嗖的一声飞驰而过，瞬间就消失了。侍者正在外面清扫马路，可以听到扫帚在人行道上发出刺耳的刮擦声，往外扫时声音又重又响，往里扫时扫帚会轻轻抬起。货摊或商店窗户上的遮阳篷被取了下来，发出砰砰的闷响。

白昼来临了。这种自然景观日复一日，永不停息，早已是司空见惯，无人关注。

除了成千上万的受益人中的一个以外，没有人去欣赏这奇观。

他们两人都一动不动。那个男人，那个女孩。似乎两人都在桌旁睡着了，男人笔直地坐在桌边，女孩一头倒在桌子上。

不过他的眼睛是睁着的。她的眼睛被遮住了，藏在她叠起的手臂后面，那手臂环绕着她的头，如同筑起了一道壁垒。

他们都没有动静。在那张进行了长时间的谈话、却没解决什么问题的小桌子上，唯一活动的东西却是没有生命的，只是一种实体物质。他们中的一人——也许是他——很早就在桌上放了一支香烟，冒出的一缕轻烟在空中顽固地飘荡着，扭曲着，直到化为乌有。

只有那缕烟在袅袅飘动，别的都是静止的。

他一直看着她。她的头发透着青春和活力，即使是恐惧也不能使发色暗淡或破坏发丝的柔软光滑。她的颈部是那么笔直，那么洁白，线条如此清晰，似乎是从他坐的地方垂直上升的。

他目不转睛地看着她。一只手臂沿着桌子向他摊开，仿佛是下意识地伸出来，向他求助，尽管是不经意间放在桌上的。她的手指离他只有一两英寸远，仿佛她只能够到这么远的地方，没法伸得更远，而她所寻求的助力必须主动过来帮她。她的手指是那么光滑，没有突出的骨节，显得如此脆弱，无力对抗任何威胁。看起来只需一只手就能把它们握住，轻轻一折似乎就会断掉。指甲上没有涂颜色，透着自然的珊瑚红，经过了抛光和精心修剪，边缘非常完美，可能从她停止了童年的玩耍起，在过去的几年里指甲都没有破损过。而她现在必须为生命而战！两条生命。

他还在看着她。她的头和肩膀在桌面上向前趴着，两只脚并排放在地板下面，稍稍向桌子的一边伸出去，脚趾头朝后，与身体的平衡保持一致。她的脚这么纤小，看似没法提供支撑，鞋跟又细又尖，像钉在铁轨上的长钉子似的。这样的脚怎么能支持她在厄运的打击下继续前行呢？

她紧握的手指搂着自己的头，时而放松一些，时而又缩紧。他能看见她的侧面，她的身体俯在桌边，随着每次静谧、绵长的呼吸而微微起伏。

他眯起了眼睛望着她，阴沉、严肃的目光中透着怜悯。严肃是针对事情的起因，怜悯是对于事情的结果。目光中还潜藏着怨恨，但那是一种无可奈何的怨恨，看不出有什么值得注意的。此外，那目光中还流露出一种迷茫，一种困惑，一种真诚的努力，试图去理解对方，但每一次都失败了，沮丧在眼周留下了一道道皱纹。除此之外，还有一种神情，那是微不可察的冰冷的惊骇，就像一个人不情愿地目睹了一场残杀。

他伸出手碰了碰她，先是轻轻地摸着他面前的那只手。

"天亮了，"他轻声说，"现在星星不见了。看，它们已经不在那里了。"

她没有动。他碰碰她的手臂，摸了摸胳膊肘前面隆起的地方，然后轻柔地把手放在那里，停留了一会儿。

"抬起头看看，星星不见了。你不相信我吗？不信任我吗？"

她好像没听见。他以为她不会再有动静了，就放弃了等待，把手拿开了。

又过了一会儿，她的头慢慢地从手臂后面抬起。她的脸缓慢地扬起，五官逐一显露出来。白皙的额头，充满了太多的痛苦。紧接着露出的是眉毛，没有皱褶，眉形平直，显示出耐心和坚忍。然后展现的是眼睛。

她似乎在说话，却没有声音。这是他第一次在白天看到她的眼睛。这样包含哀怨忧伤的眼睛展露在他面前，他紧张得几乎要抽搐了。他想，天哪，这样的眼睛！难道我不能帮她吗？有谁能读懂她眼中的话语?

她转过头,有些疑惑地环顾四周,不住地往外看,往上望,她的目光在这两处停留的时间最长。危险在哪里,她的恐惧就来自哪里。

他把手又放到她手臂上,想安慰她。

"太阳出来了,就是这样。看到了吗?阳光都照到地毯上了。在那里,出现了一个黄色的印记,好像洒了什么东西似的。看到了吗?在不断蔓延,蔓延——"

她似乎有些茫然。

"这是很久以前我们最初来的地方吗?"

"是几小时前。"他说。

她把手搭在眼前。"我又经历了一遍。"

"我知道。非常抱歉,可这是唯一的办法。"

"把一切都告诉了你有什么好处吗?"

"如果我有办法——"

她摇了摇头。"黑夜还会再来,到时候你会在哪儿呢?"

他低下头,没有回答。

"你无法阻止黑夜回来。它现在就已经在路上了。它是沿曲线运动的,走得越多,离得就越近。它还会回来的,而你就要走了。我又要一个人被黑夜包围了。"

"我能向你承诺什么呢?"他颤抖地缩着下唇,声音轻得几乎听不见。

她双手合拢放在桌子上，然后什么动静也没有，就坐在桌旁静静地看着自己的手。

"你现在不让我送你回家吗？你不想让我跟你一起去，确保你——"

"回家？"她的手又展开了，"死亡就在那里等着我们。那是即将到来的死亡，最恐怖的死亡。死神躺在那里的床上，躺在曾经属于我父亲的房间里，被子一直盖到下巴。死神整夜都没有动静，但没有睡着，就躺在那里，睁着眼睛望着前方。我知道的。我每天早上都去那个房间。每次我走进门时，那双眼睛都会转向我，带着无助的眼神说，救救我，救救我。刚刚你看我的眼睛时，我看到了你的脸。你以为我没看见，但我看得清清楚楚。如此的痛苦，如此的可怜。你只是我昨晚遇到的一个陌生人。那么你认为我看到父亲的眼睛时是什么感觉？"

"你现在想让他一个人待着，而你远远地躲开吗？你知道这样不行。"

"我尝试过自己的办法，但你不让我试。现在我们已经过了那个阶段了。"

"好吧，那怎么办？"

"你走吧。你不必坐在这里，你不用这样。你有自己的生活，自己的工作。你已经给了我一个晚上的时间。"

他摇了摇头,动作缓慢,但摇了好一会儿。"我不会离开你的。我的意思是,我不会对发生在你身上的这件事撒手不管。我现在已经卷入其中了。他把这件事传给了你,而你又传给了我。我再也睡不了安稳觉了。一两年后,我还是会时不时地醒来问自己,那件事怎么样了?究竟怎么样了?我为什么要离开她,继续做自己的事呢?我为什么不等着真相出现呢?我知道,肯定会这样。我一向都是这样的。"

她撅起嘴唇表示不赞成。"反正也不会太久了。只剩下三个白天,两个晚上了。两个完整的晚上,还有半个晚上,到午夜时分就——"

他伸出手,把手指的关节轻轻向后压在她嘴唇上,把她的话从中间打断了。

一位顾客走了进来,在门边坐了下来,这样就不用花太多的时间来回走动了。随即他把报纸靠在一只糖碗上读起来,一边看报,一边用勺子之类的东西敲着桌子边沿,催促服务员动作快点。

声音传到她耳中,她朝那边看了一会儿。肖恩几乎能看穿她的心思,她半是怀念、半是责备的表情可以明显地表露出她心中所想。那个人比我有更多的时间,可他却这么着急。他还有一生的路要走,却不愿意花五分钟等吃的。天黑之前,我只剩下三天了,可我还坐在这儿,疲惫无力地等待着。

肖恩对她说:"如果不让我送你回家,你愿意和我去别的地方吗？去个地方，那里我有几个朋友，也许有人能帮我们？"

"去哪儿？"她无精打采地问。

"你不会吓着吧？别害怕，我没有想吓唬你。"

她目不转睛地看着他。"找警察，"她说，"这就是你想做的，不是吗？"

他仔细观察了她一会儿，看她会怎么想。

"不是吗？"她重复道。

他摆弄着盛着烟灰的碟子，把它转动了一下，仿佛它是附在桌面上的一个拨号盘。"我们不必用那个词。"他安慰道，"这只是一种称呼，在你这种情况下不需要用到。我们这么说吧。比方说，我是一个商人，或者任何行业的人，一个推销员，不管是什么都无所谓。我为一个比我聪明的人工作，他懂的比我多。这就是为什么我为他效力，而不是他为我。昨晚我来了，做了我该做的。现在我想带你去见我的老板，麦克马纳斯，我的上司，和他谈谈，就这些。这样做不是想吓着你。他比我聪明，他年长一些，更有经验。他和蔼善良，考虑周到，善解人意。也许在那些应该受到惩罚的人眼里看来不是这样，但那是另一回事，和这件事没有关系。他不会做任何伤害你或恐吓你的事——"

"你喜欢你的老板，是吗？"

"我认为他很了不起。"他简单地说，然后继续加紧他的说服工作，仿佛稍做放松就会有失去她的危险。"他有了自己的孩子，一个女儿。她还没你大，大概十四或十五岁。如果你——如果你和他谈到他女儿，他就会给你看孩子的照片。我是说，他就是这样的人。我们去和他谈一会儿，我们三个好好谈谈。就像是随便聊聊，跟你自己的——"见她脸上闪过一丝阴影，他很快就咽下了那个词。"他也许能帮助我们，也许能给我们一些好的建议。至少我们没有损失什么，对吧？"

他向她伸出一只手，停留了一会儿，表示想继续说服她。

然后，他看到她缩回手放在桌子边上，像是做出某种准备的姿势，他迟疑地收回自己的手。

她在他面前慢慢地站起来。他仍然坐着，侧着脸，焦急地望着她。

"我没有别的地方可去。"她低声说。

出于警觉，他挺直了腰板。"你的意思是？"

"肖恩，我跟你一起去，去找你的老板。"

下　部

警方程序的开启

麦克马纳斯挑选了七人，把剩下的打发回去。他关上办公室的门，走到办公桌后面，坐了下来。选中的七个人仍然在他前面站成一排，他们之间保留着间隔空隙，像是为刚才落选的人留着空位置。麦克马纳斯随意地打了个手势，他们就聚拢了，站得笔直，几乎像阅兵场上立正的士兵，只是站姿不那么僵硬。他们把手臂摆成了不同的姿势：有人扣在背后，有人叠在胸前，另一人放松地垂在身侧，还有人用手紧紧抓住上衣的翻领，挂在那里。至少没人把手插进口袋。

所有的目光都集中在他身上，一种毫不动摇的专注几乎使房间里产生了一种紧张的气氛。他们一动不动,连眼睛都不眨一下。你甚至都听不到他们的呼吸声,尽管有那么多人聚集在一起。某处的水管偶尔会在寂静中发出汩汩声或呜呜声。

他过了好长时间才开口说话,简直像不打算开口似的。

他拿起一支铅笔,一支普通的黄色铅笔,一边说话,一边不停地把玩着,时而轻轻弹着笔尖,时而敲敲铅笔另一端,时而又点点笔尖。铅笔也会发出微弱的声响,每次都是非常轻微的敲击或滴答声。他显然没有意识到自己在玩笔,他的视线全在他们身上。

他缓慢而平静地说:"我手边的这件事是机密的。就其本质而言,必须保密。不能在外面谈论,在辖区内也不能随意讨论。这事不能和其他人商量,他们还没有被选中。除了保密之外,你可以说这是非官方的,是出于责任要去做的,没有任何来自上面的官方指示。鉴于这一事实,我不能命令你们接受我设想的各种任务。你们有权拒绝,有权请求离开。但仅仅是现在可以。事情一开始就不能退却。一旦你接受了,你们就要严格遵从命令,就好像这份工作是规章制度一样。明白了吗?"

他停了一会儿。

"现在我简单地通报一下情况。一个人的死亡已经被另一个人预言了。应该是从现在起三天以后,后天的午夜。第二个人,也就是预言者,我们拿他毫无办法。他没有破坏法律,没有发出威胁。倒是有个条例禁止算命,但我们也没法凭这点去抓住他的把柄。

他只是口头上说说，不过是谈话中的一部分，毕竟在这个国家言论自由。

"我不相信预言，但问题不在这里。我的确相信这个预言将会发生，除非有什么措施来阻止它。不是因为它是预言，而是因为预言者自己或者预言者的同谋打算让它发生，他们将会实现这个预言。

"现在，这个大预言被许多小预言推到了高潮。在过去的几个星期和几个月里，许多预言在慢慢地积聚。每一个小小的初步预测都被验证了，变成了现实。当然，到目前为止，受害者已经确信最后的大预言也会得到证实。他怎么会不信呢？这就是主要的情况。

"这是我们的切入点。应对那个最终预言的办法是先打击那些小的预言，把它们完全打开，找出是什么让它们灵验。大预言还没有发生，我们还不能以它为目标。小预言已经发生了，所以我们可以去追踪它们。它们会告诉我们大预言的情况——背后的真相是什么，是谁在后台操纵，它到底源自何处，它究竟是关于什么的。解释了小预言，你就能解释大预言了。

"通过这样做，我们将以两种方式拯救这个受害者。我们会把他从一系列预言产生的后果中解救出来，我们还会把他从对这些预言的信任中拯救出来。后者对他造成了同样多甚至更多的伤害：这肯定会要了他的命。

"现在，你们明白了吗？"

他们没有直接回答，但都继续站在那里一动不动。

"现在，如果有人想退出，大门在那边。"

其中一人扫视了一下，好像他忘记了门的存在，除此之外，他们没有别的动静。

"好吧，"麦克马纳斯轻快地说，"从现在开始你得服从命令。你们都是志愿者。你们接受的任务以前从来没有侦探做过。我不会让你们去追查凶手，不会让你们去寻找失踪的珠宝。我让你们去寻找预言。是的，我就是这个意思。我在给你们分派预言。你们的工作是把它们分解成实际的——"他摸了摸下巴，"那么，我该用什么词呢？——比较好理解的——为这些预言找到合理的解释。它们是如何被设计的，如何装配组合的，如何开始灵验的。

"现在我们开始分配任务。

"阿切尔，哈兰·瑞德回来那天晚上，在飞机起飞前五十五秒，一封电报到达了旧金山机场，让他没能登机。这样，最初那个关于坠机的预言所附带的小预言——也就是他不会在坠机事件中丧命的小预言——就敲响了警钟。那电报不是他女儿发的。查明是谁干的，找到原因。别让你要调查的人发现，明白了吗？"

"明白了，"阿切尔轻声说，"天哪，我可以用通灵板吗？"

"而且，顺便说一句，做这件事你没有三天时间了。如果这些信息能用得上，我们现在就需要。"

门关上了，剩下六个人。

"多明格斯，你的任务是锁定一双鞋子，从大使馆夜总会丢失的一双女鞋。这鞋后来是在一家当铺里被发现的，更确切地说，是一家杂货铺子。查明那双鞋是如何从夜总会的地板上转移到了杂货店的橱窗里。查出是谁成功地把鞋换了地方,他为什么这么做。我再说一遍，你调查的时候，不要让做那事的人知道你正在调查。你和刚刚那位有同样的时间限制。这儿有地址。"

门关上了，还有五个人。

"还有你，布拉德利，查出哈兰·瑞德保险箱的密码，1-8-0-5，是怎么进入汤普金斯的脑子里的。看看保险箱里的东西是怎么进入汤普金斯大脑。别靠近汤普金斯，那是别人的任务。从相反的方向进行工作。"

"这是一项什么任务呀！"倒霉的布拉德利哀叹道。

"别害怕，布拉德利。"麦克马纳斯安慰他，"不是要通过短波进入他的大脑。是以某种另外的方式进入，可以看到、听到、感觉到或闻到。这就是你的任务。你要看到、听到、感觉到或闻到。"

门关上了，里面还有四个人。

"现在我们来看看比较简单的。对于预言来说那些就足够了，不管你怎么称呼。我只是挑了最重要的部分，我遗漏了很多。人手不够，时间也不够。但这也不完全是真正的原因，我自己也不敢胡乱调查。有些问题太难了，我们无法下手。那个把钻石腕表戴在腿上的罗马尼亚女演员，那个差点被车撞死的小女孩，那股票的涨跌，几乎像是接受了命令似的。

"我挑的那些就能应对。如果我们能在那三个关键点上找到合理的解释，我们就能把一个人的灵魂从死亡中拯救出来。我倒不担心他的肉体。肖恩会拯救的。

"谢弗，你去贴身追踪一个叫艾琳·麦奎尔的女孩。我说的贴身就是指真正的贴身。你就是她穿的那件衬裙，你就是她在衬裙下穿的内衣，你就是她身上的皮肤。你要像衬裙、内衣、皮肤那样紧贴着她，寸步不离。"

门关上了，还有三个人。

"莫洛伊，你去调查狮子。"

那人倒吸一口气："调查什么？"

"狮子。找出方圆五百英里内有哪些动物园。和每家动物园都确认一下，看看他们是否养了狮子。如果养了，你要睁大眼睛，确保没有狮子逃跑或者被偷走——"

"偷狮子？"侦探低声问。

"警告所有的饲养员，在接下来的两三天里，要特别密切地监视他们的狮子笼，尤其是在晚上。你做这些的时候，不要忽略任何巡回马戏团或动物表演，或者闯入你调查范围的其他事物。任何有关狮子的事，都要马上向我报告。"

莫洛伊悄悄地溜了出去，用手帕擦着前额。

"现在我要让你们两位组队。我们要对付最关键的人物了。如果'两个人总比一个人强'这句老话有什么意义的话,我真的需要整支分队,才能和他打个平手。他们说他知道你在想什么。我说:像他那样行动。那你就安全了,你就不会出错了。耶利米·汤普金斯是他的名字,他住在——这个地方,这是地址。他长得不怎么样,但别拿他的长相开玩笑,以为他不是个了不起的人。以前的人也犯过这样的错误,后来一直后悔。如果可以,不要让他离开你的视线。但如果有那么一小段时间你不得不让他离开你的视线,至少要确保不让他离开你的听力范围。用上录音机和所有的窃听手段。"

索科尔斯基看着多布斯。"我们在做这些的时候,他会知道我们在做什么吗?"他的声音有些颤抖,问话中透着不安。

麦克马纳斯的回应只有一句:"你多大了,索科尔斯基?"然后不等回答就继续往下说。

"准备好随时拿下他。如果可以的话,就等着,直到你找到他的把柄。但不管你有没有找到把柄,他都得在明晚午夜之前被监管起来,那时离最终大预言的最后期限只有一整天。现在把任务领走!"

门打开了,他们离去时一个声音嘟囔着抱怨道:"你怎么才能不去思考,不泄露你的想法?"

然后门关上了,麦克马纳斯转向肖恩。

"现在我们来谈谈你的任务。你就在死角，掩护目标。"

他若有所思地摸了摸下巴。

"你害怕狮子吗，肖恩？"他问。

"我从来没有正儿八经地考虑过这个问题。"肖恩坦率地承认，"如果我还有别的选择的话，我当然不愿意——跟一头狮子上床。但是——至少到目前为止——我还没怎么和狮子打过交道。它们管它们的事，我有我的事。"

"好吧，从现在起，"麦克马纳斯淡淡地对他说，"恐怕你得跟狮子好好打交道了。不用说，你不能只听字面上的意思。我给你指派的这头'狮子'可能会是任何形态的。也许是一颗子弹，也许是紧紧勒住脖子的一根绳子，也可能是一杯加了毒药的咖啡。当然，还有个可能，它或许真的是一头庞大、骇人、如假包换的真狮子。这些我们都不知道。我们只知道狮子出现的时间已被设定好了：后天午夜。这是关键的信息。事实上，这是我们已知的全部信息。

"你的工作是让受害人活着。我当然可以用你这样的人把那屋子塞满，比方派六个人，或十二个人过去。那样的话，'狮子'就会闻到他们的气味，就会推迟拜访，然后在别的时间不期而至。我不希望这样的事情发生。我要它在说好的时间过来，"——他猛然一拳砸到桌上——"这样，天哪，它就永远不会再来了！

"所以我只派你一个人去。你先去她休息的后房，等护士说她感觉好点了，你就和她一起回家。你是她的客人，她的男朋友——

我不管你去充当什么角色。

"但是你要注意，确保那个人活过后天晚上的午夜！除此之外，你可以自行其是。"

肖恩转过身，一言不发地走了出去。

麦克马纳斯独自留在那里，陪伴他的只有书桌和铅笔。行动开始了。

等待：保镖与星星的对抗

锁好了车，他们在房子前面停了下来。她关掉了点火开关。"到家了。"说着她的下巴朝房子那边斜了一下。

肖恩看着那栋房子，仔细观察着。这是他和这房子打的第一个照面。他在什么地方听说过，一个侦探必须多次观察一件事物，才能开始了解它，看得越多越好，每一次都会多了解一点。这就是侦探的全部工作，一遍又一遍地反复观察，直到最后知晓事物本身所能告诉你的一切。对这一观点，他一直不敢苟同。对于一些小物品，或是零星的小证据，这种方法倒是可行的。因为小物件可以脱离周围的环境，值得人们去单独研究。但对于比较宏大的景观，全景式的画面，或是总体的布局，随便你怎么称呼吧，他都相信第一眼的感觉，用全新的、没有任何偏见的眼光去观察。以后看到的再不会比第一印象更清楚、更全面。后面的观察只会使第一印象变得愈发模糊。这就像试图用同一张胶片记录多幅画面一样。最后，你既没能获得清晰的第一印象，也无法保留良好的后续印象，只会把观察到的一切都混杂拼凑起来。

这并不意味着他无所不知，只需对着某个场景或情形看上一看，就能知晓一切。但有一点是明确的，不论他对那个场景的印象是怎样的，第一眼的印象都可能比第二眼或第三眼更接近真相。他天生就富有想象力，却不善于逻辑推理。也许这就是为什么同事们都叫他梦想家。

然后他看到了这一大片乡村，这都属于瑞德家的私人领地，房子只占了领地的一小部分，看上去位于领地的正中心，其实是因为他们碰巧在那个角度停下来了。否则，那栋房子就会像一个灰白色的标记，处于连绵起伏的绿色植被中，几乎要被隐藏了。这片浓绿慢慢地向后方延伸，最后的轮廓变得模糊不清，隐入了茂密的树林中。从树皮的形态判断，应该是一片白桦林。林子里的白桦树数不胜数，挤挤挨挨，像是组成了一个方阵，潜藏着未知的危险。你的眼睛只能看到最外面的两三层，里面的情形就无法看透了，令人感觉阴影笼罩，不可预测。也许会有什么东西悄无声息地穿过树林，直到最后一刻才被发现。

房子本身他不喜欢。它是属于哪一派别的风格，他辨别不出，毕竟不是建筑师。房子是一栋浅色的石制建筑，占地很广，却非常低矮。虽然是两层的建筑，却给人一种错觉，以为只有一层楼高；几乎所有的窗户都设计得靠近地面，尤其是房屋正面的窗子都是加长型的，看上去像一扇扇敞开的大门，占据了楼外观相当大的比例，只剩下顶部一小块地方留给二楼开窗。相形之下，二楼的窗户就成了一个个毫不起眼的小方格。

总体来说，这房子看上去既不阴郁，也不凶险。但它占地面积太大了，在设计上过于古典刻板了，不会引人入胜，也不适合居住。它多少有些公共建筑的中性特征，可以当作一个艺术画廊或图书馆，或是某种社区中心。然后你就会想进去，快乐地四处逛游。但你不会想睡在里面，它不会给你那种感觉。

"你在这儿住了多久了？"

"一直都住在这里。"

"那么，我想你不会介意吧。"他轻声说，陷入了沉思。

他们下了车，走上一条通往前门的短路。在台阶的底部，有一个嵌在路面上的青铜花环，作为一种永久所有权的标记，环绕着青铜造的字母 W.R.。字母虽小，但能被永久保留。

"我还以为你父亲的名字是——"

"那名字是我祖父的，"她说，"是他建造了这个地方。在那个年代，你得坐马车大老远跑到这儿来。如果你早上第一时间就出发，可以在黄昏前到达。"她用脚轻轻擦了擦青铜字母。"那时家里所有的钱都是祖父赚的,我从未见过他,但有点羡慕他。"

"为什么,因为家里所有的钱都是他赚的?"

"哦,不,是因为他开始赚钱之前,就已经有属于自己的二十年时间了。而我和父亲都没有。"

台阶两边各有一只大理石狮子蹲在石板上。或许是雌狮,因为没有鬃毛。看上去相当小,没有真狮子的块头大。石狮上有些地方由于日晒雨淋变得斑驳发黄。他们走上台阶时,肖恩拍了拍其中一只石狮的头。

"这有点令人不快,你不觉得吗?你父亲每次进出,都会看到这对石狮子。"

"一开始我想过把它们移走,但后来我什么也没做。我观察过他,他从石狮子身边走过时,它们对他似乎没有任何影响。他已经习惯了,我想他的眼睛再也不会留意它们。毕竟是石头做的,他没有想过它们最初用来代表什么,现在只是把它们当作门口的一部分。他害怕的是——是真正的狮子。"

他们准备进去的时候,男管家为他们打开了大门。很明显,他看见他们下车了,然后就在近旁等着履行管家的这一职责。他可能快五十岁了,或者五十出头,看上去很健康。当然,他一点也没有旧时家仆的衰败之气。

看到她在一夜未归后返家,而且还带回一个从未见过的人,在他的立场上固然会很惊讶,但绝不会表现出来。他只是不失礼节地飞快瞥了肖恩一眼,便不再看了。

"威克斯,这是肖恩先生,我的一个朋友。他还有一个包在车的后备厢里。还有,哦——给他安排在父亲卧室的对面,穿过大厅的那间。"

肖恩环视着四周,看起来很友善,却又有些无聊。随便哪位客人大概都会是这样的表现。

"嗯,你能请我来真是太好了,珍。"

"父亲最近身体不太舒服,我们不知道他到底怎么了。是吗,威克斯?"

她随意地看着那个男管家,假装和他有共享的秘密,并把肖恩排除在秘密之外,实际情况却是肖恩才是知情者,管家被排除在外了。

"是的,我们不知道,小姐。"那人温顺地回答。

她把声音压低了一点。"他怎么样了,威克斯?"

"老样子,小姐。"

他出去拿肖恩放在车里的包。

"我先带你四处看看,然后再带你去见他。"珍主动提出。她领着肖恩从门厅往左走,穿过一扇几乎顶到天花板的大门。"这是客厅。"他走了进去,四处转了转,把她留在了门口。

他进了客厅就开始了工作,一项专业的工作。他不是来做客的,也不是来做古董鉴定商的。他非常尽职尽责，用行动清楚地表明了这一点。他先从正中间向整个房间扫视了一眼。然后，他顺着墙面四处走动，看看有没有什么往外的通道。他检查了窗户，试试是否牢靠，打开窗，向外看，再关上，然后再试一次能否关紧。

她继续做向导。"这是我们用餐的地方。"

他检查了室内所有的通道、壁橱、走廊的门、凹室，没有遗漏一处。

她注意到了。对此她微微一笑，他没看见，也不会想到。

"这是父亲的书房。"

他翻了翻一两本书，似乎是为了把书脊放正，让书名更容易辨认。或许是想看看书架后面有什么东西。

他们来到了其中一个房间的大理石壁炉前，他甚至蹲下来往壁炉里查看，想看清究竟是一个真的可以点火的壁炉，还是一个仿造的。

"是真的壁炉。"她低声说。

他转过身，看到了她的表情。

"我知道是真的，"他说，"但我的任务是不让他的身体受到伤害。现在还不知道危险会以什么形式出现，也不知道会来自哪里。"

她又带着路出去了。

"那是暖房，那边尽头的房间。"

她从他脸上看出了疑问，还没等他开口提问就主动解释起来。

"我自己也不知道暖房是做什么的。有时不得不忍受某人的歌声或钢琴独奏时,我们偶尔会用到这个房间。"

在房间两侧的空白墙面上,都嵌着一扇和天花板差不多高的彩色玻璃窗。

"这些窗子是假的,"当他开始打量时,她承认道,"窗后没有通道。稍等,我展示给你看,仅仅这样你还看不到全部的效果。"

她按了一下开关,藏在窗户后面的灯亮了,似乎把玻璃窗变成了浮雕。它们在红宝石、绿宝石、蓝宝石和琥珀的色调中闪闪发光,就像中世纪大教堂的彩色窗户一样。每一扇窗的中央面板都完整地显示出一个宗教人物的全身像。周围的每一个分区都有一些神话中或纹章上的动物头像——独角兽、狮鹫、野猪、狮子、凤凰等。

"玻璃窗是英式的,"她没精打采地说,"来自皇家修道院之类的地方,是金雀花王朝时的遗物。祖父买下了,整块运过来的。你知道,那个时候富有的美国人会去把整座城堡都原封不动地运过来。祖父还是很低调的,只要两扇窗户就满足了。"她又按了一下开关,画面就消失了。

他突然想到,依据周围众多的装饰性动物判断,那个预言的种子很可能一早就植入了这栋房子,隐藏在某人邪恶的、过于丰富的想象里。但他没有告诉她。

他们回到大厅时,一个女人正从楼梯上走下来。

"珍。"她叫了声她的名字,就有些喘不过气,剩下的路几乎是跑过来的。

"哦,格雷斯。肖恩先生,这位是哈钦斯太太。格雷斯,这位先生是我的一个朋友。"

她朝他点了点头,但她的眼睛和满眼的焦虑却从未离开过这个女孩。

"珍,"她又用责备的口气说,"亲爱的珍。"

"你为我担惊受怕了吗?真是抱歉。我们在餐馆里坐着谈了一整夜。真的很有帮助,让我暂时忘记了自己。"

肖恩说:"我不是故意让瑞德小姐一整晚都留在外面的。"

女管家再一次向他致意,不过是随意点了点头。

"你没有告诉父亲?"珍问。

"我怎么可以这样呢?其他人也没告诉瑞德先生。但我一直到七点都没睡。我给吉尔伯特家打了电话,给露易斯·奥德威打了电话。没有直接打听你,"她急忙补充道,"我编了一些借口,想看看你是否在他们那里。"

"我是不会跟他们在一起的——"珍不以为然地开了头,却没有继续说下去,"对不起,我吓着你了,格雷斯。不用为我担心,我现在已经是个大女孩了。"

女管家说:"西边的卧室给肖恩先生。我想威克斯这么说过。我得赶紧上楼,花点时间安排好。你知道的,你没有预先通知我们。"

"她不相信我们说的,"珍低声说,一面望着她上楼,"我是说关于你的事。我注意到她看你的眼神了,她怎么会相信呢?她认识我所有的朋友,而直到刚刚她才知道你的名字。"

"你还年轻,还会不断交朋友,"他建议道,"交朋友是不会自动停止的。"

"可是这朋友交得这么突然,不知道是从哪儿冒出来的。我们上楼去吧,好吗?"

他们在楼上的大厅里又停了下来,他站在那里等着,有所期待。他看得出来,她正在努力打起精神。"瞧,就是那扇门。"她说,然后他们仍然站在原地。

哈钦斯太太又出现了,从那间分配给他的房间里走了出来,正对着珍刚刚指给他看的那扇门。女管家巧妙地关上身后的门,微笑着从两人身边走过,没说一句话就下楼了。

"我现在就带你去看他,让自己做好准备吧。这对我们俩来说都有点困难。"

"瑞德小姐,在目前这种情况下,我不是一个普通人。我是被指派到这个家庭的保镖,留在这里就是我的工作。"

她把手搭在了门把手上,仍然等着。"每次我进去看他,我都得重新振作起来,即使我离开的时间很短。你明白的,我还记得他以前的样子——在这之前的样子。"

她抬起手,准备敲门。

"哦,还有一件事。他房间里有很多钟,他想用足够多的钟把自己包围起来。他会问你时间的。不管你的表上显示的是什么时间，都把它调慢一到两分钟，让它和其他钟表一样慢。我总是在一天开始的时候，趁他不注意的时候，把它们转回去一点。这就多给了他一两分钟的时间，有点像借来的时间。这是我能做的最好的事情了，能给他一点安慰。等他晚上睡着的时候，我们把钟表都拨回到正常时间，这样就能准确地开始新的一天。"

"他不应该和那么多钟表在一起。"

"离了钟表，他更害怕。他害怕时间会过得更快，从他身边溜走。你知道的，想象总是比现实更可怕。"

她抬起的手终于敲响了门。"我是珍，亲爱的，"她叫道，"有人陪我一起来的。"她转动门把手，还没等对方同意就开了门。

肖恩的大脑开始命令自己的各项官能："好好干吧，不要错过任何东西。现在已经在本垒了。"

那人坐在大房间中央的一张安乐椅上。很难辨别出他的年龄，因为死亡是没有年龄限制的。他已经奄奄一息了，就像所有只剩一口气却还能动弹的东西一样。他基本上算是穿着衣服，一件睡袍盖住了他干瘪的身躯，脚上穿着柔软的皮拖鞋。有人用毯子把他的腿围了起来保护他。他的头发全白了，但还很干净、浓密。肖恩可以猜想到，就在短短几星期前，唯一能暴露他年龄的就是那头白发，和他那张年轻、热情的脸形成了强烈的反差。而现在白发的角色逆转了，成了他还残留着些许活力的唯一迹象，干净、健康的白发下面是一张如此干瘪、僵硬的脸,如同一只漏了气的足球内囊,令人惊骇不已。他的脖子就像一束纤细的电线,周围的橡胶绝缘层呈环状折叠——几乎没有什么电流通过。他的眼睛就像在白炽光中燃烧的铆钉,探进他的头颅里挖掘通路,把露在外面的洞口挖得更深了。

他周围有四个钟表。墙边的梳妆台上竖着一台带支架的钟,身旁的桌子上放着一只小小的立式钟,旁边还有一个极薄的表面朝上的怀表。一只椭圆形的金表套在他瘦得不像样的手腕上,皮表带上最靠里的洞眼都没法扣紧,只能像手镯似的松松垮垮地晃动着。各式钟表的滴答声汇合在一起,就像周围有一群机械鸟在发出微弱的啁啾声。

她还没来得及介绍,他一见到肖恩就跟他说话了:"来了一个局外人!我现在可以对时间了。你有表吗?你有什么样的表?你的表上是什么时间?"

肖恩抬起手腕,用手挡住了表。在众目睽睽之下,他从已经拨慢的表上减去了一分钟。"二十九分。"他说着,把手放下来,用袖口遮住了手表。

瑞德的脸上顿时喜气洋洋。

"噢,珍!"他叫了起来,"珍,你听到了吗?又多给了我一分钟!想一下,又多了一分钟!把它们调回去吧——"

"我想我的表可能快了。"肖恩的喉咙有些发紧,对瑞德充满了怜悯之情。他想，就凭汤普金斯对他做的这些，汤普金斯理应被判处坐电椅——不论他是否还打算再做点什么。慢点，还要遭到连续的电击，前两次的电流还不足以把人杀死！

"爸爸，"她说着走到他跟前，用温柔的手整理了一缕垂下来的发丝，"我想让你认识一下汤姆·肖恩。"

他刚刚迸发的热情开始减退，好像已不是第一次遇到这种情况，又被误导了。"又是一个医生吗？又来一个精神病医生？"

"不，亲爱的，不是的。"她很快编造了一个详尽的家谱，肖恩完全听不懂。"你还记得泰德·比林斯吗？玛丽·戈登的未婚夫。几年前在佛罗里达，他的车翻了，人没了。他到咱们这儿来过几次。哦，汤姆是——是他的一个同学。我是在玛丽——玛丽组织的一次派对上认识汤姆的。"

"我从来不知道你去了什么派对。"他无精打采地说，似乎这个话题对他来说太遥远了，他再也提不起兴趣了。

"好吧，不管怎样，他来了，连同行李都带来了。我已经请他留下来了。"

"难道你不认为应该先告诉他将要发生——或者你已经告诉他了？"

肖恩察觉到她的困惑，冲着她父亲伸出了手。"您好，先生。"他热情地说。

简直就像握住了树枝，能摸到每一根骨头。他觉得瑞德的手骨随时会碎掉，那手看上去是那么脆弱，几乎没有一丝肌肉。

"你来得太早了，年轻人——"瑞德有气无力地说，"但还是欢迎你来我们家。"

"来早了？"肖恩高兴地重复道，"我不知道你们在等我，定好了时间——"

"你来参加葬礼有点早了。"

他们三个人一直都待在客厅。十一点了，她从椅子上站起来。

"我现在得上楼去了。我昨晚没有睡太多觉。"她和肖恩目光相遇了，两人都明白对方的意思。

她走到在另一张椅子上缩成一团的人跟前。"晚安，爸爸。"

他一动也不动，似乎没有听见她的话。他的眼睛一刻也没有离开过钟，那钟在墙面的映衬下如同一轮浅色的月亮，钟摆像金色的卫星垂在它下方不停地来回晃动。

"晚安，爸爸。"她又说，"晚安，亲爱的。"

没有应答，就像跟死人说话一样。

肖恩感觉到一种奇怪的烦躁不安。他意识到自己一定是神经紧张。他想突然猛击一拳，或者冲着那个全神贯注看时间的人大喊一声："她在跟你说话，你没听见吗？"只要能把后者从催眠式的幻想中惊醒就行。他控制住了冲动，慢慢地站起来，用牙齿咬紧了上唇。

肖恩把手放在瑞德的肩上以引起他的注意。瑞德把目光从时钟上移开，茫然地环顾四周。他得先看看是什么东西碰了他，然后再看看他们的脸，看看和他在一起的是谁。

她弯下腰，在他的前额上轻轻地吻了一下。

"明天见。"

"明天——"他没有说完，就停了下来，仿佛被省略的词语中隐藏着巨大的痛苦。

肖恩陪着她一直走到门口外面。她转过身来，出乎意料地热切握住了他的手。"谢谢你。"

"为了什么？"

"为了你的到来，为我而来。"她的眼睛里似有泪光，"昨晚大概在同一时间，我上了车，孤身一人，就在门口那边⋯⋯"

他不想再提昨晚。"试着睡一会儿吧。"

"我会的，今晚就可以睡了。"她瞥了一眼刚离开的房间。瑞德又在盯着钟看，对他而言，钟表是这个世界上他唯一在意的东西。"跟他谈谈，"她低声说，"所以我要先上去。两个男人单独在一起的时候，有时他们能够——能够向自己的同类敞开心扉。即便是女儿也被阻隔在栅栏的另一边。"她松开了他的手，最后又一次恳求道，"跟他谈谈，看看你能做什么——让他活下去。就像你让我活下来一样。晚安，上帝保佑你。"

"睡个好觉。"他在她身后说。

他看着她登上了楼梯。她的身影消失在楼梯拐角处,他悄悄地关上了门。

"瑞德先生。"

他的心随着楼上"砰砰砰""嗖嗖嗖""嗒嗒嗒"的声响跳动着。他听不到别的声音了。

"瑞德先生,不要总是盯着钟看。"

他拿起了瓶子和玻璃杯,故意发出声响。

"睡前喝一杯怎么样?"

他像在一个空房间里自言自语。

"喏,拿着。"

他不得不牵起瑞德的手,把手指扳回去,然后再把手指都围拢在玻璃杯上。

杯子慢慢地倾斜着,杯子里的液体滑向杯子的下沿,冲了出来,开始往下流。

"举起酒杯。跟我一起举杯吧。"

他不得不扶着瑞德的头,以终止后者对钟表执着、坚定的凝视。直到这时,瑞德的眼睛才离开了时钟。

肖恩举起酒杯,跟瑞德碰杯,用力之大,几乎把杯子撞出了瑞德那麻木、僵硬的手。"为罪恶干杯。"他沙哑着嗓子挑衅地说。

他咽了一大口,然后向瑞德眨了眨眼睛。不知为何,这眨眼不像是表示友好或开玩笑。他那表情生硬、干脆,坚如钢铁似的。

瑞德好奇地望着他，仿佛此刻才第一次见到他。"你是什么人，孩子？"他突然问道。

肖恩的眼睛一闪一闪的，好像在给眼睛背后的电池充电。"我不知道该怎么回答。我是这么一个家伙，名叫肖恩，二十八岁。你像这样问我是什么人的时候，我还有什么可说的呢？"

"不要紧，我知道你是什么人。我还活着的时候就学会了识人。我过去对此很擅长，我有五十年的时间来学习识人的本领。你是一个侦探，不管是私人的还是市政的。"

"我是侦探，是吗？"肖恩蹩脚地回应道。

"我再告诉你一些。你很诚实，看着你的脸，谎言会像汗珠一样从脸上滑落。"如果他还能笑得出来，那么他的脸上一定还挂着微笑。事实上，他只是撇了一下嘴唇，合了一下眼睑。

"我的确是个侦探。"肖恩平静地说，低头看着他的空杯子，好像在念着上面的字，"我本来就不喜欢对你撒谎，假装自己是个别的什么人。那是因为——"

"你能救出我吗，孩子？"瑞德打断了他的话。

"从哪里救出？"肖恩低声答道，声音轻得几乎听不见，"从某人的话语中吗？从　　"

瑞德没有在听他说什么。"把我扶起来。我后面的口袋里，把手伸进去，把那个拉出来。既然你口袋里有支笔，就借给我用一分钟——"瑞德匆匆地在膝盖上写着什么，然后撕下一张穿过孔的纸,递给他一张支票,上面除了金额以外,其他信息都填好了。"填上去。在这里写下你想要的数字,无论多少,我都不在乎!只是——救救我,救救我。"

肖恩的拳头攥紧了,脸也绷紧了,心头又涌起一股痛楚。他把支票揉成一团,甩在身后。"这样的支票你给了汤普金斯多少了?像这样给他多少了?"

"我们现在不谈这个。我们说的是你要救我。"他的手一前一后地攀上肖恩外套的袖子,一直快抓到袖子的顶端。"孩子,你能吗?你能吗?"

肖恩把那双手像毛毛虫一样弹开了。"你可以自救,瑞德先生。"

瑞德的手垂下了,僵死了。瑞德说:"又回到这个问题了。"

肖恩绷紧了下颌,费力地说道:"为什么不给自己一点勇气呢?你不仅是在折磨自己,你还在折磨别人。"

"你还有四十年的空闲时,勇敢是很容易做到的。可如果只剩下不到四十九个小时,你再试试看。"瑞德的反驳充满了敌意。

他转过身去,仿佛对肖恩已失去了兴趣。他的目光又转向时钟,坚守似的停留在那里。

那杯酒使肖恩的脾气变得暴躁了。

"不要看了,好吗?别老盯着那东西看。我都开始受不了了,你这样对我也有些影响。"

就瑞德而言,肖恩已经不再和他同处一室了。

"停下来！"肖恩提高了声调说。

他感到和之前一样，烦躁又涌上了心头，这次愈发强烈。她现在不在这房间里，没和他们在一起，不能强迫他克制情绪。

他对瑞德和时钟都带有一种同样的憎恶，它们都像刺激物一样拨弄着他本已躁动不安的神经。他的声音越来越沙哑。"把目光移开，改变一下。就往这边看一次吧！"

"你可以挥霍你的时间，"瑞德沉闷地回答，"我可得盯着我的。我只剩下最后四十八小时了。"他的眼睛不愿离开时钟。"我的寿命不是写在你脸上的。我的寿命写在这钟面上"

肖恩成功地把突如其来的怒火从瑞德身上转移开，对准了时钟。问题就要这样解决。

他下意识地拔出了枪。"我要修理那该死的东西！我要让你知道它算不了什么！你不要看着它！"他一怒之下逼近了时钟，用枪托朝它猛砸过去。厚厚的玻璃碎片滚落下来，指针在交会的地方凹了下去。他一遍又一遍地击打着。

"现在看一看！看啊！现在看它能告诉你什么？"

时钟出问题了。某处受损的机械装置发出了猛烈的呼呼声。指针开始像一对指南针一样来回摆动。分针摆得快，时针动得慢。指针都叠在一起，挤在一处，形成了一条直线，朝上指向表盘的顶端，然后就一直保持这样的形态。呼呼声停下了，时钟坏了，时间静止了。

伴随着缓慢的呼气声,瑞德举起手,伸出一根没有血色的手指指着预兆。

房间里有片刻的寂静,时钟再也无法记录。

这时,肖恩过于激动的声音打破了沉默,从瑞德身后的某个地方传来。"我说那只是一个巧合!"他挑衅地吼道,"你也要这么说!说出来,你听到了吗?那正好是它们能在刻度盘上相遇的最近的地方。我把它们弄弯了,这样它们就不能互相超越了。它们被困在了那里,仅此而已。我告诉你,说出来!一遍又一遍地说!那只是个巧合!"

瑞德一定听到了酒水碰到玻璃杯壁的声音,一定听到了压抑的吞咽声。他没有环顾四周。他一直盯着那破损不堪的钟。他脸上没有露出满意或者胜利的神情,倒是陷入了沉思,似乎想确认什么。

"孩子,现在谁需要喝酒,你还是我?"他悲伤地思索着。

肖恩走到最近的落地窗旁,拉开厚重的窗帘,仿佛呼吸不到足够的空气似的。

窗外,一组细细长长的星光带突然出现了。

星星一颗连着一颗,像一串珠子似的,星光在天空中时而扩展,时而收缩,如涟漪般缓缓荡开,动作整齐划一,仿佛受到了严格的控制。闪烁的星光里似乎透出一种嘲弄的意味。

警方在行动：多布斯和索科尔斯基（1）

索科尔斯基提着样品箱。他们拐了个弯，突然出现了，好像不知道从哪儿冒出来似的，一起走到街上。他们并不着急。多布斯把一份报纸折起来，纵向塞进外衣外面的口袋里，这是一种常见的装报纸的方式，这样可以经常拿出来看一看。这会儿是下午两点。

他们默默地走完了三分之一的街区。

"就在那儿。"索科尔斯基突然说道，然后斜向路边，打算从对面走过去。

多布斯也陪着他改变了方向。"那不是汤普金斯的住处。"

"我知道，可那儿有个招租的牌子，你没看见吗？如果我们要找一个房间，我们就不能对招租牌视而不见，然后再到一个没有空房间的地方去打听。"

"我们这样是不是太复杂了？"

"这行当里可没有这种事。像这样一个小小的疏忽就会泄露整件事的真相。"

他们现在到了对面的人行道上。多布斯叹了口气："如果他能读懂我们的心思，我们还有什么机会呢？"

"他可以读懂心思——也许是吧——只有当他意识到人们有某些心思的时候。如果他根本不知道我们在他周围的某个地方对他动心思，他怎么能读懂呢？他不会想到的。"

多布斯神情怪异地耸了耸肩，让人感觉不舒服。"这让你有点不敢去认真思考了。"

"这还是什么新鲜事吗？"索科尔斯基讥讽地说，"好了，现在进入角色了。我会表现得想要租房，而你对这房子不满意。最后你说服我不要租。"

他们走了过去，按响了街上的门铃。门开了。他们进去的时候，一个女人正站在里面的一扇门前往外张望。

"什么事？"

"我们想租一个房间。看到了你招租的牌子。"

她拉下了脸："哦，你们两个？我只想招一个房客。两个人太多了，没法照顾。"

"我们又不脏。"多布斯咄咄逼人地说。

"好了，艾迪。"索科尔斯基让他闭嘴。

"我得收你们双倍的钱。"女人说。

"嗯，双倍是多少钱？"

"十美元，每人五美元。"女人说，口气不是很确定。

"算了吧，"多布斯说，"走吧，比尔。"

那个女人打算让步了："嗯，至少你们还想看看房间吧？"

"是的，让我们看看，既然我们来都来了。"索科尔斯基催促道，"或许我们还是可以达成协议的。"

他们看了房间。

"那么，你们愿意出多少钱？"女人问，"我也是很通情达理的。"

"房间有点小。"多布斯不满地环顾四周，说道。

"那好吧，九美元，你们两个人。"

"只有一张单人床。"多布斯说。

"地下室里有一张简易床。我可以把它搬上来。"

"那又意味着要我去睡。"多布斯尖声抗议道，"哦，不，不行，不要简易床！"

那个女人的耐心快耗尽了："你们想要什么样的，两张单人床，一周支付九美元？那就意味着双倍的床单和双倍的工作量。你在城里任何地方都找不到这个价格的房间。"

"走吧，比尔。"多布斯说。

"很抱歉。"索科尔斯基用上了外交辞令,"你知道这一带还有其他空房间吗?"

那个女人陪他们到门口。她眼里冒出了怒火:"听着,我只想出租自己的房间。我可不是信息局的。"门被重重地关上了。

在外面的街上,索科尔斯基相当明显地指了指路。"咱们就沿着这条路碰碰运气吧。"两人拖着沉重的脚步继续前行。他们身后的窗帘发出愤怒的颤动。

"对麦克马纳斯来说,你必须既是一名便衣,又是一个演员。"多布斯低声说。

"这又不会伤害到谁。"他的搭档向他保证。

他们又停了下来,好像很随性。

"就是这里了。"索科尔斯基喃喃地说。

他们进去按铃叫女门卫。

"最好就在他楼下或楼上。"

"我们永远也租不到。"多布斯悲观地摇了摇头。

"如果我们能进入大楼,那将是第一步。"

女门卫出来了,穿着一件短外套,外套里面似乎还穿了几件,她好像层层叠叠地套了好几件衣服。

"我们想租一个房间。"索科尔斯基说。

"这栋楼里没有单独的房间,只有公寓。这事不归我管,你得去找房客们谈。"

"你知道这楼里有人愿意租出去一间房吗？今天上午十一点起，我们就在街上找来找去的。"多布斯从口袋里掏出报纸，在她面前晃了一下。"房间招租"一栏的所有的边角处都用铅笔巧妙地做了记号，似乎在表明哪些房源已经看过，并被拒绝了。

"你们试过街区另一头的2-14吗？"

"我们刚从那里过来。她想宰我们一刀。"

女门卫撇了撇嘴："她应该变聪明一点。那个房间她已经招租八个月了。"

"那这幢楼里有空房间吗？"索科尔斯基追问道。

她耸耸肩："如果你想碰碰运气，那就试试吧。也许后面二楼的拓麻佐一家，会愿意把一个房间租给你们，他们倒是有一间空房。他家大女儿上个月结婚搬出去了。"

他们没让门卫陪同，径自上了楼。

"没用的，在后面的二楼。"索科尔斯基喘着气说。他继续爬着楼，多布斯顺从地跟在后面。

他们绕过四楼楼梯口时，索科尔斯基低声说："就是这里。你左边的那个，记住位置了？"

他们侧身走过时，多布斯稍稍转过头去，也许他自己并没有意识到，显然是为了防止自己太直接地去关注没有生命的木制品。

他们又上了一层楼。

索科尔斯基说："这间是匹配的。"他用手背连续敲了三下。

他们等了一会儿。

"屋里没人。"多布斯说。

索科尔斯基揽过他的头,不让他动。

"我听到有动静。"

门突然开了,好像有人在里面偷听似的。一个满脸皱纹的女人正冷冷地看着他们,她的头发是浓重的赤陶色。

"你们两人想干什么?"她粗暴地问。

"我们想租一个房间。门卫说也许你愿意——"

她的神情几乎没有变化。"走开。"她说。

"可是门卫说——"

"叫她把那大嘴给闭上,否则我就下去替她合上嘴巴。"她的样子活像一座刻板的雕像,一座石像。

门关上了。

"像砾石一样的女人。"索科尔斯基喃喃地说。

他们站了一会儿,然后转身走下楼梯。

"你有她的号码吗?"多布斯说。

"没有。你是什么意思?"

"她是拉客的。"

"你怎么看出来的?"索科尔斯基满腹狐疑地说。

"如果她现在不做这行了,退休了,靠之前挣到的钱生活,那她就是以前做过这个。除了在人行道上四处拉客,没人会把自己弄成这副模样。"

他们又一次和女门卫搭讪:"那个女人叫什么名字,住在后面顶层的?"

"埃尔希·摩尔。"门卫顿了一下又说,"她自己说的。"

他们走到了街上。

"我们该怎么办?"

"给麦克马纳斯打电话。"

他们四处转悠,找到了电话亭。

多布斯从电话亭里出来,满头都是汗。"他说:'我可以为你们节省一个小时,让你们进入那套公寓。我的意思并不是让她参与其中,而是让她离开这里。我要你们三点钟以前进去。'他想看看她有没有犯罪记录。他派了两个人来帮我们。"

"帮我们做什么?"索科尔斯基有些茫然,"这里的事用得着四个人吗?"

"我不知道,他就是这么说的。"

他们就在原地等着,大约二十分钟后,两位帮手出现了。

"我是缉捕队的埃利奥特,"其中一人说,"这是我的搭档。需要我们支援的是你们吗?"

索科尔斯基稍稍往后退了一点,就像一个婆罗门要远离贱民似的。

"十六次犯罪记录。"埃利奥特说,"最初她用的是埃尔希·摩尔这个名字，后来又不用了，所以这可能是她的真名。上一次是六年前。从那以后，她好像是改过自新了。"

"她今天要下手了。"多布斯冷冷地说。

"这样做有些卑鄙。"索科尔斯基插话道。

"再来一次也不会伤害她。麦克马纳斯想要这项工作尽快完成，她挡了我们的道了。"

他们回到那幢楼，避开了门卫的视线。埃利奥特走进去和门卫商量了一下。

一会儿埃利奥特就出来了，他说："我们不必上去。她养了一条长毛狗，每天这个时候她都要来遛狗。她马上就要出来了。"

"你们打算在光天化日之下给她下套，就在外面的大街上？"索科尔斯基倒吸了一口气。

"她们这样的人一旦有了犯罪记录，就会被三击出局。她们没有机会了。哪怕在教堂门外我也可以这么做，她一定会上钩的。"

他们等待着。她出来了。

"把她拿下。"埃利奥特毫不留情地说。

他的搭档从隐蔽处跳出来，直接追了上去。他没有随便转转，借以隐藏接近她的意图。她怀疑地回头看了他一眼，继续往前走。他把手伸进口袋，掏出一张纸钞。

"嘿！"他在她身后喊了一声。

她停了下来，转过身来。

"你掉了这个吗?"

"没有。"她看了一眼,变得更不确定了,"我想我没有,我得拿过来看一眼,如果你让我——"

"你一定是掉了,"他对她说,"我刚才看到它掉下来了。"他把钞票塞到她手里。"最好把钱收起来。"

她屈服了,这诱惑太大了。她打开手提包,把手伸进去。

她的手再也伸不出来了,钱也拿不走了。埃利奥特抓住了她的手腕。

"你刚才给这个女人钱了吗?"

"是的,没错。"

埃利奥特抽出她的手,钱还在她手里。

"你被捕了。"他告诉她。

她开始尖叫:"我做了什么?把你的手拿开!"狗也叫了起来。

"在大街上拉客。把她带走,把狗交给门卫。"

"她会在夜间法庭上露面的。"埃利奥特说着向他们告别,"足够她坐牢三十天了。"

可以听到她一路尖叫着咒骂他们,声音传遍角落和四周。她并没有进行身体上的抗争——这倒也不过分。这样的经历她肯定不是第一次了。一大群人跟着队伍直到拐弯处,然后就消失了。没有人发出反对的声音。男人们不好意思地傻笑着,女人们则皱着眉头点头表示赞同。过去的六年里,她之前的某种坏名声一定是如影随形,一直等待着被证实。

门卫邪恶地咧嘴一笑,扑向那条失去了主人的狗。"我等了好久才抓到这条毛茸茸的祸害!"她幸灾乐祸地说,"每周都给我增加额外的工作量!"

他们站了一会儿,看着街道安静下来。

"还是觉得这样做很卑鄙。"索科尔斯基沉吟道。

"这不过是理想的赏罚罢了,"多布斯回答,"这一次她没做,结果被人抓住了。我敢打赌,有十几次她这么做了,但从来没有人去抓她。再说,她又有什么损失?还节省了三十天的食物和照明。她的名声从来就没好过。"

"来吧,"他补充道,"麦克马纳斯让我们必须在三点之前赶到那里。现在只剩二十分钟了。"

等待：忠仆的逃离

　　一个人倘若睡在一个陌生的房间，在一幢陌生的房子里，他一早睁开眼睛时，映入眼帘的一切都不熟悉，他常常记不起自己身在何处，也不知道自己是如何来到此处。毕竟，侦探也是人。睡着的时候，他也会睡得像个死人，他的思想也会沉睡。所以让一个侦探置身于那种情形下，他会和别人有同样的经历。

　　肖恩睁开眼睛，眼前一片空白。

　　那些总是一清早就来迎接他的东西已经不存在了。那熟悉的裂缝从他床边墙面上的灰泥延伸下来，长长的，像蜘蛛网似的向四周散开，甚至还裂开了一个胡桃大小的洞口，让人能一眼看到墙面里的东西；然后那裂缝又扭动了几下，最后慢慢地消失了，好像无法接触到地板似的。梳妆台上方摆放着枢轴玻璃，水银底座磨损了，玻璃总是倾斜成一个角度，反射着光。从床脚外望过去，能透过联锁窗户看到外面的景色。外层那扇较近的窗户是他自家的，较远较小的那扇在狭窄的竖井对面。那家窗台上总是放着一瓶牛奶，而且总是在窗台的左边，从来不在右边。牛奶瓶总是开着的，等他看见的时候，已经倒出大约一杯了。剩余的就放在外边，直到晚上。牛奶的水位总是在同一高度，就在瓶颈和瓶身的交接处。如果他低着头躺在自己的床上，直直地盯着还不到他胸口高度的牛奶瓶，他就看不见瓶子的底部，那瓶子看起来就像是立在了自家的窗台上，而不是在远处那家。有几次，外面很冷，他不想起床，真希望那瓶牛奶是自家的。这样他就可以打开窗户，把瓶子拿进来，毫不费力地把牛奶一饮而尽。在牛奶瓶的后面，总是有一团凌乱的茶色阴影，大约有一人高。他从来没有见过那阴影立起来，或者出现什么波痕。他不知道谁住在那里。从没见过有任何人出没，从没见过那只放牛奶瓶的手。其实他也并不是特别想见到。

所有这一切都消失了。但换了个环境之后，他仍然能回忆起这些事，就像双重曝光一样。墙壁往后退了，他周围的空间扩大了一倍。窗户尺寸翻了三倍，而且都不在原来的地方。灰色的、露出砖缝的竖井不见了，取而代之的是几乎令人眩晕的空旷，你几乎都看不到出口，不知通往何处。以前只有一块破旧的地毯，一踏上去，总是打滑，还会拧成一团，现在奢华的地毯铺得满地都是，还饰有波斯花纹。

甚至当他坐起来，迷迷糊糊地低头看着自己时，他还弄不清身上这些宽宽的蓝白相间的条纹是怎么回事。他居然还穿着睡衣，躺在床上！真是高度注重形式，浪费时间。

他走到地板上。支离破碎的念头喷涌而出：我是在哪儿？我怎么进来的？他的脑子似乎断电了，他找不到地方接上电源。

他走到自己的衣服跟前，焦急地摸索着什么东西，仿佛凭本能就知道自己要找什么，那是唯一能准确无误地指正他的东西。他的手一碰到枪，感觉就回来了。

哦——这是在他们的地方。我到这里是——是来帮助他们的。然后自嘲地撇了撇嘴，我真能帮上大忙，连自己在哪儿都不记得了。

他正要系好鞋带时，突然听到窗户外面有什么声音，离得不是很近，但能传过来，因为周围太安静了。

他随意打好了领带，走过去看了看。

在入口处的人行道旁，也就是车道和人行道的相交处，麦克马纳斯手下的一名特工正站在那儿和一个女人说着什么。肖恩一时没有认出来是哪位特工，那女人着装齐整，戴着帽子，好像刚到似的。在他们身旁有只手提箱放在地上。他们像是起了争执。她两次伸手去拿箱子，两次都停下来了，想要更充分地回答他的问话。

肖恩打开窗户，向外望去。

"发生什么事了,格里森?"

"她想出去。我没有接到允许任何人通过的命令。"

"我才不管你接到什么命令呢!"女人尖声说,"我就要走!"

女人又试图去拎手提箱,脸转了过来。这次肖恩看到了她的正脸,认出是瑞德家的厨师。

"等一下,我马上下来。"

显然,在他走下房内楼梯的整个过程中,争吵一直没有停止过。他打开前门,走出来时刚好听到格里森坚持说:"——他们告诉我,没人能进来。"

那个女人毫不客气地反驳:"他们没说不能出去,只说了不能进来!"

"哦,你全知道!"那个便衣男子带着浓重的讽刺口吻说,"你还想把我听到的命令都告诉我!"

肖恩走到他们前面,让他们冷静一分钟。

"现在说说为什么?你为什么要走?"

"为什么?"她轻蔑地重复道,"每个人都知道。"

"每个人都知道什么?"他搪塞着,很快地看了那特工一眼,表示理解。

"听着,先生,"她坚定地说,"你骗不了任何人。我整晚都没有合上过眼睛。看看我,我一直在发抖。"她伸出一只手给他看。她有些激动地提高了声音,"我要离开这里,你明白吗?离开这里。

我有我自己的家，我有丈夫和两个孩子。"

"什么事也不会发生。"

她的声音更响了："听着，先生，我不会和你争论的。即使什么都不发生，我也不想待在这里。你就不能用脑子想一下吗？我只想离开这幢房子，永远都不要再回来！"

他看得出来，她处于近乎歇斯底里的状态，已经有点不可理喻了。"瑞德小姐知道吗？"

"刚才出来的时候，我跟她说过了。现在把我的手提箱给我，让我走。你不能违背我的意愿让我留在这儿，这个人也不能。"

肖恩把脚从箱子上放了下来。"这里面是你自己的东西吗？"

"是我自己的！"她眼中火光四射，"如果你想看，我现在就打开给你看！"她开始忙着打开箱子的锁。

他拦住了她。"如果我让你走，"他对她说，"那是因为我不希望你像现在这副样子留在这里。这只会让那父女两人受到更多的惊吓。我想帮他们，而你这样根本帮不上忙。"

他厌恶地往后退："好吧，格里森，让她走。"

她拎起手提箱，顺着弯曲的车道朝远处的庄园入口跑去。她越跑身影越小，但车道很长，曲线也很平缓，她看上去没怎么移动，只是缩成了玩具娃娃般大小。她跟跟跄跄地前行时，不时向身后投去惊恐的目光，不是在看那两个人。那目光是落在了他们头顶上方的房子上。

"这辈子我从来没见过一个女人会被吓成这样。"格里森评判道,"而且没有什么可怕的事情。"

我见过,肖恩心里想着,没有说出口。吓成这样的不仅有一个女孩,还有一个年长的男人。那可怕的事情是真的存在,还是根本不会发生,谁又能说清楚呢?

他们身后的门突然打开了,瑞典女孩茜格站在那里,神情焦虑地把一条羊毛围巾围在脖子上,胳膊上挎着一个鼓鼓的提包,两只手紧紧地握在一起。对他们两人她完全视而不见,只是用眼睛搜寻着,发现了远处那个逃离的身影。

她冲着那身影发出一声尖锐的哀号,表示她害怕被人抛弃。

"安娜!等等!我也来了!我跟你一起走!"

他们没有试图阻止她。她从两人中间穿过去,无视他们的存在,仿佛他们不过是两棵树,或者是入口处的石壁,就像远处的石狮子一样。

第一个身影停了下来,反复地勾起一只胳膊朝她示意,要她加快脚步,就好像这会儿站着不动也是危险的。

两人会合了,一刻也没有耽搁,一起匆匆向前走去。

"我一直都知道恐慌是会传染的,"肖恩说,"但这是我第一次亲眼看到恐慌这么快就流行起来。"

一个男人的身影突然出现在远处的车道入口。他刚才还没出现在视线里。两个女人在他面前停了下来。格里森举起一只手臂,缓慢地伸到头顶处挥动了一下。两个女人没被阻拦,继续往前赶路。那个人已经消失了踪影。即使你一直盯着他看,也不可能知道他去哪儿了。

肖恩和格里森同时又转过身来。威克斯跑过来了,他敏捷地迈着步子,就像水漫过了脚边似的。"她们走了吗?她们已经离开了吗?"

格里森把大拇指朝肩膀后面一伸。"追吧,你这耗子。"他尖刻地说,"如果你跑得够快,也许能把她们追得筋疲力尽。"

威克斯从他们身旁轻捷地跑开了,他俩齐刷刷地转过头去盯着他看,两人眼中都带着无声的轻蔑。他刚刚出现的时候,正忙着往裤子侧面的口袋里塞东西,他一边塞着一边继续往前跑。收回手的时候,东西掉了出来。是一张破损的支票,新收到的。他停了下来,来了个急转弯,又溜回到支票旁,第二次把它塞进裤兜里,然后继续往前跑。

格里森说:"拿着工资还这样做,你会问心有愧的。"他往草地上吐了口唾沫。

他们站在那里看着他跑完全程。

"我要进去了。"肖恩说。

珍正站在大厅里,还有两个女仆中剩下的那一位。不是年轻姑娘,而是一个看起来很感性的中年女人。她看见他进来了,但没跟他说什么。

"八年是很长的时间了。"她温柔地说,"我很感激你能留下来。"

女人没有回答。她尴尬地点了点头,又低下头看着她们之间那片薄薄的地板。

肖恩不知道该不该靠近她们。他从珍的脸上可以看出,她被其他人的逃离伤得很重。

女人转身向厨房走去。"是安娜,"她喃喃地说,"我还没反应过来,她就把其他人都给煽动了,一切都——"

"我知道的。"珍低声说,这时那女人走了出去。

肖恩走到她站的地方,就在书房门口。

她试着朝他微笑。

"有点难过,但也没办法。人们总是这样吗?当自己的皮毛之利受阻时——"

"不,"他说,"并不都是这样。"

"只剩下她一个人了——她和哈钦斯太太。"她若有所思地说,"哈钦斯太太永远不会离开我的,她永远不会走。从我很小的时候起,她就像我的第二个妈妈——"

听到楼梯上传来缓慢下楼的脚步声,他们俩都转过身来。他们所站的大厅天花板挡住了声音的发出者,直到她那逐渐拉长的身影慢慢显露。灰色丝袜,笔挺的黑裙底,心有不甘地露了出来。最后显现的是哈钦斯太太的脸。她拧了拧手里的丝帕。肖恩屏住了呼吸。

珍转过身去,走进书房,想巧妙地回避,不想见到她的离去。

在她走过时,肖恩抓住她的手,偷偷地按了一下以示安慰。然后他转向楼梯上的女人。

"你也要走吗?"他尖刻地问。

"不走,"她说,声音轻得几乎听不见,"就留在这里。其实也不想留,但还是会留下来。我在这里待得太久了,我不能离开她。"

警方在行动：谢弗

"警长，我是谢弗。对不起，长官，我得报告我跟丢了艾琳·麦奎尔。你知道的，是瑞德家的前女佣。"

"你跟丢了她！你是什么意思？我不是告诉过你要日夜守在她身边，每时每刻都要让她在你的视线内吗？我不是告诉过你们所有人，无论如何都不要让目标逃离你们的视线吗？她是怎么摆脱你的？"

"不是那样的，长官。我知道她在哪儿。她就在我身边——"

"现在她就在你身边吗？她能看见你吗？"

"看不见，长官。"

"她知道你在跟踪她吗?"

"再也不会知道了,长官。"

"那么她之前知道了,是吗?"

"我不清楚,长官。我不知道她是否知道,警长。你看——"

老式七层厂房的入口是凹进去的,位于建筑外围的凹陷处。虽然厂房是临街的,但建筑物的上半部分自行建构成了房顶,由两根矮小的石柱支撑着,即使没有别的功能,至少也能提供防风墙,来阻挡人行道上方那些随意飞蹿的小股气流。在这片领地的后面,是几扇通往大楼内部的回转门。透过这些门,可以瞥见一条破旧的瓷砖砌成的走廊和一个装有栅格的电梯间,电梯的电缆线暴露在外面。一个敞开的平台会降下来,灰黄的光线投进挤挤挨挨的栅格,紧紧挤在一起的无数条腿会立刻散开,冲到走廊的地板上,再一窝蜂地跑出去。没有人再乘电梯上楼,所有的人都要下楼。在朝外回转门上方,有一个石砌的环形平台,里面安放着一个泛黄的挂钟,钟面的指针离五点只差几分钟了。

在外面门厅的两边,竖直贴着一排黑色砂纸,上面用镀金字体写着各个租户的名字。左手边的倒数第三个写着:"工艺美术用品公司,人造花卉。"

在电梯附近站着五个男人,稍稍后退了几步等候着。两人站在通道的一侧,三人在另一侧。事实上,那三人中有一位更像是站在了临街的一边,而不是在楼里面,他在石柱的拐弯处毫不显眼地徘徊着,这样就不会和离开大楼的人打照面了。五个人都专注于自己的事情,虽然转来转去时免不了会挤在一起,但他们都刻意避免注意到他人。有一次,一人向他的近邻借了个火,借火时两人都小心翼翼地不发一言,后续也没有什么愉快的交流。片刻之后,他们俩又像先前一样都把对方当空气了。

电梯到达底楼时,一群挤成一团的女孩从里面涌了出来。走廊比电梯宽一点,她们也随着散开一些,但还是一起挤出来了。入口通道突然被她们刺耳的声音淹没了。

她们都很年轻,但没几个漂亮的,或者说姿色还过得去的。禁锢在小小的空间里让她们显得面色蜡黄,神情疲惫。下班就如同获释,她们兴高采烈。

那五个人看着她们,她们也在回望。在她们中间,每一双眼睛都紧紧盯着那些阴沉的、反应迟钝的雄性面孔,目光中几乎都带有一种强劲的吸力,近乎凶狠。然后,她们就都不再看第二眼了。因为她们的第一眼关注没有得到回应。

她们散开远走。入口处回归寂静。

只剩下他们五个人了。每个人都是孤独的,与其他的人隔绝。

一个人瞥了一眼钟,过了一会儿吐了口唾沫,吐到他站的那一侧的地面上。要确定这两个动作之间是否有什么联系,还真是没法办到。

电梯又到底楼了，又送下来一群女孩。她们简直就是第一批女孩的复制品，同样也是一窝蜂地涌出电梯，与五个等待者的目光相遇。她们的目光最初也是热切的，同样没有迸射出火花，于是也就不再逗留了。

"她马上就下来了。"一个尖细的声音不怀好意地叫道。不确定是谁喊的，也不知道是冲着谁。也许不是冲着哪一个人，而是要一并调笑那五个人。

现在电梯开得更快了。它像活塞一样忽上忽下，大楼里终将空无一人。

又下来一群。一个姑娘突然离开了原来的轨道，冲过来挽住了一个男人的胳膊。

男人的眼神还是那么阴沉，让人捉摸不透。他没有微笑，也没有行触帽礼。

"你总是要最后一个下来吗？"

"谁叫你等了？"

现在只剩下四个男人了。三人在门里，第四人还在外门柱旁转悠。

电梯不停地送人下楼。它几乎要弹跳起来了，下来上去，上去下来，周而复始。

这次脱离大部队的是两个姑娘。她们的目标不是两个男人，而是一个。一个女孩犹豫着停下一两步，另一个像宣示主权似的把自己拴在了男人身上。她们的声音有些刺耳，带着五点时特有的激动。毕竟到了下班时间，所有人都很兴奋。

"这就是他吗？"

"是的，就是他。他怎么样？"

她匆匆地介绍了一下，语速快得几乎听不清，完全就是在敷衍了事。说话者在介绍生效之前就迅速地把被介绍的两个人分开，和她的护送者紧紧相拥着，摇摇摆摆地汇入了回家的人流。当然，紧紧相拥是出自她的努力，而不是他的。

"走吧，萨姆。明天见，海伦。我们走这边。"

萨姆回头看了看。他的眼里有种挥之不去的神情。"很高兴见到你。希望能再见面。"

"我总是在五点完成工作，每天都是这个时间。"对方的回答很爽快。

他突然遭到一阵猛烈的拉扯，强行纠正了他偏离的航向。"走啦，萨姆。"她的声音里可以听出一种潜在的警告。

那个被抛弃的三人组成员仍然站在分道扬镳的地方，面对着那两人离去的背影，拿起一支口红放在唇边，心不在焉地涂抹着。她表现得像是在等着达成某种心知肚明的协议或谅解。

男人第二次转过脸的时候，面颊上闪过一丝不自然的粉色。这次他避开了同行的姑娘，从另一侧肩头往后面看。

留在后面的那个姑娘轻轻一挥手指，几乎是一闪而过。然后她立刻转过身去,脸上露出了微笑。协议已经签好了。

快速离去的那一对突然分开了。他们继续往同一个方向前行,但现在相距几码远了。那女孩情绪爆发了,做着激烈的手势。男人朝她的方向翘了翘胳膊肘,一副不屑一顾的样子。

在入口处,只有两个男人还在等待。电梯又送下来一群人。一半朝一个方向走,一半往另一个方向。一个落后者突然出现了,她刚刚是在走廊里面一个僻静角落里弯下身子整理袜子。她认领了剩下的两个男人中的一个。

"有钱吗?"他咕哝着招呼道。

"那匹马没进去吗?"对方气急败坏地回答,"我告诉过你那匹马不行!你就不能挑一匹能进赛场的吗?"

"这就是我在做的。你以为呢?"

"好吧。现在我们得去我那里吃晚饭了,整个晚上都得看全家人高高在上的样子!"

门口只剩下一个人了,站在柱子的外侧。他看起来情绪低落,没精打采的。脑袋低垂着,帽檐耷拉着,整个人就像一早被放了鸽子,等了半天终于明白了。他蹑手蹑脚地走开了,紧紧贴着路边,一只手无力地搭在口袋上,简直像夹起了尾巴。他没有抬头看要去哪里,似乎也不在乎。他的自尊心受到了打击,浑身上下都清楚地表明,他不会再等下去了,以后也不会再来了。

在他前面,两个方向的人群正在迅速散开。这里面有一个姑娘,一个人走着，周围没人理她。她就跟后面那个不起眼的男人一样，垂头丧气，孤苦伶仃。她穿着一件破旧的格子呢上衣，戴着一块头巾，在下巴那儿打了个结。她身材瘦削，步伐也不轻快。

到了十字路口，人群更加稀疏了。她们四下散去。大多数人都已不在一起，彼此也不认识。

那个男人逐渐被众人超越。女孩子们都走得比他快。甚至连戴头巾的那姑娘也慢慢地稳步超过了他。不过，他还是大致朝着同一方向走着。

她拐进了一家烘焙店。

过了大约两到两分半钟，男人走到窗口，在窗户边缘停了下来，看了看角落里的一些肉桂面包。然后他向外走开一点，看着展示中心的蛋糕。

透过窗户可以看到女人们的背影，排成了两行。前排露出了一块头巾，看似端庄娴静，它的佩戴者却毫不起眼地隐没在人群中。

男人对蛋糕失去了兴趣。他转过身去，侧身向后退去，犹如一个虚幻的倒影，飘浮在玻璃板上，根本不会引人注目。然后他又顺着刚刚走过的路回来了。他一动不动地站在那里，和烘焙店隔了两个店面，成了整条街上最不起眼的人。一个游手好闲的人，一个躲在空壳里的懒汉，一个无足轻重的人，一个几乎隐形的人，对这样的存在人们早已习以为常了。

戴头巾的姑娘又出来了，手里拿着一个棕色纸袋。她朝着进店前的方向，又向前走了几步。然后，她毫无预兆地回头看了看，那目光如同一股震荡的气流从那男人身边掠过，似乎能把他摧毁。他并没有明显的动作，而是神不知鬼不觉地隐入了周围的环境中，让四周的景物遮掩了自己的行踪。但她回头是往斜后方看，看向一辆快要到站的巴士，那车还在他身后呢。

她开始往前面跑，想到车站赶上车。

那男人没有跑，他现在走起来了，朝着同一个终点。

巴士停了。他的时机把握得很好。也就是说，既不会错过这班车，也不会让别人看到自己搭乘了这辆车。因为第一批有七个人上车，戴头巾的姑娘是七人中的第二个，他那时还没赶到，根本不在队伍里。当第七个上车时，他紧随其后，成了第八个。先上车的七人只有直勾勾地回头，才能看见他，而他们都忙着付车费，然后费力走进拥挤的车厢，根本没功夫注意到他。

她挣扎着挤到了车厢中部，然后就不再往后走了，紧紧地抓住头顶上的一个白色拉手吊环。他上车后只是稍微挪动了一下，尽管司机不断地命令他："请往里走！统统往里走！后面空间很大！"每到一站，司机就把这些话重复一遍，大家都以为这话是对别人说的，自己根本就不在意。

他们两人站在相反的方向，他望着一侧窗外，她望着另一边。不过，他身旁有司机的后视镜，透过后视镜可以看到整个中间的过道，而她那边什么都没有。

有人站起来给她让座，她便从视线中消失了。车厢里站着的乘客把她遮住了。他的头连动都没动。在镜子里，他仍然可以看到她所在的位置。

不一会儿，越来越多的乘客下车了，可以说，乘客组成的人墙已不复存在，她又回到了视线中，就像一个物件被埋藏地下，周围的泥土碎裂了，因而又露出了一部分。

她现在不往窗外看了，转而朝前看，但并没有看到前面有什么东西。她的眼睛一直睁着，却对身旁的一切视而不见。她仿佛不是置身于周围真实的环境里，而是任由自己迷失在虚幻之中。

一个叫普渡街的车站出现了，这对他似乎有某种意义。巴士刚刚开过那一站，他就开始换位置准备下车，小心翼翼地尽量不引起别人注意。他转过身来，向前走了几步，来到司机身边的台阶上，一只脚悬在上面，准备在下一站时第一个下车，仿佛要让自己在离去和进来时一样不引人注目。车厢中间有一个出口，更可能被坐在中部的乘客使用。

司机报了站名："霍顿街。"车停了下来，两扇车门同时开了。那男人以迅雷不及掩耳的速度下了车，溜到柏油马路上，以便尽可能快地从众人视线中撤走。他转过身去，似乎打算赶在巴士前面穿过马路，在车重新开动之前先转到另一边人行道去。他不想让别人看见，尤其是和他同时下车的人。但这一站没有其他人下车。

中门和前门因没人再上下而准备关闭了。他及时看到了。

他突然转过身来，弯着一条腿踏上了巴士门口的台阶。车门碰到了他的腿，尴尬地弹了回去，它对任何轻微的障碍都很敏感。他又上了车。门关上了。巴士开动了。

司机说："拿定主意吧，先生。"这指责中透着疲惫，司机毕竟整天都在奔波劳累，这话听起来也没多刺耳。

他对司机的责备无动于衷，尽管他一定听见了。

她动也没动，还是那样坐在那里出神。她的眼神很茫然，脸上满是憔悴，但并不只是因为疲惫。她心中充满了挣扎，苦恼难耐。

那男人的神色现在也有点不自在了。在巴士的右边，一条接一条的街道此起彼落。他的眼睛紧紧地盯着后视镜，视线时而有些晃动，不是他在眨眼，而是行车不稳，连带着镜子在颤动。

她突然跳了起来，像被人用针扎了一下似的，然后赶紧拉了拉车窗上的绳子，向司机示意要下车。她慌慌张张地走到中间的车门，站在那里，烦躁地用手摸着门。

那男人的脸色由阴转晴了，神情中又有了自信，不再不安了。原来是她忘记下车了，仅此而已。

两扇车门都打开了。他们两人都下了车。她从中门下，他走的前门。巴士驶过时，他把脸紧贴着漆成绿色的车身一侧，几乎要把鼻子都压扁了。这样一来，至少从背面和侧面，几乎都看不到他的脸，即使这样可能会让他的皮肤受损。

长长的绿皮车开过去了，然后他转过身来偷偷地看了看。

她快步走开了，显然是想弥补浪费的时间。她步履匆忙，每隔三四步就会小跑一段路。夜晚的寒气使她清晰的轮廓变得柔和起来，弥漫的夜色像是注入了腐蚀剂，模糊了她的背影。

他也开始朝那个方向走去。她的身影没有变得更模糊，也没有恢复之前的清晰。他的也是一样。

她拐进了霍顿街。他穿到了街道对面，走了很远一段，然后又和她的方向恢复了一致。

她又一次拐了进去，在楼道口消失了。他与她的接触中断了。

他走过楼道口，没有停下脚步，也没有看一眼，似乎根本就没注意到。他继续走了三四个街区，然后突然又回来了。他拐进了身旁的一个入口。离她选的那条路还差一段距离呢。他的身影没入了路口，和她一样彻底消失了。

他一动不动地隐藏在漆黑的夜色中，就像站在一口没有盖子的直立棺材里。他能看到的只有对面建筑的一小片。在那片区域的中间，就是她进去的那个楼道口。

他叹了口气，但并不失望，也不沮丧。他有无尽的耐心。

在对面楼上不远的地方,三楼有两扇窗照得亮亮的。片刻之前，那里的光线还很微弱，似乎那户人家是在另一间靠里的房间，而这两扇窗户的灯光是从里面透出来的。就在窗户后面，仿佛又有一盏灯亮了起来。窗帘早已放下了，现在又往下拉低了一些。窗边出现了模糊的灰影，仅仅停留了片刻，单凭影子的轮廓还分辨不出是男是女，是孩子还是大人。

他等待着，松了口气，仅此而已。四周的景物动了，但他没动。乌黑的云层荡起了波纹，在漆黑的夜空中缓缓飘过。但不知怎么地，乌云还是能被人看见，大概是从下面可以探测到上空有波动。偶尔会有车辆经过，一辆积满灰尘的廉价轿车，或是一辆闪着红色信号灯的笨重卡车，沉重地颠簸着，晃动着整条街道。有时会有个别行人路过。黑魆魆的窗口瞬间会亮起来，亮堂堂的灯火转眼又会熄灭，似乎在保持着一种神秘的平衡。这些事物都在动，他还是没动。

一小时十五分过去了。三楼的窗子透出的灯光暗淡了。不是完全熄灭，而是暗下去了，仿佛近旁的灯光已灭。

又过了四五分钟。

他再次叹了口气。没有解脱，也没有在警惕中保留希望，只有一直不变的耐心。

突然她从楼道口出来了，转过身，沿着街走着，顺着她一小时二十分钟以前走过的路原路返回。

他待在原地，一动也不动。像之前那些窗口交替开灯熄灯一样，神秘的制衡似乎再次起了作用。因为她出现在街上时，他就不现身。而当她转过街角身影消失时，他出现了，正沿着那条街继续走。

她沿着横向的马路走了三个街区，这条路是巴士经过的大道，沿途有灯火通明的商店。她走进一家药店，进门时药店招牌的灯光把她的身影映照得五彩缤纷。他走过去,快速经过店门,灯光在他身上一闪而过。橱窗一侧照过来的光是紫色的,另一侧的光是翡翠绿,两侧之间的光则成了黄白色。很快他就走到了前面光线较暗的地方。

他在那儿停了下来,仔细回想着经过药店前门四方玻璃镜时脑海中瞬间印下的"剧照"。闪闪发亮的镀镍台面,高高的纺锤形凳子,坐在凳子上的人把吸管插进装有浑浊液体的玻璃杯——这些都是前景的细节,都要被舍弃。在围栏后面的区域,她背朝着他站在柜台前。她对面站着药剂师,举着一个顶针大小的小瓶子,指点着推荐给她。近旁还徘徊着另一位顾客(一个妇女),一副不耐烦的样子,手指都拢成了爪形用指甲敲着台面,似乎是觉得前面的客人耽搁了她的时间。

他站了一会儿,往后退了一步,继续看着。新的"剧照"稍有改动,没有大的影响。两名顾客仍然站在靠后的柜台前。药剂师不见了。他转到了幕后,一定是应顾客要求去取什么东西了。两位顾客看似静止,但两人的姿态微妙地揭示了角色的变化。那个不耐烦的女人正聚精会神地站着,不再敲台面了。她成功了,有人为她服务了。另一个人却靠着柜台犹豫不决,迟迟不做决定。

他又往后退。一两分钟过去了。离得那么远,他还能听到收银机发出了轻微的叮当声。他退得更远一些,来到附近一个没有灯光的商店门口。两个顾客几乎同时走了出来。收银机只响过一次。

一定有一位是什么也没买就走了。

她从他身边经过，另一个顾客走了另一条路。她手里什么也没拿，但腋下夹着一个手提包。

接着他也走了起来。但是现在他有些犹豫了，看了看她远去的背影，又转头看向刚刚她去的那家药店入口。他先往药店方向走，似乎要进去问问她买了什么，或者她想要什么。

她的身影已经越来越远了。他可能在计算自己和她之间的相对距离，以及自己和药店后排柜台之间的距离，来决定哪一个是不现实的目标，赶紧舍弃。她已靠近一个四通八达的十字路口，那里人来人往。他急忙跟在她后面，放弃了进药店打探。

她走啊走啊，好像永远也不会停歇似的。他跟在后面走了好一会儿，就能在一定程度上理解她是怎么回事了。如果要沿着一个确定的方向走足够长的时间，就必须在前方有个目的地。如果区域、地点以及步行经过的地方都是相当熟悉的，那么目的地就可以大致猜到。但是她并没有朝明确的方向走下去，她的方向不停地变化，还时不时地掉转，毫无必要地重复。因此，不久他就明白了，她是在四处漫步，没有目标，没有目的地，只是为了边走边想些事情。她的头脑已陷入了沉思，双脚还在漫无目的地随意行走。

最后，她来到了一个公园门口，转身走了进去，仿佛觉得这是一个更好的去处，可以远离尘嚣，摆脱外界的干扰。也许她终于觉得累了，想起公园里有长凳。

不管怎样，他顺着弯弯曲曲、灯光稀落的小路跟在她后面，看见她在见到的第一张长凳上坐了下来，他也突然停了下来，侧行躲到一处漆黑的树影下。离长凳不远的地方有一根路灯柱，淡淡的光晕笼罩着她，她的脸色显得愈发苍白。在这个全新的情境下，他可以放心大胆地注视着她，比之前任何时候都更安全。因为他被树遮挡得严严实实，眼前也没有别的人来分散他的注意力，他只需关注她一个人。

她没有什么动作，只是侧着身子坐在长凳上，背对着城市的灯光和喧嚣。

过了一会儿，来了一个警察。他路过时，好奇地转头看看她，又继续往前走。然后又回头看了看，似乎不确定是否应该让她一个人待在那里。但他还是继续往前走了一段，然后再次回头张望，看她是否还在那里。这一次他停了下来，而且离树非常近。

树下响起了一声低低的口哨，他走了过去，消失在暗影中。转瞬间他的身影再次出现，他忍不住又回头看了一眼，这一次他的好奇心更加强烈了，但还是继续赶路去了。

一对年轻的恋人走了过来，他们的头靠在一起。两人说话的声音很低，经过那棵树时，藏在树下的那男人几乎听不见他们在说什么。他们来到长凳边，犹豫着稍稍放慢了脚步，然后又继续往前走，想找一张单独属于他们两人的长凳。

她动了一下，有些迟钝地意识到有人路过，但却没有看到什么人。那男人看见她打开手提包，把手伸进包里，拿出什么东西来，然后盯着那东西看。他看不出那究竟是什么东西，应该是个小物件。

然后，她又急忙把东西收起来，仿佛听到了什么声音，或许是有人要过来打扰了，但他还没有听到。过了一会儿，真的有人来了，来自另一边。一个男人独自走了过来，迈着不紧不慢的步子。

噢——噢，树下的观望者真想对她发出警示。

新来的这个男人走过长凳看着她，不像警察那样扫视一眼，而是久久地凝视着。

他停下来站在那儿，然后走过去坐在长凳的另一端。

树下的观望者开始向他们移动，动作轻缓，没有暴露自己。

那人现在坐在了长凳的中间，把他和姑娘之间的距离缩短了一半。她仍然是背朝着他，似乎没意识到他已靠近。

他一定是低声说了什么。她茫然地转过身来，然后猛地站了起来，勉强压抑住一声尖叫。

她沿着小路朝公园出口跑去，经过了藏身树下的监视者。

现在独自坐在长凳上面的那个人冷静地摊开双手。"反正你也太瘦了！"他带着迟来的怨恨在她身后喊道，"省省你的皮鞋吧。我不会去追你的！"他两腿交叉，双臂舒舒服服地伸在长凳上，大概是觉得既然已经坐上凳子了，不如就待在这里吧。

她安全到达了大门，就停止了奔跑。监视者也从树后面冒出来了，她仍然在他视线中，又一次开始了散步。猫捉老鼠的游戏仍在继续。

他以为她应该已经脱离了幻想，现在该回家了。她先是朝那个大致的方向走，然后，几乎在就要回到那里时，她又突然转向，走了一两条街，来到了一座教堂。她显然早就知道这里，因为这地方很小，毫不起眼，如果不熟悉的话，从远处根本看不出来这竟然是一座教堂。

她慢慢地登上几级台阶，打开那扇大门内套着的小门，消失在里面。

他也到了那儿，稍稍迟疑了一下。如果只有一个入口，他就不进去了。但教堂建在一个转角的地块上，面向两条路，再往前走一点，有一个侧门。他不确定她有没有注意到他，或许他在前面等候时，她会从侧面溜出去。他还是决定进去了。

他从孩提时代就没进过教堂。寂静会令他感到羞愧，尽管从那时起他已经去过许多沉寂的地方。但这里的沉静是富有意义的。他不记得进入这样一个地方时应该做些什么，如果有规定的话，他也想不起来了。依稀记得要把帽子摘下来，于是他就这么做了。

他穿过空荡荡的前厅，走进了第二道门，她一定在他之前就进来了。他伸手把门轻轻关上，站在门旁边。

他看到了她。她在前面离他很远，跪在过道尽头的祭坛栏杆前，缩成了小小的一团。蜡烛犹如一簇簇白色的雏菊，在深色的草坪上闪着微光。圣母玛利亚抱着小耶稣，圣洁的面庞俯视着尘世众生，从下往上看，那面庞隐约有些苍白，却依然闪烁着光辉。即使处在他所站的位置，也能感受到那种悲伤、慈悲和怜悯的氛围，仿佛在试图软化他。在他的心里，他几乎能听到那温柔的恳求：随她去吧，随她吧。

他伸手摸了摸衣领，想松开领扣。

这里只有他们两人。没有猎人，也没有猎物。外面的法律在门口就戛然而止了。如果说两人之间有一个违规者，那就是他，而不是她。因为她惹上了麻烦，而他是来制造麻烦的。

他摇了摇头，似乎这种感觉令他不安。

她站了起来，沿着过道往回走。他一动不动地站在那里，躲在黑乎乎的门框后面，没有暴露。她走到一排长凳前，坐了下去，苍白的烛光笼罩着她，几乎看不见她的头。

他往侧面移动，走到最后面的一排长凳旁。他单膝跪下，任由帽子滑落下来，双手紧紧地抓着前面的座位靠背，低着头。

他透过手指缝看着她。

他们仍然是监视者和被监视者。

教堂里是没有时间概念的，每分、每秒、每小时都留在了门外。

她终于抬起头来，又走到过道上。她把膝盖微微一屈，朝圣坛方向画了个十字，然后走了过来，经过了他跪着的地方，模糊的身影在昏暗中渐渐远去。

她没有看他，打开门走了出去。

他画了个十字,动作鬼鬼祟祟的,好像有点自惭形秽。

他站起来,跟在她后面出去了。

在外面的街道上,他戴上帽子,低着头弯着腰,仿佛背负着一种无形的负罪感。

她开始注意到他了。她停下来两次,但没有回头看。她是凭着听觉或内心的感觉,感知到他的存在。

然后她突然转过身来,径直朝他走去。周围的环境不适合隐藏,他一时大意,竟然要被抓个正着了。没有时间回头了。如果他的出现还不能说明什么,但他总是重复她的动作,这显然传达出特定的信息,终究还是引起了她的注意。没有侧面的出口,也没有可以转向的门道。他们附近只有一段空白墙,还有被墙面围起的一些院子。

他别无他法,只能继续向前。

他想,两人走的路会交叉,或者会颠倒过来,他朝前走,她朝后走。

然而,当他们相遇时,她停了下来。

"你没有跟踪我,是吗?"她的声音里带有一种孤独和绝望,几乎像在可怜兮兮地祈求安慰。她没有在指责,倒像是她感觉到了困惑,遇见第一个路人就赶紧寻求帮助。

"是的,小姐,我没跟踪你。"他直白地说,虽然脸颊有点发紧,"我往这边走,你往那边走。"

她点了点头。"我知道你没有,"她悲伤地思索着,"我知道我错了。"她沮丧地把手放在了额头上,"我整天都在想——"

"这一刻之前我都没见过你。"

"我知道你没有。我也没见过你。我不知道我为什么会这么问你。"她的无助带着一股孩子气。

他继续走。

她也没停下脚步。

他停了下来,回头看了看,咬着牙默默咒骂着。

然后他转过身,又一次开始追踪她,他的匿名已毫无意义。他必须做出改变,之前的身份对他的目的已经没有用处了。

她从灯光下飘过,闪烁的电影幕布在她身上投下一道黄色的眩光。她似乎没有看到它,径直走了过去,黑暗笼罩了她,如同一个蔓延的污迹在她的背上留下暗影。然后她转过身,抬头看看是什么东西。她看明白了,仿佛直到这时她才想到会有这样一个地方似的。她打开提包,摸了摸,似乎要看看还有没有钱。然后她走到售票处,买了入场券。她绕过售票处转到后面,走了进去。她的两侧是发光的玻璃嵌板,四周铺张地展示着广告,连广告字体都在熠熠闪亮。她进场时对周围的事物视而不见。好像她的动机不是为了看什么电影,只是单纯地想进来而已。

过了一会儿,他也买了一张票。他穿过空荡荡的前厅,把票交给门口的检票员,一头扎进黑暗中,四周的墙壁上晃动着微微发绿的幽光,仿佛附近的某个地方有水波荡漾。

一个袖珍灯亮了,在黑暗中为他指路,小灯后面隐约可见铜纽扣。"在我前面进来的那个女孩坐的是哪个座位?刚刚最后一个,从那边的门进来的。"

女引座员停顿了一下。"你是跟她一起的吗?"她怀疑地问。

"别介意,我可不会调戏妇女。"他把警徽在她的手电筒下面晃了一下,"快点。她去哪儿了?"

"在那边。"她指了指门厅对面的一扇门,靠近贵宾席,那是盥洗室。在黑暗中其实看不见那扇门,只有一个亮着的橙色玻璃指示灯显示了门的存在。

"噢。"他只说了一句,就站在原地不动了。

两个观众进来了。女引座员从他身边走开,领着那两人穿过一排排座位的后面,去往高过头顶的隔板上的一个缺口。三个人的脸上都映照着幽幽的绿光,他们往前走着穿过了那个缺口,从视野中消失了。

他一直看着那扇门。

女引座员又回来了。现在是她的后脑勺打上了淡绿色的幽光。

"那里面有人吗?"他问,"我是说,有动静吗?"

"有一个妇女。"

"哦。"他说。

另一对观众走了进来,大声争执着,发觉自己已笼罩在寂静的黑暗中,也就压低了声音。

"电影都放了一半了。"

"是你非要留下来洗碗,你不能等我们回家后再洗吗?"

"嘘。"女引座员巧妙地提醒他们。

她送走了这两人,然后又独自回来了。

银幕上突然枪声大作,他紧张得几乎跳了起来,然后又回头看了看门口。

"她怎么要这么久——你进去一会儿。替我进去看看。"

她顺从地沿着门厅的纵长方向走去。她还没走到另一端呢,一声沉闷的呼叫从盥洗室门后的什么地方传来,是一个老女人颤抖的叫嚷声。接着就是撞击声,像是一把笨重的椅子翻倒了。

指示灯下突然出现了一道橘红色的裂缝,就好像一根隐藏的弹簧弹出来了,把那扇顽固紧闭的门也给打开了。一个白发女人探出了头,挥舞着手臂让女引座员转了个身,从另一个方向飞奔回来。

她身后传来一声嘶哑的低语:"叫经理过来!经理过来!看看这里发生了什么事!"

女引座员从他身边经过时,他往前冲了过去,和引座员反向而行。其实他知道现在没有必要着急,跑得再快也没用了。

等待：夜已深

瑞德匆忙地把自己的物品打包，塞进一个鼓胀的像香肠似的白包，看形状应该是一个圆筒状的旅行包。

"快点！"她有些害怕，一直在低声催促着，透过房间里的整个墙面上的帷幔往外看。"快点！"

他们在黑暗中，但她可以看到他的每一个动作。仿佛有间接光照从下面或上面反射到他身上，有点像白炽灯下的暮光。

每次她都轻声催他"快点"，他也低声回嘴，"我不能不带围巾"或"不能不带药片"，然后再往装得满满的包里塞点东西。

突然，一个男人紧贴着她的脸把头探了进来。那些帷幔就像飘带似的，几乎可以在任何地方随意分开。这人是肖恩。他的突然出现并没吓着她，她害怕的是别的事情。

"没多少时间了。"他的提醒听起来很不吉利，"最好快点。"

"爸爸，你听见他说什么了吗？"她恳求道。

瑞德从包里抬起头。"我必须得带上我的针织背心。"他固执地说。

肖恩缩回了脑袋，和刚才探头探脑时一样突然。他已经不在外边了。

她转身跑向她父亲，绞着双手冲他说："如果你再磨蹭一会儿，他就不会等了，他可能已经走了，他也许就不干了，把我们独自留在这里。"

他正在收紧行李袋的袋口。"现在，我准备好了！"他终于说。

她拉着他的手，小心翼翼地向前走去。他拖着那个行李袋。那袋子就像一个锚似的，把他们往回拖。

"我们得走得更快些，得走到那些帷幔的另一边去。"她告诫他。

她摸索着帷幔间的缝隙，刚才还那么多，现在却摸不到了。

突然，肖恩又探出了脑袋。但这次是在他们身后，在房间的另一边。

"不是那条道，"他严厉地警告道，"往这边走。你们不能从那边出去。他们中有一个就埋伏在那儿等着呢。"

他俩知道他说的是什么意思，一阵冷战传遍了她的全身。她和瑞德都猛地往后一缩，仿佛觉得连那边的帷幔都隐藏着危险，不能去触碰。

他俩重新回到他身边。他伸手拉开了帷幔，他俩就低头经过。她注意到肖恩的手心里藏了一枚警徽，好似一个能提供安全保障的护身符，不过只在近距离内才有作用。

他们来到了外面，肖恩就进到帷幔里面，到了他们刚刚所在的地方。他和他们两人换了位置。

"你不和我们一起去吗？"

"你们沿着外面的通道走，"他说，"我在帷幔下面走里面的通道，跟在你们后面。如果你们在路上害怕了，可以从那些开口处进来，就能摸到我，就知道我也在。"

因此，帷幔的排列似乎也发生了变化，不再是四四方方地围住一个封闭的房间，而是沿着他们要走的通道进行直线排列，直到最后的出口和安全地带，在他和他俩之间形成一道屏障。这种诡异的变化一点也没有吓到她，只有一件事会令她害怕。

他们依稀可以辨认出，现在走的这条路是这座房子里一条熟悉的过道，但其比例，尤其是长度，已经大相径庭了。这地方和刚刚那边一样，也是像洞窟一般昏暗，可是帷幔上的每一个褶子都看得见。

"这路太长了。"他们往前走着，她一路抱怨道，"我们今天早些时候过来时，路并没有这么长，后来就变长了。"

"那是因为我们当时走的反方向。"她父亲低声说,"你出去的时候总是比进来的时候要长。"

他们又向前走了很长一段时间,仍然看不到路的尽头。她终于失去了勇气。"肖恩,"她声音嘶哑地叫道,"肖恩。你在那边吗?你还跟着我们吗?"

他的手立刻伸出来抓住了她的手,她能感觉到手被握紧了,那枚警徽仍然还在肖恩手心里,她立刻就安心了。

然后他又松开了手,他们继续往前走。

这条通道又变了,她周围的一切似乎都对一种流动的光亮敏感起来,那光仿佛是通过滑过镜面的水波投射过来的。现在路已经到了尽头,出现了一个拐弯。她突然注意到一个微弱的浅绿色的倒影,映照在帷幔的皱褶和波纹上。那倒影不知是怎么出现的,在拐弯处以外的地方是根本看不见的。这最微弱的光迹,却又是致命的、难以捉摸的。看到它就意味着面临威胁,如果见到它之前就转身逃离,他们仍然可以不被攻击。

但现在已经太晚了。那个威胁物的意识已逐渐清醒。随着意识的持续增强,它的形体被拉长,从无名的混沌中冒了出来。原先反射的光亮全都聚集了起来。铁铲似的猫头上,露出两只青灰色的眼睛,眯成了恶毒的细缝,发出狂爆的绿光。小而尖的耳朵平趴着,随时准备复仇之战。宽阔的下巴上布满了尖牙,牙齿边缘是一条发光的红线,透着骇人的青灰色,几乎像一个霓虹灯的轮廓。

它低伏在地板上，随时会跳起进攻。它几乎像是爬行动物，而不像狮子。浑身上下只有头部明显具有狮子的特征。它弯曲的身体拖在后面，像一条龙似的，往中心不停地打着旋儿，肚子垂得低低的，短小的腿向外弯曲着，尾巴疯狂地向后甩向无限远处。

他们转身就逃，头脑发麻，双腿像灌了铅一般难以控制。"放开，放开那个包，"她喘着气说，"它在拖我们的后腿。"

瑞德松开手，旅行包向后滚去，好像被地心引力带进了那个怪物烧得通红的胃里。就在包消失之前，它变成了棕色，似乎被慢慢地烤焦了，就要被吞吃了。

他们又一次被逃跑通道出卖了。这时又出现了一个大转弯，那淡绿色的磷光，最初的警告，令人恶心的帷幔统统都再次出现了。意识再一次成了恐惧之源，将其物化成可见的和可触摸的。它的头又向前滑动，露出了毒牙。但这次和之前的不是同一个怪物。在他们的后面还有另一个怪物，毫不留情地贴在他们身后。

他们现在两头受阻。

"放开我，"她的父亲恳求道，"我在拖你后腿。"

"不，"她气喘吁吁地说，"不！"她伸出手臂和他的交叠在一起，紧紧地缠着，紧贴着她的身体。

"肖恩！"她绝望地叫道，"肖恩！"

他做出了回应，语气很平缓，像在规劝她似的。"有一段时间你并不害怕。"他说道，好像在指导她该说什么。

她想跟着重复一遍，可就是说不出来。"肖恩！"她尖叫起来。"跟着我说，'有一段时间你并不害怕。'这样会救你的。"

她把手伸过帷幔，没有摸到他的手。他说过会在那边，但根本不在。

慢慢地，就像闪烁的煤气灯一样，那腐臭可怖的变形怪物开始显露出来，穿过了她把手插入帷幔造成的缝隙。那怪物差一点就要舔到她的手腕了。原来里面还有一只，像一条巨大无比的长虫一样，在墙壁和帷幔之间爬来爬去。

她赶紧抽出手来，唯恐手被撕咬，仿佛行进中的光亮也会长出牙齿咬人似的。

她惊恐地转向父亲："他不见了！他要我说的话我说不出来！"

父亲也不在了。她现在已经失去他了。她的背后居然在进行着可怕的、意想不到的肢解。只剩下一只手臂了，还是她刚刚紧抓着不放，压在自己的胳膊下面的那只。她可以看到他的另一只手在她身后那个发光的胃里，绝望而徒劳地向上伸着。然后那只手往下沉去，看不见了。

她拼命尖叫起来，叫声响亮又饱满，在她耳朵里回响，好似换了一种全新的声音，又仿佛只是在心里想想而已，并没有真的叫出声来。她开始在四周的帷幔上使劲捶打，想找到肖恩的踪迹，想穿过帷幔到他那边去。

一个类似于雨刷的东西，通常用在汽车挡风玻璃上的那种，像一把镰刀似的穿过视线范围。她作为旁观者,透过它不停地来回切换视线。那东西本身是不可见的,但它的作用愈加明显。每一次运作都让它所擦拭的镜头越来越清晰,越来越通透。所有的暗色都消失了,恍若白昼一般,好像它把所有的暗色都擦洗清除了一样。

那些黑黢黢的帷幔已漂白成白色,挤成了密密麻麻的小方块。她的尖叫声越来越细,消失在灵魂深处。"肖恩,"她低声抽泣着,"肖恩。"她一边叫着他的名字,一边绝望地捶打着枕头。

她像触电似的突然弹起,一下子坐了起来,睁开了眼睛。

她的房间一片漆黑,她用手指碰了碰灯的开关,驱散了黑暗。现在,现实之光亮起来了,一切都井然有序,一切都在熟悉的地方。

但恐惧并没有减轻,反而更加强烈了,因为她刚从梦中醒来,就又被投入到一种陌生的环境中去了,至少到目前为止是这样,尽管入睡前这环境还是她熟悉的。她心中满是惊恐,还没法重新适应环境。

她依然清楚地记得梦中的主要情境。去找他,去他那儿,在他身边就会平安无事。她猛然从床上跳了起来。她还记得每天日常活动的所有细节,她觉得有必要一件接一件地做起来。她的披肩还在那儿,她得穿上,把脚伸进床边的拖鞋里,赶紧跑到门口,把门打开。夜色正浓,四下一片寂静,他的房门就在大厅那边,她必须过去把他找出来。这一切她都明白,也都实现了,但真正激活她的是内心无比强大的梦的冲动。

　　她跌跌撞撞地走到大厅，仍在啜泣着呼唤他的名字。朝着他的门口跑去时，她回头看了看，想起了梦里那个拐弯的地方，想起了令她痛苦不堪的画面，想起了那道可怕的绿光——还有那些更糟的情形。那一切都曾在梦里慢慢地出现，向她悄然逼近。现在那里什么都没有了，在楼梯的拐弯处完完全全地终结了。两边墙面上各有一个烛台，一直燃着蜡烛，烛光温和而理性。光线不算明亮，但照得足够清楚，令人感觉到平静而不失安慰。但噩梦的记忆挥之不去，她还是惊恐不已。纤瘦的她像个幽灵似的飘到他门口，蓝色绸缎睡衣在她身后飘来荡去，如同孔雀开屏一般。然后她裹紧了睡衣，颤抖着敲响了他的门，一刻也没有停息。

　　他在门后发出了一声闷响，猛地一下把门打开了。她最后一记敲门无法停止，落在了他的胸口上，她的手就停留在那儿，像是一种无声的哀求。

　　他脸上露出惊恐之色，不是为自己，而是因为她，仿佛他一听到敲门声，甚至在开门之前，就已经猜到是谁了。他的胳膊在身后僵硬地扭曲着，胳膊肘都翘得看不见了。睡袍的一边挂在了肩头，另一边还没提起来。他耸了耸肩背，一只空袖筒甩了上去，套进一只手臂，手上还拿着一把自动手枪。

　　他用那只空着的胳膊把她揽了过来，她心甘情愿地顺势靠近。然后他环顾四周，扫视着大厅。

"怎么了？什么情况？"

"我想是做了个梦。可我就是没法从梦里出来。"

"你那边出现了什么东西吗？要我过去看看吗？"然后他眯了眯眼睛问，"你什么都没听到，是吗？"

"是的，没有，什么都没有。只是做了个噩梦而已。"

"在这儿站一会儿，"他说，"站在门里面。"

他走到她的门口，消失在里面。

她站在那儿，紧贴着墙注视着外面，像个偷偷摸摸的孩子。他好像在她房间里待了很长时间。他一定是把房间彻底检查了一遍。她能听到窗户的木框架发出轻微的咯吱声，显然他正在用力去压窗户，看看是否关紧了。

终于他出来了，她见到他很高兴，仿佛他已经离开了一个钟头似的。

"一切都井然有序。"他说。

"我不知道为什么要跑过来找你。"

"你为什么不该来找我？我到这边就是要保护你们的。"

他站在那儿望着她，她心想：我还得回自己的房间，他希望我这么做。

"感觉好些了吗？"他问道，仔细端详着她。

她点了点头，她不知道自己故作轻松的样子是否骗过了他。也许没有，因为他眯起了眼睛，像是在思索。

"这东西吓着你了吗？"他低头看了一眼仍然握在手里的枪。

"不，我喜欢这样。我想让你带着枪。"

"是的，不过我不该像在西部酒吧里那样挥舞着它。"他把手枪收了起来。

他看了看她，又低头看着那边的门口，然后他又回头看着她，好像在想怎样才是最好的安排。

"想现在回去吗？"他试探地问。

"不知道我还能不能进去。我试试看。"

"要我陪你回到房间门口吗？"

他们迟疑不决，走得很慢，仿佛有一段很长的距离，而不是几步之遥。

"现在好了吗？"

她转身走了进去。整个房间又一次暴露在视线中，还带着梦的沉淀。她不由自主地往后退。他一定注意到了。

"我会站在这儿，"他说，"直到你回到床上。让门就这么开着。我不会往里看的。"

他把肩膀转向房间，站在敞开的门口，面对着楼下的大厅。

她壮着胆子准备继续睡觉。她脱下睡袍，又爬到床上，把被子拉过来。

"还好吗？现在能睡了吧？"他问话时没有回头看。

"不行，"她突然畏缩着说，"我没法睡。你在那儿还好，我知道你在那儿，可一旦我觉得你不在——"

他转过身来，看见她的手臂朝他伸过来，她自己却没有意识到，因为一看见他转过身来，她就垂下了手臂。这个梦把她所有成熟的特质席卷一空，她简直变成了个孩子。

他大步走进房间，反手关上门。"好吧，"他说，"看你吓得像第一次来这里似的。"

他把一张椅子拉到床边，坐了下来。

"看到了，这样好些吗？"

她的手不安地移动着，好像要缩回去似的。他冲她伸出一只手，立刻就被抓住了。

她苍白的小脸上掠过一丝转瞬即逝的微笑。孩子找到了保护者。孩子和她的大哥哥在一起了。现在我安全了，有你在这里。我可以睡觉了，你在我身边呢。总得有个人陪着我，比我年长，比我睿智，比我坚强。

她的脸微微转了一下，从他身边滑落到枕头上。他盯着她看了一会儿，仿佛看见雪白的被子下面的身体随着呼吸轻轻起伏。她安心了，眼睑开始眨动，闭上，睁开，然后又闭上，这次没有再睁开。

房间里一片寂静。

他温顺地坐在那里，从椅子上向前探出身子。他伸出的那只手紧紧地握住了她的双手，好让她放心他是不会离开的。她是那么孤独，那么需要他的陪伴。

每个人都必须有所依靠。

她沉睡的脸上又露出了微笑，一直保持着安心恬静的笑意。

他慢慢地、小心翼翼地伸出他那只没被握住的手，拉了拉床头灯的吊链开关。

他的脸隐没在黑暗中。

警方在行动：多布斯和索科尔斯基（2）

七点三十分——就在征用了那间房之后的早晨——警方派来的电工到了。他把窃听所需要的电线盘绕成厚重的圆盘，然后中心缩排成骨头状的椭圆形，以便减少占用的空间，最后再裹上一层报纸作为伪装。一只手臂夹着这盘电线，另一只手提着一个大箱子，像是一个大工具箱，里面装着仪器的接收端。

他动作隐蔽地敲了下门，声音很轻，但显然很容易辨认，因为大门应声而开，他刚一进去就立即关上了。

索科尔斯基就在门后面。多布斯屈膝蹲在对面的角落里，乍一看可能会误以为他处于一种极度沮丧的姿态。他脸朝着两堵墙面交接的地方，好像要把脸遮起来。他的头往下弯得很厉害，几乎要藏在双肩下面看不见了。他的双手紧紧地扣在他那急剧倾斜的脖子后面，似乎是为了减轻疼痛。整个人是坐在自己的脚跟上。面前还有一根发黑的蒸汽管或水管往上戳着，消失在天花板里。他一动不动，像一个印度瑜伽修行者，或是倒着打坐的圣人。

房间里的两个人都脱下了鞋子，以免发出脚步声。但别的衣物没脱，连他们的外套都没脱，帽子也没摘。毕竟，他们来这里不是为了家庭事务。多布斯的一只袜子的脚后跟处破了个洞，露出黄白色的皮肉很碍眼，但丝毫不影响他的工作效率。

"我们什么也做不了，"索科尔斯基低声对电工说，"他还在楼下他的家里。"

"让我再查看一下。"新来的人说。

索科尔斯基指了指他的鞋袜："当心点，脚步声会传下去。"

电工把笨重的装备都放在了床上，脱下鞋子。然后他在房间里四下走动，蹑手蹑脚地，显得有点痛苦，显然是在寻找破绽或裂缝。

他似乎找不到任何能利用上的缝隙。最后，他看到蜷缩成一团的多布斯，拍了拍他的背。多布斯慢慢地舒展开来，恢复到正常的体态，尽管看上去还是那么难受僵硬，还有点一瘸一拐的。

他费力地走到床边，躺到床上，揉了揉身子。

"他起床了，"他说，"我刚听到弹簧床面发出了声响。水龙头打开了，管子里有呜呜的水声。"

电工现在躺在多布斯先前蜷缩的地方。过了一会儿，他直起身子，回到他们身边。

他拇指往后一伸，指向管子。"可以在管子上做文章。管子与地板上预留的洞口不太吻合，周围有许多孔隙。我可以把洞口弄得更大一些，把电线放到管子后面。他开灯的时候，电线看上去就会像水管的影子一样。"

索科尔斯基把拇指和食指勾在一起，表示默许。"我赞成这么做。"他说。

尽管脚上没有穿鞋，他还是小心翼翼地推开房门，走出了房间。他试了试楼梯扶手，显然是想看看是否有适合向下看的斜度。他俯下身子趴在栏杆上，然后又站直，在好几处都查看了一番。终于他找到了一个角度合适的姿势，就双臂交叉搭在栏杆上，趴在上面，不动了。他给人的印象是，如果有必要的话，他能够而且愿意整天保持这种状态。

在房间里，多布斯正在休息，继续按摩他的小腿肚。电工正用手把扭曲的铁丝拉直，铁环迅速缩小，搭在他的胳膊上。一对钳子和其他一些工具出现在床上摊开的报纸上，排列得整整齐齐，对称而精准。这体现了一个工匠的特征，一个热爱工作的艺术家的特征。

索科尔斯基微微颤抖了一下，蹲得更低了。这种变化几乎看不出来。光线太暗，他的轮廓模糊不清，很容易造成错觉。然而，几秒钟后，楼下某个地方的一扇门被拉开了，然后关上了，关门声听得更清楚一些。拖沓、沮丧的脚步声顺着楼梯往下传去，松松垮垮的，几乎像在拍打着楼梯。

脚步声越来越轻，越来越远，楼梯间也安静了下来。

电工拿起一个便携式的小钢锯等待着。他现在已经把电线拉直了，只用一根电线就能把整个房间都连接起来，并把截短的一端伸向水管，拉到离水管几英寸远的地方，插在一个分叉的接头上，似乎能自动咬住细长的铁管。电线就放在地板上，然后穿过床，继续沿着另一边的地板铺设。当然不会把电线一直都放在那里，只是为了便于布线。每一步都很重要，以前已经做过很多次了。

索科尔斯基站了起来，在栏杆的拐弯处挺直胸膛，开始从楼梯往下走。可以看到他在下楼，但听不见他的动静。另外两个人都还没有动。一把金属钥匙开始撬锁，动作熟练灵巧，连他们那么敏锐的耳朵都听不见。然后是一片寂静。不管门有没有被打开，在敏感的氛围中都追踪不到任何动静。

过了片刻。突然，索科尔斯基又出现在楼梯上，向他们走来。另外两个人已经露面了，同时准备下楼。索科尔斯基赶紧交叉双手放在面前，示意他们不要下楼，然后又把双手分开。

直到三人在上面的楼层再次会合，他们才开始说话。

"他又回来了，"他低声说，"进去。"

他们关上了门，一动不动了。多布斯又回到了角落处的洞口。

过了一会儿,他对另外两个人使劲地点了点头,伸出手指用力往下指了好几次。

他们继续等待着。

这一次,多布斯把大拇指朝外面的大致方向指过去。索科尔斯基小心翼翼地打开门。楼下的某个地方传来了脚步声,和刚刚一样拖沓。

之前的程序又重复了一遍。又是索科尔斯基打头阵,他下了楼,再次进去,又出来。这一次,他打了两个响指。过了一会儿,另外两个人也下楼到他身边了。

他们进了汤普金斯的房间,把身后的门也关好了。

"你怎么知道他刚刚会回来?"多布斯低声问。

"他的烟斗在桌子上。我摸了摸,还是热的。这就意味着他是不小心把烟斗落下了,而不是故意把它留在那里。"

电工的动作非常迅速。他把一个小配件夹到了房间角落里的蒸汽管上,是在管子对着墙的那一边。如果眼睛对准细长管子的那个确切位置,就可以看得到配件。对此电工不满意,就捏着它往下拖,一直拖到和地板齐平。那里的阴影比较浓重,它就被遮住了。他打开了房间的灯,试了试。那个小装置仍然在视线之外,而且似乎消失得更彻底了,因为管子本身的影子也投射在它上面。

电工走了出去。在天花板上绕着管子的那个洞口处发出了轻微的摩擦声。那声音很轻,几乎难以察觉。锯子的尖端向外窥视了一两次，然后又害羞地退了回去。几粒锯末和灰泥像又细又短的棉花糖似的拐着弯落下来。一根电线出现了，顺着管子向下延伸，只有在它继续移动时才看得见，停下来的时候就从视线中消失了。

电工又进来了，他把电线再往下拉一点，接在地板上某个已安装好的东西上。

"试试声音吧。"他说着又出去了。

索科尔斯基盯着多布斯，仿佛他的说话对象是多布斯，而不是楼上的电工。他把自己的音高调得和他们非常接近。"好了吗？能听到我声音吗，格雷厄姆？"他平静地说。

管子有了动静，好像有人用指甲敲了一下，表示肯定。

他们走到房间的另一边。

"在这里怎么样？"

管子又嘀嗒作响。

"现在到这里了，不能有任何盲点。我们在角落，在门的左边，格雷厄姆。你能听到我们声音吗？"

管子又响了。

"没有盲点。"多布斯说。

电工又出现了。他从口袋里掏出一张吸墨纸，在水龙头下接了几滴水打湿，然后把吸墨纸全压在水管底部的地板上，木屑和灰泥早前就落在这里了。然后他把吸墨纸折叠起来，小心翼翼地塞进口袋。

他在门口停留了一会儿,用拇指和食指围成一个圆圈,对着他们晃了几下,表示自己的任务已圆满完成。"看你们的了。"他说完就离开了。

他们两人也离开了,但还不到一个半小时又来了。多布斯非常小心地把什么东西装进衣袋。"这些支票都是瑞德给他的,必须拿出来复印,然后还要马上送回到之前我发现它们的地方,速度要快。"

"你觉得他知道支票在那儿吗?为什么要把支票都藏起来?面值总共有一万两千美元呢——"

"他没有把它们藏起来。我认为他一直都是把支票随便乱放的,直到忘了还有这些东西。支票出现的地方就能说明这一点。一张夹在梳妆台和墙之间,好像是从抽屉后面掉下来的。另一张被弄皱了,背上有烟草的污迹,好像是他用来擦烟斗通条的。"

"他是个什么样的人?"

"要么很笨,要么很聪明。这得让麦克马纳斯来决定,不是让我们来定。我拿着支票,你戴上耳机。"

六点钟的时候,支票早已送了回来。多布斯头上戴着耳机坐在那里,拼写着索科尔斯基的名字。他听到的只有寂静,空荡荡的房间里一片寂静。

六点二十七分,通过电线听到一扇门打开了。门又关上了。拖沓的脚步声响起了,又消失了。然后听到了一种像海绵似的声音,又像是布片被丢弃了，砸在椅背上。

上面的房间几乎没有什么动静，除了多布斯有时会动动右手，用铅笔在便笺簿上写下速记符号。即便这样的动作也只是偶尔为之，大部分时候他的手还是静止不动的。

外面天黑了。一道细细的月牙形的光从管子周围探出来，正好照在地板上，大概只有指甲那么点大。否则，上面的房间就会一直很暗。他们几乎都看不见对方。多布斯在黑暗中用手指勾画了一些花体字和草字。他伸出一根小指作为警戒，告诉自己什么时候要在便笺簿上书写。

七点钟的时候，有一把调羹在锅里使劲刮，把锅里的东西都刮光了。从那之后的半小时，不时有餐具叮当作响。接着又发出了咔嗒咔嗒的响声，好像有几样餐具被收在一起，搬到别处了。水龙头打开了，水流像是带上了砂纸般粗糙的力度，咔嗒咔嗒的声音和随之而来的水花泼溅声、水流汩汩声混合在一起。最后餐具洗好了，一件一件地摆放，不时发出砰砰声。

接着又是一阵沉默。多布斯的手闲下来了，偶尔他会看看腕表上闪着磷光的数字。

9：12，一个人咳嗽起来。

9：14，报纸噼啪作响。

9：16，一个烟斗被敲出了声。

9：17，一把椅子被移动了，嘎吱作响。

9：19，更多的水声如瀑布般倾泻而下，这一次的水声更响，距离更远。多布斯在黑暗中举起手来，拉着一根想象中的链条。索科尔斯基明智地点头表示同意。

9：20，一只鞋掉在地板上。

9：20：15，又有一只随后而来。

9：21，管子底部的灯光熄灭了。

9：22，弹簧床面吱嘎作响。

9：24，弹簧床面再次发出吱吱声，但声音轻得多，像在做最后的调整。

在那之后，什么声音都没有了。夜深了。午夜时分，索科尔斯基接过了耳机、铅笔和便笺簿。

他听到的只有寂静。楼下的房间里只有一人，安睡无声。

"整整二十四小时了，警长。没人接近过他。他只是进来，睡觉，出去，进来，然后再睡觉。我们听到的只有背景声，一次也没听到过他的声音。没有人露面，连个鬼影也没有。"

"会有人露面的，会有的。"

"以前从来没有人像我们现在这样监听一个房间。我好几个小时没出去了。多布斯在休息时把我们的食物带进来。我在现场吃得很好。"

"不要让那些耳机变冷。我不希望它们从你们脑袋上摘下来。一直监听着。即便没有什么可听的，也要接着监听。地板的每一次嘎吱声,老鼠半夜里发出的每一次啃咬声,统统都要监听!"

"我真希望老鼠能出现,这将打破单调。我们甚至连老鼠的声音都没听到过。"

"会听到你的老鼠的,索科尔斯基。但那老鼠恐怕不会有一条长尾巴。"

等待：告别阳光

肖恩和负责警卫的人一起巡视完毕，正要返回瑞德家。午后的阳光泛着古铜色，从西边照过来，照亮了房子西侧的窗玻璃，照亮了每棵树和每一块隆起的地方。两个男人的身后也拖着长长的、纺锤状的蓝色影子，斜向东边，犹如夜间的方向探测器。

他们在入口处的石狮子旁停了下来。"都是麦克马纳斯自己想出来的，"告别前那人说道，"我们把这个地方完全圈起来了，分成了三条不同的线路。通往这里的路两端都被封住了。任何带轮子的东西都不能通过,派了一辆车一直在巡逻。庄园四周都排满了人。你看不到他们，但只要有人试图非法入侵，想从外面的公共区域进入,他就会发现他们都在那里。然后在地面上,我让他们每隔一段时间就到各处去找掩护。有树的地方,比如就像后面——"

"是的,那些树一直困扰着我,"肖恩承认,"现在我还在担心。"

"你可以不用担心。任何人、任何东西想通过,都会被他们看见,被他们阻止。他们之间离得足够近,可以清楚地看到下一个人在哪里。他们都带着武器,如果有什么动静,他们就会遵照指令先开枪,然后再查明打中了什么东西。最后,天一黑我就派两个人在屋外绕着墙巡逻一整夜。他们会朝着相反的方向前进,在前面会合,或者在后面相遇,每次都换个方向继续巡逻。所以一旦天黑,千万不要没发出任何警告就出门,那样你很可能会被射中。还有比这更简单明了的方法吗?你能想出任何被遗漏的东西吗?"

"想不出,"肖恩表示赞同,"麦克马纳斯做事,总是做得很好。别忘了那个信号,以防里面出了什么问题。"

"一盏灯在一扇窗户后面转着圈。可能会出现在任何窗口。我们准备好枪,向目标逼近。我就在刚刚指给你看的地方,整个晚上都在——有人出来了。"

"好吧,回去吧。"肖恩急忙说。

前门向外打开了,一抹古铜色的微光模糊了门玻璃,珍出现了。她挽着父亲的一条胳膊,搀扶着他。她没穿外套,而他却把一件人字形的大衣披在肩上,衣袖空空如也。

有那么一会儿,肖恩以为他们正在考虑从房子里逃出来。他飞快地登上台阶，半张着手臂准备挡住他们的路，然后再把他们引回屋里。

"你们要去？"

"他——他想看日落。"她解释说。

"想和阳光说声再见，"瑞德绝望地低声说，"在日落之前。"

肖恩不解地往旁边瞥了一眼，转过身来，他的脸上闪着落日的余晖。最近和同事们有了短暂会面，他对事物的看法也完全恢复了正常，他花了一两秒钟才领会瑞德令人毛骨悚然的意思。

"阳光还会再有的，明天——"

"但对我来说不会了。这是我最后一次看日落了。我再也见不到阳光了。"

肖恩的目光与她的相遇了。"让他去吧。"她稍稍歪了下头，以示恳求。

"好吧，出去看吧。"他同意了，"在前面的草坪上可以清楚地看到日落。"他抓住瑞德的另一只胳膊，从另一边搀扶他。

"不去草坪。"瑞德说，"那边有一个高地。到房子后面去，就在那个方向，记得吗，珍？如果我们往高处走，太阳会停留得更久一些。从那边高地往下望，可以看到四周的景观。"

"但那里太远了，不是吗？离咱们的房子很远。你确定你——"

"让我去吧。"瑞德低声下气地恳求着，"让我过去看看。如果你们两个能帮我，我就能走过去。不要把这个机会也给剥夺了。"

274

她痛苦地决定再纵容父亲一次，就再次向肖恩示意。

"好吧。"肖恩说。

他俩搀扶着他，缓慢地斜穿过那片修剪得很短很密的草坪，一直走到草坪尽头。那幢房子被他们远远地抛在身后，每扇窗户都反射着落日的余晖，像是燃起了一团团篝火似的。然后，他们越过高低不平的路面，开始向上爬坡，费力地前行。在三个人当中，瑞德拼命向前冲得最远，他努力蹬着双腿，却经常劳而无功，就像一只抓不住地的毛毛虫。

"快点。"他催促道，"太阳越来越红。一旦降到这么低，它就会飞快地下落。"

"我们会及时赶到的。"她安慰道。

他们绕过了肖恩不喜欢的林带，那些树木看上去毫无生气。你不可能知道里面还藏着人。只有黑魆魆的尖形树影，像长柄草叉，遍布大地。

他们离落日观景点越来越近了，但太阳下降的速度比他们爬坡的速度快。它的下半边缘完美的弧度先是变钝了，然后变平了，犹如一个气球撞到了地面，然后索性坐在地上，变得越来越重。

太阳变成了一个被切开的半球，周围的一切都被它喷薄而出的生命之液染红了，他们的手，他们的脸，他们脚下的大地和四周的天空，如同太阳在出血一般。

然后喷薄之液开始凝结，渐渐枯竭，消失了踪影。现在只剩下了上面的边缘，好似一把弯刀悬挂在山顶，往下窥视着。他们还在辛苦攀爬。

"太阳还没有真正消失，"瑞德气喘吁吁地说，似乎他的生命就全指望它了。"是山把太阳遮住了。我们爬上山顶时，它会持续更长的时间。"

他在他俩中间费力地扭动着，仿佛仅凭他的身体扭动，而不需要他们的步行，就可以加速攀登。

他们终于到达了山顶。山并不是很高，但在日落时分，山的高度足以遮住下沉的落日。刚刚那个被遮挡的圆球又显露出来了，恢复了原来的形状，浑圆无比，完好无损。它仿佛朝他们迎面发射了一股黄澄澄、金灿灿的冲击波，他们有好几分钟几乎都看不见东西。

肖恩痛苦地眯起眼睛望向别处，只见瑞德闭着眼睛，幸福地把脸迎向它，仿佛要沐浴在阳光下，要吸进所有的阳光，仿佛太阳散发出的是生命的本质。事实上，肖恩不得不承认这点。

"它的下半边缘依然很清晰，"瑞德兴奋地说，"边缘下面还有一线天呢。它还是完整的。"

它触碰到地面了。它是那么轻盈，充满着狂热的气体，他们几乎都以为它会轻微地弹起，再次反弹，最后才落在地面。

"它向下冲得太快了。"他悲伤地说，"你看着它的时候，它就在动呢。"

他摆脱了肖恩和珍的搀扶,挣开了双臂。他向着太阳伸出手,用双手围成一个大圆圈,似乎想把太阳牢牢围住,让它留下来,不要下落。太阳一定是从他弯曲的双手之间,从他的指尖滑过的,尽管他俩的眼睛当时无法看清,而他可以,因为他俩所处的角度不同,而他却是正对着太阳的。它一定是从他的手里溜过去的,一点一点地,无可挽回地坠落了。他们看到他的手痉挛似的展开、握紧,反复了好几次,如同一个笨拙的人试图抓住别人扔给他的滑溜溜的球一样。然后他合拢了双手,越过空虚手心相对,接着又沮丧地垂下了手。

"再见,"他轻声啜泣着,"再见了。"

肖恩偷偷看了看珍。她脸上毫无表情,只是映出一片桃红。一缕如金属丝般闪亮的光线挂在她神情淡漠的脸上,从眼角延伸到嘴角。

他又看向了别处。他并不想刻意监视她的反应。他想,瑞德的这种感觉真是无法安慰,没有什么话语能抚慰他,也没有什么事能慰藉他。如果我认为那是我最后一次见到太阳,我也会像他现在这样——也许还会更糟。

现在太阳不见了,却在身后留下缕缕热焰,如同一把打开的扇子,散发的光芒照亮了夜空。仿佛有一只无形的大手,慢慢合拢了扇面,扇骨似的光芒愈来愈短,向下缩成了一个共同的焦点,隐入地平线之下。现在只有一丝余晖残留,勉力支撑了一会儿,最后被清冷的蓝天和灰蒙蒙的流云吞没了。

瑞德不禁打了个哆嗦:"太阳一消失,就会变得很冷。你们感觉到风了吗?黑夜要来临了。"

他偷偷地向身后瞥了一眼,"已经有一颗星星出来了。在那边,看到了吗?快点,我们回去吧。快点,等会儿有更多的——"

他们转过身,开始顺着斜坡往下走,迎面是从东边悄然袭来的暮色。他紧张地夹在两人中间,仿佛失去了平衡,拖着他们跌跌撞撞地往前冲,低垂着头,不愿抬头往上看,担心看见第一道凛冽的星光划破晦暗的天空,那星光好似备齐了所有的利刃,随时会扑向他。

他们走得很快,他歪歪斜斜地滑动得更快,双腿几乎没碰到脚下的地面,像在悬空划桨似的,把他们的路线都给带偏了,忽左忽右的。

他俩从两边搀扶着他,尽量快速地逃离。

"快点,"他喘着气说,"再快点。赶快进去,到了屋里它们就追不着了。每分钟都有更多的星星冒出来。别看它们,快别看。别往那边看。"

他们小跑着穿过平坦的草坪,绕到人行道上,一路加速,终于来到了等待已久的庇护所的入口。他们架起他往前奔,他的一条腿无力地拖在后面。他们进屋了。

他的声音在屋里听起来很奇怪。

"关门!把门关紧!"

有人伸出手砰的一声关上了门。

门外夜色已浓。

警方在行动：莫洛伊（1）

"是警长吗？我是莫洛伊，警长。"

（断断续续地）"你查到什么了吗？有什么进展？发现了什么情况？"

"您知道，我是负责调查狮子。您给了我一个大致的范围——"

（性急地）"我知道给了你什么。两天前就给你了！我想听的是你能给我什么。"

"好的，长官。首先，我要弄清我们所知道的所有狮子的情况。然后我发现了这个。有一个小型的旅行帐篷演出团，类似于花生狂欢节之类的，正在慢慢地穿州过县。我听说这事的时候它是在汉普顿。那是昨天下午三点左右。我立刻就出发去那儿了，可是等我到了那儿，引擎出了故障，平底鞋一双接着一双都出问题了，我到得实在太晚了　　"

当地的警长把腿翘在了办公桌上，两只鞋底靠拢成了字母V形。莫洛伊一进门，他的两脚分开了，脸上露出疑惑的神色。他的脸看上去很粗糙，就像刚刚削过一层皮似的。

"需要帮忙吗？"他想要维护自己的权威，就语气生硬地问。

一看到莫洛伊的证件，那粗鲁的态度就消失了。他本来是想表现得和蔼可亲的，但却显得有点无精打采。"别总是把你们这些家伙弄到这边来，"他说话时慢吞吞的，"在椅子上坐会儿吧，卸下你的担子。"

他从容不迫地编织起了社交网，莫洛伊的提问无异于在这网上捅了个窟窿。眼见同僚如此匆忙地直入正题，他略感遗憾地看了一会儿，然后开始回答。

"是的，昨晚我们这儿是来了一个闹哄哄的旅行演出团。我带老婆和两个孩子去看了。我们让他们在马塞迪教堂旁边的那片空地上搭了帐篷。当然，他们按常规付费了。"他补充道，嘴里还嚼着东西，也可能嘴里什么也没有。

"那片开阔的空地？现在那边没有帐篷，我刚刚路过那儿。"

"哦，当然。午夜时分，最后一位观众刚一出去，他们就把帐篷拆掉了。到今天凌晨一点，他们已经开始动身了。我们告诉过他们，按照我们的管理方式，如果他们的帐篷还在地上搭着，他们就得为第二天的空地使用付费，从午夜开始算钱。"

莫洛伊对这个相当不友好的地方法令不置一词。"我听说他们团有一些野生动物。"

"有一些，没什么了不起的。"警长说，他那紧绷的表情就像是他见过更好的东西一样，"它们闻起来气味确实很重。用气味来弥补它们所缺少的——"

莫洛伊在桌面上掸了掸指关节："有狮子吗？这是我想知道的。"

"有的，两头呢。是一对，在同一个笼子里。雄的和雌的，我猜。其中一头的脖子上有鬃毛，另一头没有。不知道那两头狮子有什么用，没有做任何表演。它们只是在笼子里展示。整场演出它们就睡在那里，下巴贴着地板。他们有一匹受过训练的小斑马，现在这斑马算挣了生活费，驮着孩子们兜风，一次两个——"

莫洛伊突然转过身来，身体已经朝向门了，从肩膀往上看他仍然面对着说话慢吞吞的消息提供者。"他们下一站是哪里？"

"我不记得他们告诉过谁。他们默默地收拾好东西就走了。"

莫洛伊站在了门口，他意识到结束当前谈话的唯一办法就是离开谈话对象，直到听不见对方的声音，然后会谈自动终止。"那么，他们走哪条路呢？"

"嗯，只有一条路，"警长不得不承认，"从费尔菲尔德方向过来，再往汉诺威亚方向去。我知道他们走的时候没有经过我家,因为我们已经起床了,一个孩子吃得太多肚子疼——"

"他们不会再去走回头路,"莫洛伊打断了他,"他们是从哪条路来的?"

"费尔菲尔德。"警长告诉他。

"你说他们接下来的第一站可能在哪里?"

"汉诺威亚,我告诉过你的。"

尽管交流不畅,莫洛伊还是回到了桌边。"我能用一下你的电话吗?"他毫不犹豫地拿起了电话。警长看起来有点担心,冲着一个特定的方向眨了几下眼睛,好像是在计算电话费。

莫洛伊挂了电话。"汉诺威亚说,他们今天黎明时分经过了那里,没有停下来,继续缓慢前行。下一站——是什么地方?"

这一次,警长显得十分惊慌。他甚至把桌上的电话从莫洛伊手边挪远了些。"也许你最好——你是开车来的吗?"

"车在外面。是的,也许我最好自己去追他们。"莫洛伊同意了。他朝门口走去。

警长清了清嗓子,显然想引起注意,声音里带着一种令人心酸的焦虑。

"我不想提这件事,可是——你知道是怎么回事——你可能会一次又一次地到这边来,也可能再也不过来了。"

"哦,"莫洛伊瞬间明白了,"哦,打那个电话要多少钱?"他吃了一惊，都没来得及发恼。

"嗯，从这儿打到汉诺威亚是七十五美分，前三分钟——"

莫洛伊在裤子口袋里摸索着，掏出一张较大面额的钞票扔向桌子。"不用找了。你这边生意做得不错。"门在他身后关上了。

那位警长也许说话很慢，但行动很快。莫洛伊的手还没有离开门外的把手，他就已经蹲在桌子中间的空隙下面，手脚并用地往前冲去捡钞票。

莫洛伊回到了刚刚送他过来的那辆车里，又踏上了辛劳的旅途，朝汉诺威亚和更远的地方开过去。汽车挂挡，车轮转了半圈——至少看上去是这样——汉普顿就已经被远远甩在身后了，看起来是那么渺小。

傍晚，暮光撒落大地，路面斑驳，景致宁静祥和，如同一幅为拖拉机或奶制品做广告的彩色杂志版面。陶器般质朴淳厚的蓝天上飘浮着朵朵白云，如奶油一般松软浓厚，奶牛站在篱笆旁，抬起头看着它们飞旋而过。穿过这样的场景时，若带着危险的思想，实在是令人羞愧，即便把这思想锁在头脑中也是如此。

汉诺威亚出现在他面前，地域面积并不比之前的地方更广阔。零星分布着半打房子，房屋门面以不同的角度呈现，瞧，眨眼就结束了。他毫不迟疑地开过去。没有必要停下来问，旅行表演团没在这里逗留，显然不会吸引到足够的观众。

在远处的某个地方，他开车经过时刚好瞥见了路边的一幅小画面，却没有辨认清楚。也就是说，他捕捉到了那个画面，但没弄明白为什么。

在后面不远的地方，有一个孤零零的农舍，不是紧靠路边。沿路有一道栅栏，可能还没膝盖高，没什么特别之处。一个小女孩坐在栅栏上晃来晃去。一个女人从屋里跑出来，把她从栅栏上拉了下来，又侧身把她紧紧夹在腋下，带回屋里。只有受到严重惊吓的母亲才会有这种奇怪的姿势。没有生气，没准备惩罚孩子，也没做其他任何事。

但他不明白她为什么这么害怕。这与栅栏的高度无关，即使孩子从栅栏上摔下来，也不可能伤着自己。这与他和他的车也没有关系。因为在他的车出现之前，她已经向孩子奔过去了。栅栏离马路也不算近，不会让孩子受到后面车辆的威胁，其实路上也没有其他车。女人紧闭着嘴巴，没有一句责骂，仿佛这恐惧实在太过沉重，她无法和孩子分享，甚至都不敢向孩子提起。最后，那个女人根本就没有朝车子的方向或车后面看，也没有朝马路两边查看。她的视线落在了远处一排幽暗的林木上。

害怕？莫洛伊有些纳闷，她在害怕什么呢？但他也没再多想。这好比是路上随手拍的一个快照。他抓拍了，但没有去显影。

接着又出现了一个规模不大的居住区。他也没有停留，甚至都没去打听这片地方叫什么。它就像一个滤网似的，从任何一个方向都能一眼看穿。很明显，那个旅行表演团没在这安营扎寨。

他觉得周围有一种奇怪的东西。他摸不清那究竟是什么，因为他一直在前行，但能感觉到有一股暗流，一股高度紧张的暗流在汹涌翻腾。没有人在做什么特别的事，但气氛就是这么怪异。男人们三三两两地站着交谈着。他开车经过时，他们都回过头朝他过来的方向张望，神情淡漠，仿佛他们真正感兴趣的是别的什么东西，而他从他们中间穿行而过，不过是干扰了他们对那东西的关注。几乎每所房子里都至少有一个女人从楼上的窗户往外看。那目光不是在俯视下面的小巷，在一段距离内都是在平视，直到最后投向郊外的树林。莫洛伊心中暗想，如果仅仅一两座房子里有女人这样做，那显然是因为女人爱多管闲事。但如果你看到她们同时这样做，那就另当别论了。

每次他看到一个孩子出现，接下来立刻就会见到妇女急匆匆地把孩子拉回室内。这种对孩子们的紧张、担心，就像一团火苗落在了稻草上，在乡间迅速蔓延开来，他不明白是为什么。

他的车速一直不慢，此刻又一次提速了，其实他都不知道自己在加速，只有在看到记速器时才意识到。

他到达下一个小村庄时，天已经黑了。村庄沐浴在紫色的光辉中，边边角角则有些晦暗，像打了皱褶似的。还是有一小群人聚集，不过这次其中有一人拿着猎枪。他们把枪依次传递着，仔细地查看。另一群人把狗拴在绳子上，然后围拢在一处。孩子们不见了，连个影子也没有。楼上窗户上透着灯光的地方，百叶窗都关了起来，只露出几道裂缝,好似吓破了胆。

他继续往前开,车里不再是他孤身一人了。

焦虑陪伴着他,坐在他旁边的座位上。他觉得每年这个时候空气都是又湿又凉的。

过了一会儿,他看见左边很远的地方有几盏灯。夜幕降临前,那掩映在昏暗灯光下的地方,一定是萨克雷了,他要去的下一站。他不知道这条路怎么回事,为什么显得那么宽。然后他看见有些特别的光点移动,他知道不是房子里的灯光。那些光点上上下下地跳跃着,原来是一些人举着熊熊燃烧的火把,在树林里寻找着什么,搜寻着什么。

寻找什么,搜寻什么?在黑暗的树林里?那些亮光如同燃烧着的危险火花。夜幕降临时,他全力加速,车子嘶嘶作响冲进了萨克雷。那些火把从两个岔路口汇聚到主街上,然后停了下来。

萨克雷全然处于一种狂热的状态。演出团搭的帐篷就在那里,在它的中心地带。莫洛伊终于追上来了。但这一带看上去就像遭遇了暴风雨袭击似的,有几顶帐篷倒塌了。看台上的人都走了,饰有薄荷状条纹的巨型遮阳伞已破烂不堪,孤零零地挂在伞骨上。一辆四轮马车的轮子掉了,翻倒在地,车上湿漉漉的。装满爆米花的袋子在地面上留下了许多黏糊糊的旋涡,这些显然是人们蜂拥逃窜时留下的。到处都是皱巴巴的气囊,原本是要充作玩具气球的。其中一个气囊炸了,挂在了附近一所房子的山墙上,垂在绷紧的拉绳的末端，在山墙上摇来晃去。地面上有一处甚至还出现了一顶男人的草帽，几乎被踩成了碎片。

他下了车，在这乱糟糟的地方转了一会儿。奇怪的是，这里居然空无一人，仿佛每个人都去室内避难了。终于，他看见有人像他一样在附近转悠，就走过去拉了拉那人的袖子。

"老兄，这里发生了什么事？"

那人的眼睛不停地扫视着地面。他好像觉得莫洛伊提了一个毫无意义的问题。"你之前在哪儿呢？"他讥讽似的反问道。

"当然不在这儿。如果在这儿，我就不会问了。"

那人仍然饶有兴趣地看着地面："有两个麻烦的东西失控了，冲进了人群。"

"什么麻烦东西？"

那人突然转换了话题："我刚把表修好，十七钻的。想象一下，就这么从我手腕上被拽下来了。我整个袖子都被扯掉了，就连外套也被挤掉了。"他捡起一样东西，"袖子找到了，可表没找着。"

莫洛伊想要得到确切的答案。过去几个小时一直有什么无形的东西悬在他头顶，他第一次想听到有人大声说出来。他放慢了语速，尖声说道："究竟是什么东西失控了？"

"狮子。"那人答道，"你以为还有什么会引起这样的惊恐？"

莫洛伊松开了他的袖子。事实上，他把那袖子甩得远远的，好像是可以拆卸似的。"狮子，"他声音很轻，却透着一股狠劲，"那正是我的工作。"

那人继续点着火柴在地上找手表。

"有人受伤吗？"

"浑身青一块紫一块的——"

"是被狮子伤的吗？"

"只有一个人，是管狮子的人。他是唯一一个冲着狮子跑的。其他人都很理智，知道走另一条路，但要跑得快。"

"谁知道是怎么回事？"

那人一脸苦相地耸了耸肩："谁知道呢？"

"嗯，那个管狮子的，随便怎么称呼他吧，他现在去哪儿了？"

"躺在牧师家呢。事情发生后不久，他们就把他送到了那里。我们这边没有正规的医院。他们今晚会派人去找他，把他送到——"

"给我指下路，牧师家在哪儿。"

"让别人给你指路吧，"那人毫不客气地说，"我还得找手表呢。"

"好吧，好好找找吧。"莫洛伊直率地回了一句就走了。那人坐到了地上，两腿又开着。

莫洛伊对驯兽师的印象是，他受的伤并不是非常严重，可身上却缠满了绷带，越发显得哀伤不已。他们让他睡在牧师家前厅的一张简易床上，老中青三代妇女都在照顾他，还为了急救的正确程序争吵不休。

"妈，你缠的绷带有个问题，就是你永远不知道什么时候该停下来。那个伤口在他的肩膀上，你却把线头一直绕到他的指尖。你总得看情况结束，不能一直缠到把绷带卷用光为止。"

莫洛伊设法让争论者悄悄转移到了外面的大厅，前厅暂时只留下他和他未来的证人。在第一个问题被提出或回答之前，厅里的场景连室内装饰师见了都会崩溃，更不用说驯兽师了。一盏沙漏形的油灯把房间照得一片乳白色。结了霜冻的烟囱上画着紫罗兰花，也许是勿忘我草。墙壁看起来花里胡哨，像是爬满了紫色的蛾子。斑驳的光线照得他们脸上斑斑点点，提问者和被问询者都一样，仿佛染上了天花似的。

驯兽师显然已疲惫不堪，他的手臂被缠得像木乃伊似的，但还在狂热地左右挥动着。毫无疑问，这并不是因为他发现自己被困在一个恐怖的房间里。

"他们开枪打死了艾玛。"他呜咽着皱起下巴，随时都像要哭起来，"他们对她开枪。根本没必要这么做。不开枪，也有办法把她弄回来的。"

莫洛伊反问："你以为他们会怎么做，端出一碟牛奶来吗？这些猛兽都是杀手。"

"他们没必要射杀她，"这人坚持说，"她不会伤害任何人——"

"不会伤人？"莫洛伊冷冷地问，"那你怎么会被抓伤了？难道是被耙子刮伤的？"

"她是被吓到了。到处都有人在尖叫，所有的人都向四面八方疯跑。她比他们更害怕。就是这样。"

"任何攻击人类的动物都是出于恐惧,"莫洛伊说,"这并不会降低猛兽的危险性。我来这儿不是和你谈这些的,这事究竟是怎么发生的?"

"我不知道,先生,我不知道。"驯兽师一边说,一边用缠满纱布的手擦着眼睛,抹去一些勿忘我草的影子。

"你肯定知道,是你负责看管狮子的。你最后一次搭帐篷的时候它们都睡着了,甚至都没把它们的口鼻抬离地面。我和在那边见到它们的一个人谈过了。狮子为什么会突然在这里发狂呢?几点发生的事?"

"我不知道,先生。当时下午的演出快结束了。我不会每分钟都待在笼子旁边。我溜达过去和其他人聊了一会儿,离狮子最多二十码远。突然就听到砰的一声,像是爆竹的声音,但我没有在意。很多孩子都会到处放爆竹。而且我们有一个拍摄间,每隔几分钟就会有声音响起。然后我听到一些女人在尖叫,等我看到的时候,两头狮子都已经跑到笼子外面了。它们从侧门出来的,一个接一个地从台阶上跑下来。那台阶只有三四层。一个往这边跑,一个往那边跑。我试图去阻止艾玛,她攻击了我好几次,把我打翻在地,飞快地跑开了。"

"你最后一次进狮子笼是什么时候?"

"我们最初搭帐篷的时候,我去给它们水喝。我从不在演出前喂它们。这会让它们昏昏欲睡，而且又欺骗观众。我都是在演出后再喂食。"

"你从笼子里出来后锁门了吗？"

"我一直这样进进出出的，都七年了，先生。我出来时从来不会不锁门。那边就是我的钥匙，都是系在腰带上。看啊，那钥匙就在沙发上。"

"通常都是怎么锁门的？你怎样监管？"

"用铁链和挂锁把门锁住。我和它们一起旅行巡演的这些年，我从来没用过其他任何东西。从来不需要。"

"直到现在，"莫洛伊轻声说，像在自言自语，"在事故发生之前，你有没有注意到有人在笼子旁边转来转去，或者在附近晃荡？"

"很多人都会这样做。我们就是要吸引人关注啊，这样才能赚到钱。"

"我不是说和大家一起瞪大眼睛看稀奇。我指的是有没有人单独逗留很长时间？"

"有一个家伙，有点纠缠它们，"驯兽师承认，"可那也不算什么。我们几乎每一次搭好帐篷都会遇到那样的人。有些蠢货会想办法激怒它们，用棍子戳它们，或者——"

"那个家伙也是这么做的吗？"

"没有。最先我注意到，他站在那里已经有好一会儿时间了。一开始我没怎么在意，我以为他只是看狮子看入迷了。然后我觉察到那两头狮子开始对某样东西感到不安。我走过去靠近他，发现他在用一件衣服刺激他们，那是从女人裙子上撕下来的一块脏兮兮的破布。他把破布放在笼子底部的边缘，就在栅栏之间。然后狮子用爪子去抓布时，或者用口鼻靠近布时，他又会把布抢回来。一直这么做，你知道，就像冲着公牛挥舞红旗，对任何动物都是一样。"

"那你怎么应对的？"

"没什么。就像我说的，我们几乎每次搭个帐篷都能碰到这样自以为很聪明的家伙。我手臂一伸就把他推开了，推得他有点跟跟跄跄的。我对他说：'走你的吧，老兄。'他就躲得远远的了。"

"他长什么样？"

"就是一个乡下佬。别的我也不知道，我几乎都没仔细看他。"

"那之后你有没有查看门锁？锁紧了吗？"

"没有，我为什么要查看门锁？他不在门旁边，他在前面。"

莫洛伊撇了撇嘴，讽刺道："你可真是个细心的看守，对吧？"

"可是，谁会故意在狮子笼的门锁上动手脚，"那人哀怨地说，"故意把它们放出去呢？"

"你无法解释一件事，并不意味着它不会发生。"这时莫洛伊已经站在门口了，"那么，我想这就是你能提供的全部信息了。"

那人转过脸去，又开始继续他最初的哀叹。他还是满脸的愁苦哀伤，就像痛失至亲一样。

"他们开枪打死了我的艾玛。"莫洛伊走出了大厅还能听到他在抱怨。"他们没必要这么做。他们可以用别的办法把她弄回来——"

"——警长,我亲自到笼子里去检查了一遍,有了一些发现。链条的末端,就是挂在挂锁扣上的那一环,已经被锉磨得非常薄,很容易就能割断。然后,打开的链环的两个尖头被撬到了相反的方向,显然是用钳子撬的,这样就有了一个足够大的缺口,可以把挂锁扣从上面拉下来。这些链子既不厚重,也不牢固。铁链年久失修、锈迹斑斑,但在锉子磨过的地方留下了光亮的痕迹。我还从地上收集到一纸包的金属碎片。"

"说下去。"

"在门里面,笼子的一侧,发现了新的爪印。好像有一只动物受到了惊吓,用爪子抓着门立起来了——就像平常猫想出来时一样。你见过那样子。"

"继续说。"

"是被什么吓着了,看出来了吗?我经过时,在笼子的底部发现了一些烧焦的红纸碎片。我也有一些要带给你。"

"你觉得是怎么回事呢?"

"和别人看出来的一样。这是大号爆竹留下的碎屑,一定是在没人注意的时候点燃并扔进笼子里的。"

(电话那头传来麦克马纳斯的口哨声。)

"整个下午都有爆竹售卖,在一个特许经营点,是和演出团一道的。但不卖那些超大号的爆竹，大多是小号的。我查了一下，那天只卖出了两个。一个买主是个七八岁的孩子，还有一个是大人，他说是给他孩子买的，但他身边并没有孩子。"

"你查到那个大人的信息了吗？"

"只有最粗浅的信息，来自两个信息源，特许经营店的售货员和驯兽师。尽管这两人的描述都没有提供太多信息，但在时间点上，两人的信息没有相互矛盾。所以目前看来，买爆竹和激怒狮子的是同一个人。"

"那么，这次狮子跑出笼子就不是偶然的了。"

（重点强调）"这次出逃不是偶然的，不可能是失误导致的。"

"其中一头中了枪。"

"对，一头狮子被枪打死了。"

"但另一头还是逃走了。"

"是的，两头狮子中较大的那个还没被捉到。"

（不安的停顿）"这件事的进展真是不如人意。现在有了一头真正的狮子，还有一头比喻意义上的狮子，两者我们要同时对付。莫洛伊，你就在原地别离开，有消息随时通知我。我要马上联系肖恩，让他知道他可能会随时遇到真正的狮子，而不仅仅只是一个比方了。"

等待：最后的晚餐

肖恩把剃须刀擦干收起来。他小心翼翼地锁上了浴室的柜子，当他把手拿开的时候，钥匙也随之不见了。他从下面的架子上拿起一瓶金缕梅护肤膏，往下滴了一些在掌心里，润湿两只手掌相互磨搓一下，再涂在瑞德的脸上。肖恩有点尴尬，在涂抹的时候弄丢了一些。然后他拿了一条毛巾轻轻拍着瑞德的脸。

"我刮得还不错，"他高兴地说，"想想看，我之前从来没给别人刮过胡子，一次也没刮过。"他带着疑问拿起一个小罐子。"要用滑石粉吗？"

瑞德把头转过去拒绝了。"我本可以自己动手，"他干巴巴地说，

"可是你不敢让我去拿那把剃须刀。"

"看看你的手。"肖恩温和地责备道。

瑞德的一只手刚刚放在盥洗台边上，不住地颤抖着。现在他把手藏到了肩膀上的一条毛巾下面，那毛巾是肖恩为他刮胡子时挂的。他的手偷偷钻进来后，毛巾也开始颤动起来，好似下面隐藏了一个跳动的脉搏。

"你不是担心我的手太不稳定，"瑞德说，"你是怕它们太快太稳了。"

"既然——"肖恩慢吞吞地安抚着他。

"为什么要事前刮胡子呢？"瑞德想知道，"我以为事后他们总归会帮遗体剃胡子的。你本来可以省去麻烦的。殡葬师会——"

肖恩假装没听见。他伸出拇指按在电灯开关上，切断了那句话，屋子也变黑了。

他拿走了毛巾，把瑞德从矮凳上扶起来，领进灯火通明的卧室。

"我把你所有的东西都摊在床上了。"肖恩指着床说，"你觉得自己能穿好吗？我回来时帮你搞定礼服饰纽。我想赶紧回房间，整理着装。我们马上就要下楼了。"

"晚礼服？"瑞德颤声问道。他发出了一种奇怪的声音，要是在一年前，那一定会让人捧腹大笑，可现在不会了。

"我们要举行一个小型晚宴，就我们三个人。"肖恩安慰道，"你和我，我们两人要看起来像样些。我俩得让她知道，我们男人也可以衣冠楚楚、风度翩翩，不是吗？我十分钟后来接你。"

肖恩离开时，瑞德迅速扑过去，想用手抓住他，但没抓着。"窗户关严了吗？"他害怕地低声问道。

肖恩走过去捅了捅窗闩。"关得密不透风。"他说。

他走到门口，把门打开，探询地转过头去。

"我就在走廊对面我自己的房间里。想让我把两扇门都开着吗？这样你在这边也能看到我。"

"不，"瑞德不情愿地说，"还很安全——天还这么早，我想还是安全的。"

"现在——"肖恩有点机械地说。

"还不到七点，不是吗？"

"你不能问我时间，"肖恩耐心地说，"你要违背我们的协议了。"

"多么美好的时光啊！要是整个晚上都停留在七点就好了。"他恳求似的绞着双手。

"你得去穿那件熨烫过的衬衫，"肖恩带着职业化的轻快口吻说，"我十分钟后回来。"

他关上门使劲一拉，仿佛门的另一边有什么东西在抗拒他的拉力。他好似变了张脸。那脸上不再满怀希望，也不再友好地咧嘴笑，突然变得很疲惫，像是有个拉链猛然被拉开，接缝处透出了绝望，甚至还有一丝恐怖。这恐怖是来自外部，而非内部。旁观者见证的恐怖，正是别人亲身经历的恐惧。

他甚至伸出手来,拽了拽自己的嘴,仿佛长久的微笑已经使嘴角肌肉疲劳了。

回到自己的房间后,他匆匆地刮脸修面,几乎都没照镜子,看看自己有什么变化。他拿起梳子草草梳了几下,然后双手拉着毛巾像拉锯似的擦了擦颈后,开始穿一件样式繁复的晚礼服。这么正式的礼服他很不适应,之前总共只穿过两次。

他心不在焉地试了几次之后,松开了领结,走了出来。他回到了瑞德的房间门口往里看。在房里灯光的映照下,他的笑容去而复返,像影子似的再次浮现。

"进展如何?"他说,"我要先下楼等一分钟,看看瑞德小姐会不会帮我把领结打好。好吗?"

瑞德面色凝重地坐在床边,衬衫摊在膝盖上。显然,他早就把饰纽安好了——所有的饰纽都整整齐齐的——但他忘记了,或者说推迟了下一步的动作:把礼服穿上。他陷入了一种可怜的麻木状态。

他猛地抬起头来,微微有些痉挛。他那张饱经风霜的脸上掠过一丝恐惧。每句话,任何一句话,只要涉及退出,提到别人从他身边退出,都会让他害怕。这简直就像一块块鹅卵石抛进了过度敏感的池塘。

"你马上就会回来吗?"

肖恩已经学会了不要靠得太近,除非他准备一直都耗在这里。

瑞德会紧紧抓住他不放，很难摆脱，他不得不采用一些无理的强硬手段。他留在了原地，站在房门外面。

"马上就回来。我就在楼下，楼梯口那里。"

"这次别关门。你离我有点远。"

"当然，迈克。"肖恩冲他爽朗地笑了笑，心里却在想：笑有什么用？你脸上的微笑并不能使别人变得勇敢。但我不知道还有什么其他的办法。

肖恩把门完全打开，让门紧贴着墙面，还拍了拍门，好像要把它封在那儿。

"来点酒水怎么样？我去楼下把酒摇匀一些。会有什么酒水呢？马蒂尼，曼哈顿，自由古巴？"

瑞德笑了起来。这是无声的笑，只有嘴唇、牙龈和牙齿在动，像在进行哑剧表演似的。那哑剧演得真不行，他的脸部表情很快就扭曲了，涕泪纵横，伴随而来的应该是一种呜咽声，但其实还是没有发出声响。

肖恩猛然转过身去，好像觉得自己一时应付不了，干脆就躲起来，假装没看见。他噔噔噔地走下楼梯，本来不需要有这么大的动静。全能的上帝啊！他疲惫不堪的头脑快爆炸了。今晚将会有地狱般的惨状，现在才刚刚开始。

他穿过了灯火通明、布置一新的餐厅和远处形似走廊的男管家的食品储藏室，终于在厨房里找到了珍。她正站在桌子旁，使劲地敲打着碗里的什么东西。她换装的时间一定比瑞德或他自己早得多。她穿着银色的礼服裙。他只能从背后确定。礼服裙外面还套了一件宽大的罩衫,那罩衫太大了,一定是她家厨师的。

"他怎么样?"她问道。

"不好,"他说,"我们看来要采取很多措施。"他环顾四周。"这些都是你做的吗?"

"他们把所有的基本材料都准备好了。我告诉他们大部分都要由我来做。现在的烤箱非常棒,可以像闹钟一样定时。我还做了最后的装饰。为了这些要感谢上帝,我终于能振作起来了。"她尝了尝指尖上的东西,"你觉得餐桌布置得怎么样?"

"我还没注意到呢。"他承认道。

"我忙活了半个多小时。既不能用蜡烛,也不能用鲜花,我怕这些都有特殊的含义。"

"我觉得我应该先下楼,和你一起营造气氛。今晚剩下的时间我们可能没有机会交换意见了。像这样的气氛必须得保持下去。"他噼里啪啦地打着响指,"我们两人要妙语连珠,说个不停,一定会让他变得头晕、愚钝,没时间去胡思乱想。"

"我明白,我明白的。"她说着痛苦地咬着嘴唇,闭了一会儿眼睛。

"这些你能做到吗?这很重要。看啊,预言的事越来越近了,比昨天晚餐时近多了。到了明天,诅咒就会消失。希望他已经在康复中了。今天的晚宴很重要。它可以很可怕,也可以是——"

"你确定我们没有做过头吗?也许我们过分重视这次晚餐,就是在强调这是最后一餐,然后就要——"

"不管怎样,他都会记住的,哪怕我们把这一餐做得简单寻常。我们要把那个想法从他的头脑中赶出去,只有借助这些花样,才能做到这一点。别忘了,我们是在和死神做斗争,和死亡本身做斗争。我不是指他心里所想的,而是指死亡缠上了他,他已经死气沉沉了。试试吧,珍,试一试。你会尝试吗?"

她无声地点了点头。他担心她要哭了,她的眼睛看上去湿润了,似有泪光闪现。

"我现在要进去调点鸡尾酒,我想在我上楼去叫他之前,我们俩得好好地喝上一杯。我们需要点烈酒。"

"调酒之前,先去地窖。这是钥匙。我想让你带上来——你了解酒的品牌吗?"

"不了解。"他坦率地承认。

"那么,记住这个吧。去找找看。你会看到一个已经打开的箱子。上面有'凯歌香槟,1928,精品香槟'的字样。你会找到的。"

"精品?"

"那个词的拼写和 fine 一样。带三瓶上来。"

"三瓶?是不是太多了?"

"不,它会让人飘起来。如果希望我们的欢乐晚宴有奇效,就得多喝些这个。这样才能让人飘起来。"

他停在门口,又走了回来:"他最喜欢的唱片是什么?我要把唱片准备好放在机器上,这样——"

"他最近一直在弹圣桑的《死亡舞曲》,可昨天我把那唱片扔了。小心些吧。给我们俩找些舞曲,会更稳妥一些。任何他特别喜欢的音乐都会让他想起他将要失去这些,以后再也听不到了。这样会让我们白费力气,我们的目标也无法实现了。"

他把调酒器装满,把香槟酒都拎了上来,放在一个冰桶里,然后又看了看她。

"都准备好了吗?我现在上楼去接他。"

"你的领结。"

"哦,我忘记了。没关系,那只是为了搪塞他。真正会打领结的家伙没有几个,我是其中之一。"

"还是让我来打吧。"

这会儿他们的脸凑得很近。

她往后退了一步,满意地打量着他,然后问道:"那我呢?我看起来怎么样?"她不是在撒娇,语气中满是焦虑和辛酸。

"对于我们正在努力达成的目标来说,你看起来正是应该有的样子。来,把这个喝了。酒精含量不高,喝了会让你沉着一些。"

她瞥了一眼酒杯,然后就看见自己去和肖恩碰杯。"为了我们的任务。"

"为了任务,干杯。"他回应道。

他们放下了酒杯。

突然她说:"汤姆,请别误会。吻我一下吧。在正式开始之前,我得让人吻我一下,给我勇气。我找不到人,又不能去让他吻我。我需要比我强大的人给我一个吻。"

"希望我能更强大。"他轻声说。

两人的嘴唇轻轻触碰了一下。

"为了眼前的工作。"她低声说。

"为了我们眼前的工作。"

她又睁开了眼睛,眼中更有神采了。她自信地笑着说:"你上楼去接他吧。"

她在餐厅等他们。那件有碍观瞻的烹饪时穿的罩衫已经丢弃了,她身着节日盛装一般的银色礼服裙,肩上和后摆都装饰着嵌有石榴石的天鹅绒蝴蝶结,愈发显得窈窕动人、美丽炫目。她的脸上带着肖恩式的笑容,但比他所希望的笑更加灿烂,更加温暖真诚。

她微笑着小口咬着咸杏仁,在餐桌旁等着参加晚宴,随便一个无聊的女人都会这样打发时间。灯光下的她越发娇俏可爱。其实她的存在不利于实现他们的意图,只要一想到过了今晚就再也见不到她,就会永远地抛下她,任谁都会心如刀绞。

他们一步一步慢慢地走下楼梯。肖恩在一旁搀扶着他,托着他的肘部,还扶着他的手腕。瑞德的另一边靠着楼梯栏杆,也可以随时支撑他。

他们在楼梯上看不见珍,然后到了楼梯底部的地板上转了个弯,就能看见她了。

她并没有移动位置。整个房间灯火通明,一点暗影都没有。

肖恩的呼吸急促起来,突然冒出了一个念头:我也会死的,面对这么美的你,我却只能看最后一次——然后他赶紧从脑海中摈除杂念,绝不容许自己有这么放肆的想法。

她煞有其事地行了个屈膝礼。

"先生们。"她说着向他们走来。她吻了瑞德的脸颊说:"先生晚上好。"然后她作势也要吻肖恩。"晚上好,你也一样。"最后一刻,她转开了脸,露出揶揄的神情。

"看哪,"她讽刺地哀叹道,"多么让人困惑。"

"你看起来很可爱。"瑞德说。

"那另一位呢,您有什么评价吗?"

"棒极了。"肖恩说。

"我必须验证一下,"她冲父亲悄悄眨了眨眼,"会不会出现令人不安的一幕。比如某天晚上,某位先生走到青春娇美的姑娘身边,就在这样一张餐桌旁,冲着她脱口而出:'你看起来像个魔鬼!'"

"我打赌有很多丈夫都这样做过,"肖恩接过了话头,"我还打赌,不管是谁敢这么说,他的眼睛准会被打青。"

"这还要看他是在谁的晚宴上找到她的,你说呢?"她回敬了他一句。

瑞德不经意间咧开嘴笑了。虽然整张脸都垮了,笑得也很艰涩,但嘴角毕竟还是露出了笑意。

她的鞋尖不易察觉地碰了碰肖恩的鞋头。他明白她的意思:"坚持下去。我们已经有了成功的开始。"换作其他任何人,都能看出他们表现得有些过头了。但到目前为止,情况还算不错。

"我们就在这里喝鸡尾酒好吗?"他问道。

"是的,把调酒器拿进来。这样我们就不用到另一个房间了,来来回回的多麻烦。"他们一时间散开了,四处活动一下。她趁机冲肖恩做了个口型,设法向他传达一个信息:"那边有个钟。"

肖恩调好了酒,给大家斟酒。

现在他们围拢在调酒器旁边。她伸出手臂半搂着瑞德的腰。肖恩站在另一边,一只手搭在他肩膀上。他们手里都拿着斟满了粉红酒液的三角形状的小玻璃杯。

她透过自己的杯子凝视着亮光。"干杯,有人愿意吗?"

肖恩说:"就这么干吧。"

他们碰了碰杯,粉红色的酒只剩了一半。

"再碰一次怎么样?这次我要一饮而尽了。我只能让祝酒带上一点点瑕疵。我告诉你们,今晚我要做个坏女孩。"

"你做坏女孩时,会表现得很好。"肖恩顺着她的话轻声说。

"但我表现好的时候,我会感到孤独。好吧,我要飘起来了。"

他们又碰了一次杯。

这时突然一声脆响。肖恩和她仍然拿着盛有粉红酒液的小杯子。而瑞德的手里只剩下了杯柄。他脚边的地板上有几小片碎玻璃,湿漉漉的。

她的眼里掠过一丝惊愕的神色。她和肖恩对视了一下,两人瞬间就掩饰了惊慌与不安。

安慰的话脱口而出,她说得太快了,舌头有些不利索,有半句话没能听清,"——这应该是个好兆头。"

肖恩的大拇指弯了一下,随之而来的是树枝折断似的声响,他手里也只有一根光秃秃的杯柄了。然而,他那个酒杯的杯身却完好无损地落在地板上,并没有破碎。

她大口地喝着酒,故意把自己的杯子碰在餐桌的边缘上。杯子碎了。"现在我们扯平了。"

惊恐不安的阴云笼罩住了两个年轻人。

肖恩的脚滑了出去,像是画了一道弧线。玻璃碎片消失了。

瑞德的脸上毫无表情。他的眼睛就像画在画布上似的,只是画家把它们画得太大了。他转向肖恩。

"你的杯子是被你打碎的。"他平静地说,"我的是它自己碎的。"

她快速从他们身边走开,旋转着裙摆,吸引了大家的注意,她紧接着又转了起来,仿佛是受到了某种向心气流的影响。

"现在开始吧,我们已经站得够久了。"她轻快地走到一把椅子后面,顺手摸了摸椅子。"你在这里。"她又碰了碰另一把,"你在你的老地方,爸爸。格雷琴要去拿汤了。"

"我来帮你。"肖恩主动提出。

她急忙冲他眨了下眼,示意他不要离开瑞德。她根本就没开口,就以这种方式完美地表达了自己的意思。她那红润的嘴唇微微开启,露出了浅浅的笑意,巧妙地掩饰着微笑背后的沉重。"在一个晚宴上,每个人都要做服务员,这样的宴会简直就是一个救火队。总有人得待在接收端。"她冲他做了个鬼脸,然后从食品储藏室的那扇转门里跳了出去。

"我被打中了,"肖恩坐下来对瑞德抱怨道,"但我不知道伤在哪儿。能看出来吗?"

她是倒着进来的,和她刚才出去的时候一样。她端着汤,推开了身后的门。

"这时候热闹一下是最方便不过的了。"

"你是指什么时候?"肖恩想知道。

她神情倨傲地昂起头:"说真的,肖恩先生,我跟不上你。"

"我哪里也没去呀。"

"你的头脑神游去了。以后拜托你把脑袋用皮带绑好,谢谢。"

"这可麻烦了,我找不到那么小的项圈适合给它用。"肖恩承认。

他们俩都瞥了一眼瑞德,似乎想看看他们的调侃有多成功。

有那么一会儿,瑞德的眼睛看上去像真的了。虽然眼神不太对劲,但看上去还是真人的眼睛,不再像是画布上的了。他的肩膀在微微颤动,似乎被逗笑了,但实在太虚弱了,无法笑出声来。

肖恩站起来,帮她拉椅子。

"不,别靠近我,"她生气地说,"尤其是从后面。"

瑞德摇了摇头。他那收紧的喉咙终于不再沉寂,发出了一声愉快的喉音。

餐厅灯火通明,桌面上没有一丝暗影。他们就像在一片撒满阳光的雪地上用餐。银器如镜面般闪耀,水晶闪闪发光。雪白的餐巾铺开了,白得那么耀眼。珍手指上的钻戒如同太阳的聚焦点,折射出红绿相间的光晕,令人浮想联翩。

"汤不错。"肖恩称赞道。

"这汤被称为'奶油中的奶油'。"

"里面的奶油太多了。"

"其实我告诉你的名称已经是缩略版的了。如果你够聪明的话,就会发现我少说了一个奶油。"

一阵短暂的沉默。任何一张餐桌上都可能会这样,没有什么预兆,没有什么拖延。然而,这危险的沉默却让外面的声音溜了进来,让他们猝不及防。那声音很微弱,也不惹人讨厌,是从另一个房间传来的大钟的滴答声。也许是由于一时的声音反常,也许是因为他们的耳朵过于敏感,这滴答声被莫名其妙地放大了。害怕听到任何声响,他们反倒听见了最想避免的声音。

她借着桌子的遮挡,用脚尖碰了碰肖恩的脚。"关门。"她的声音低得几不可闻,"快。"然后用盘子和刀叉弄出声响来掩饰。

肖恩从椅子上滑下来,在椅背后绕了一个细长的半圆,又从另一边转了回来,门被巧妙地关上了,滴答声被挡在了门外。

她接着站了起来,装模作样地对自己说:"格雷琴,你现在可以把盘子拿走了。是的,夫人,谢谢,夫人,我会的。夫人,您从上星期五起就欠我一个星期的工资了,不要再对我呼来唤去的了。"她走了出去,这次是侧着身子,用肘尖推的门。

瑞德的微笑一闪而过,伴随着肖恩爽朗的笑声。

门闪了一下开了,她有些懊悔地往门里看了看。"那边恐怕需要一台牵引机了。这次我想请你帮把手。"

瑞德立刻伸手拽住肖恩放在桌子上的前臂,似乎想把他的手臂钉牢在那里。"你们不要同时离开。别留下我一人坐在这里。"

"我不到那边去,"肖恩保证道,"我就站在门里面。瞧,你能看见我的。"他又转头对珍说:"你把东西递给我,我从这边搬到桌上。"

她跟在他后面回到餐桌旁。

"你愿意为我们分菜吗?"她愉快地问瑞德。

然后她的眼睛和肖恩的目光都转向了锋利的切刀。

310

"哦，转念一想，还是我自己来吧，"她说着就开始分菜了，"你知道，威克斯——呃——他今晚请假的一大好处就是我可以自己来分菜，这样就能得到我想要的那块了。他之前可是吓了我一跳。"

瑞德面无表情地说："威克斯不会回来了。"

"当然会回来！"她惊讶地说，"他只是跟我请了今晚的假，我准了他的假。他会回来——"

肖恩清了清嗓子。

"你可以把香槟拿过来了，汤姆，动手干吧，"她语速很快地说，"这道菜要配香槟。"

肖恩高兴地转向瑞德："听见她叫我什么了吗？'汤姆'。"

"在喝香槟之前我这么叫你，你可以想象一下，喝完之后我会怎么叫你？"

他们说得有点太快了，好像是在赛跑似的。如果不是处于瑞德这样的境况，这样的说话方式别人是不会接受的。

肖恩端着香槟进来了。她开始煞有其事地给肖恩发布指令，还时不时地推推瑞德的胳膊以引起他的注意。"轻轻地把软木塞打开。香槟马上就要喷出来了，你知道的，不是吗？"

"酒不都是会喷的吗？"

"问题是在听到香槟酒瓶塞砰的一声之前，你是不会看到酒喷出来的。把你的袖子挽起来，不然袖口会湿透的。"

"这是干什么呀？"肖恩问道，"到底是开一瓶酒啊，还是要进行摔跤比赛？"

瓶塞从对面的墙上砰的一声弹了回来，他跳了起来。

"快，接住酒！"她尖叫起来。

肖恩急忙跑去拿杯子，斟满了酒。

"这酒生气了，不是吗？"他不安地说，一面甩甩手，想把身上的泡沫弄掉一些。他小心翼翼地拿起酒杯，怀疑地摇了摇头。"看看它现在多安静。"

"但别再上当了。"

他坐下来。"每次打开都这样吗？"

"不是，只有第一次会。你以为香槟是什么，是每十分钟喷发一次的间歇泉吗？"

这次他们没有碰杯。这样并没能抹去刚刚的小意外，也许反倒强调了它的影响。

"好吧，不管怎样，为我们三人干杯，"她表现得很活泼，"你在这儿，我在这儿，还有——等一下，我还得看看他的情况。"她伸手去摸肖恩的上臂，显得不太礼貌。"嗯，总之，部分上还可以。一直到脖子。脖子上面，我不能保证。"

瑞德有气无力地说："你放过这男孩吧，他挺好的。"他甚至友好地朝肖恩眨了眨眼睛。

她的脚立刻又碰了碰肖恩的脚，示意两人获得了短暂的胜利。

"噢，可怜的毫不设防的男孩，"她轻声说，"他的体重只有——"

312

"继续,说下去。"肖恩向她挑战道。

她含糊地说了句:"多半是骨头。"

他们一起举杯喝酒。可爱的嘴唇弯向那只又薄又硬的香槟酒杯,颤动着寻求支持,闪闪发光的小气泡穿过金色的液体向上浮起。"他们过去常常把酒倒在女式拖鞋里喝。"她若有所思地说。

肖恩一向比较实际。他转动着酒杯,颇为怀疑地打量着它。

"他不相信我说的。那时候没有露趾拖鞋。两边都有鞋帮,看起来就像小船。"

他似乎相信了,冷淡地回应了一声:"哦。"

她双臂交叉放在桌上,向前倾着身子,样子很妩媚。一会儿看看他们,一会儿看看她两手握着的酒杯。"我还记得第一次喝香槟的情景,是在罗马的一家夜总会。那次机会还是竞争来的,那时我十六岁。那天晚上你没和我们在一起。"她对瑞德说,"露易丝和托尼·奥德威带我去的。在旁边的桌上有一位大美女,有一点——你知道我的意思——恐怕是风月场上的高手。"

"什么意思?"肖恩问。

"一个女孩子,收到过很多次求婚,但没有得到一次婚姻。"

他严肃地点点头,令她忍俊不禁。

"我目不转睛地看着,"她继续讲述,"就像房间里的其他人一样。为什么美女总是对十几岁的孩子有着致命的吸引力?她不断地小口啜饮着,在我眼中显得越发镇静,宛如雕像般庄严。她为人肯定很虚伪。后来奥德威兄妹在邻桌敬酒时,没顾得上照看我,我就为自己点了一些酒。我开始喝酒了。我不喜欢酒的味道,刺痛了我的舌头。但是如果邻桌的女士要喝,我也要喝。她对我耍了卑鄙的手段。她看到了我在做什么,也一定知道我为什么要这么做。但她并没有嘲笑我(她可能很想这么做),而是一直在展现自己的魅力。我跟你们说,她们那种类型的可真是迷人啊。她举起酒杯,一本正经地隔着桌子向我致意,就像对待同龄人一样。这正是我那时想要的。你可以想象在十六岁时得到这样的致意。于是我向她回礼。每次她斟满酒杯,我也斟满。我确实看见有一两次她的嘴角闪过一丝狡黠,但她太有教养了,不会轻易流露情感。不难想象我会有什么下场。奥德威兄妹回到餐桌上时,出现了一阵惊恐的骚动,但当时我只有一些模糊的意识了。我记得他们还没来得及搀扶我出去,我就停下来,坚持要和那美女握手道晚安。你还记得他们什么时候把我送回家的吗?哦,你当着他们的面表现得那么严厉,那么不满——尤其是在他们两人面前——可我们俩单独在一起时,你就帮我换衣服,而且每隔一会儿你就把头扭开。我就知道你在笑我,我看见了,你觉得我很可爱,不过是略有醉意。"

"我的小姑娘。"瑞德的声音很轻,几乎听不见。说着他慢慢地闭上了眼睛。

她很快转向了肖恩,有点太快、太突然了。"现在你来说说你的第一次。"

"我的第一次没有你的那么迷人。"他说着往前倾了倾身体,推心置腹似的靠近他们。"不是在罗马,是在纽约的杰克逊高地。不是香槟,是杜松子酒。跟其他人无关,除了我的一个老叔叔,警局的退休巡官,愿他的灵魂安息吧。他通常不和我们住在一起,但那时他过来小住几日,来看望我们。家里人总是怀疑他在跟人偷情,但他一直是个单身汉,也从未有人能证明这一点。哦,重要的是:我的第一次比你早了三年。那时我正好十三岁。"

"噢,不!"她惊叹道。瑞德轻笑了一声。

"接着说正题,那天我在街上滑旱冰,回家的时候浑身都是汗,口渴难忍,特别想喝点什么。他一定是在我之前到过那个房间,然后走出去拿他的眼镜、报纸或雪茄之类的。桌上就有半杯看上去很提神的无色液体,就在我鼻子底下。你见过那个年龄的孩子干渴难耐时喝水的样子吗?你知道,他们不会磨蹭的,咕嘟咕嘟,全部喝光。我们家从未出现过酒,我怎么会知道那是酒呢?喝完之后,我起初以为天花板上所有的灰泥都掉下来了,砸中了我。然后我觉得自己体内着火了,要被烧死了。总之,他们听到这些奇怪的声音,冲了进来,发现我抱着自己的肚子,在房间里到处狂跳印第安人的战舞,还不停地呼号、尖叫、跺脚。他们追了我整整五分钟,却没能让我长时间站住不动,好弄清楚究竟发生了什么事。所有的椅子都倒了,太可怕了。到了最后,我顶着一头乱发,那真是你所见过的最完美的发型,走得摇摇晃晃,还不时地唱歌、打嗝。接着我母亲闻到了我呼出的酒气，她不再对着围裙埋头痛哭，也不再呼唤神灵保佑了，她冷冷地离开了。而这件事的不公平之处在于：我那老叔从未受到指责。他们以为是我去找的酒，自己倒的酒。那天晚上他们让我睡了一觉，但第二天我就遭受到了生活的重击。"

"那么，你为什么不——"

"我就是接受这样的教育长大的，不要责怪他人或推卸责任。不管怎么说，从多方面看，我替老叔担下责罚都是值得的。他离开时往我手里塞了一张五美元的钞票，还对我眨了眨眼睛，让我明白为什么给我钱。在正式开始喝酒之前，我就被根治了，直到今天我还受不了那种气味或味道，至少无法忍受杜松子酒。我喜欢喝啤酒。这就像提前进行基利式疗法一样。"

瑞德偷偷地转了转头，往身后瞥了一眼。

"那扇门，珍。"

"那是食品贮藏室的门呀，亲爱的，你知道的。那门是用铰链连接的，锁不紧。"

"刚才我看到门在摇晃。它往外晃了一下，然后又晃了回来。"

"也许是有股气流吧，像起风似的。"肖恩试图安慰他。

珍站了起来，走过去，搬了一把椅子摆到门前面，挡住了它。"好了，现在门不会动了。"

她回到他们身边，站在瑞德身后，伸出手臂揽住了他的肩膀。

他一时看不见她的脸,她在他的上方。而肖恩能看见。

"亲爱的,再喝点香槟。一会儿酒味就变淡了。来吧,我们一起喝个爱之杯,你和我。"他们手挽着手喝了起来。

"坐在桌子另一边的那位先生也想和我一起喝个爱之杯吗?他看上去若有所思,却说不出话来。要么是无话可说,要么是心生妒忌。"

她向他伸出手,捏住他领结的末端拉了出来,解开了那个结。"如果我没记错的话,在过去这样做可以算作一个邀请。"

"邀请什么?"肖恩问。

"对哦,我从来没有弄明白。"她承认,"我对这个向来不感兴趣。最有可能就是邀请你再次系好领结。"

她没有料到,肖恩突然朝她猛冲过去,抓住她肩上那个嵌着石榴石的天鹅绒蝴蝶结,想把它解开,结果白费力气。

"傻瓜,"她说,"蝴蝶结要这样才能解开。"

"哦,现在我知道了。"他说着懊恼地看着自己的手指。

她开始回击了。她用手指当梳子,用力穿过他的头发,弄得他的一头短发全竖了起来,像鸡毛掸子似的。

他抱起双臂,带着自视甚高的神情看着她。"你知道的,你在玩炸药呢。你会有麻烦的,在今晚结束——"他很快就停下不说了。

一阵突如其来的寒意——抑或是孤独感——深深刺痛了瑞德。

他耸起了肩,像在防御什么似的。"你们俩都离我太远了。我周围空间太多了。靠近点。"他恳求道,"再靠近一点。"

"好吧。我移到我这边最靠右的角落。汤姆,你到你那边的角落去。"

"绕过来,"瑞德结结巴巴地说,"坐在我旁边。"

他们把椅子搬了过去。

"可这样的话,你对面的地方就完全空着了,是不是?"肖恩善意地提醒道。

"我面前有一张桌子。"瑞德简单地回了一句。

"这样就更亲密了。"她附和道,"吃完主菜后坐哪里都没关系。其实这样你的地盘就更干净了。"她伸出手臂搭在瑞德的肩上。肖恩也举起手臂,从另一边放在瑞德肩头。

"好了,我们都把头靠得很近,就像这样,"她说,"有人知道什么故事吗?现在可以讲一些好听的故事了,我们的脑袋要凑在一起。不需要给故事进行巴氏消毒,只要用委婉语就好了。"

"我知道一个关于警察的故事,"肖恩说,"它很干净,但不知道算不算好故事。"

她伸手去拿他之前放在他们面前的那包香烟。"我讨厌不带香烟去参加晚宴的女人。"

肖恩讲了他的故事。不是很好听,但寓意不错。她夸张地大笑起来,算是对他的恭维。

"该你讲了。"

她也讲了一个故事，讲述时透着机智和敏锐。

肖恩的表情没有变化。"我没明白。"

"他只是想让我把那个词再说一遍，"她抗议道，"'怀孕'（珍此处说的是法语）。好了，现在你满意了吧？"

"'韵'？是指气味吗？但她说这话是什么意思呢？这听起来像是关于猎犬之类的——"

她在他的手背上轻轻拍了一下。"孩子，不久的将来，我们俩得好好地长谈一番。我知道有些事还没告诉你。"

"只是与法国有关的事。"他说。

她站了起来，轻蔑地打了个响指，挥起手轻慢地从他脸上掠过。他把头往后一仰，假装被吓着了。

她用托盘端来了小杯清咖啡。"这咖啡里加了法国白兰地。想看看美丽的蓝色火焰吗？给我一根火柴，我让你们见识下。"

他着实吃了一惊，显然之前从未见过点着的咖啡白兰地。"可你怎么把它熄灭呢？"他天真地问。

她笑了。"我喜欢你这样。我觉得男人就应该单纯一些。天啊，我真讨厌久经世故的人。你可以把它吹灭，亲爱的。"

"那你一开始为什么要点着呢？"

"我放弃了。"她说，"这要花上我一辈子——"她像他刚才一样，赶紧把话题打住。他们似乎总是碰到那些禁忌。每一个禁忌都会显现在瑞德的脸上，如同透明紧绷的丝绸上乍然起了波纹。

"我们来点音乐吧!"她叫道,下命令似的敲着桌子,"我想跳舞。在机子上放点唱片进去。"

音乐响起了,然后肖恩回到他们身边。他半开着门,这样能清楚地听到音乐,但又不至于让门完全敞开。

她站起来,把手往后一甩,几乎快到肩膀那么高。"来吧,"她发出了邀请,"你被选上了。"

瑞德坐在椅子上,一脸担心地侧过身去,唯恐看不到他们。"别离我太远。"他低声说着,抬头恳求似的望着她。

"就在你身后,"她保证道,"就在你的椅子后面。我们会待在一个地方,假装在一个微型夜总会的地板上跳舞。"

肖恩左右摇摆起来,似乎不知道怎样开始。"这是什么曲子?"他问道。

她听着节拍。"这是探戈。你一定是没注意,放了探戈的舞曲。来吧,我教你怎么跳。"她轻轻地摇了摇他,双手向上举着。"好吧,开始。放松一些。怎么回事,你是粘在地上了吗?"

他把她拉过去。"现在该做什么?"

"你只要把握着的手打开就行了。手臂伸展,像这样。然后你朝着手的方向倾斜。就是这样,你做到了。"

"但这样会把你带到墙那边去。"

她朝着天花板翻了翻眼睛。"看着,我们是在跳舞,不是在测量房间。然后你反过来,从另一个方向回去。"

"那握着的手会怎样呢?"他回头瞥了一眼,问道。

"落在你身后,这次的手跟在最后面。"

远处传来一个鼻音浓重的男高音,唱起了副歌。

"哦——哦。"她突然停了下来,好像出了什么事似的。她悄悄地推开了他。"快进去,把那支曲子换掉。"她低声说,"西班牙抒情曲是完全能听懂的。你知道的,我们都会说西班牙语。"

"这有什么关系?"

"《再见,朋友》是一首送别的曲子。"

肖恩急忙出去了。她亲切地搂住父亲的头,又设法让双手贴着他的耳朵,仿佛在爱抚他。

那首副歌唱到一声低吼时,不情愿地停下了,换成了更活泼的乐曲。肖恩又回来了,大口喘着气。

他们俩在瑞德两侧坐了下来,一边一人。这一次,他们开始自己唱伴奏曲。珍起了个头,肖恩也加入了。他很乐意伴唱,但调子却把握得不太准。

"来吧,你也加入吧。"

她把一只胳膊搭在瑞德的肩上。肖恩举起了手臂,从另一半伸过去,把他们三人连接在一起,形成了一个亲密和谐的小团体。

瑞德那像羊皮纸一般的嘴唇终于也动了起来,他开始跟着他俩断断续续地哼唱起来。

他们三人的脑袋靠得很近。她一只手高举在空中,挥舞着想象中的指挥棒,开启了欢快的伴奏。肖恩拿起叉子,敲打着离他最近的那只香槟酒杯的杯柄。

他们整晚都没像现在这样接近成功。瑞德神色茫然地笑着,僵硬的嘴唇微微分开了,如同一个婴儿意识到自己刚刚做了一件格外值得称赞的事情,便冲着溺爱他的长辈做了个得意的鬼脸。

有那么一会儿,禁忌仿佛被解除了。周围是香槟、音乐和情绪高昂的可爱女孩,他似乎已经忘记了那个可怕的预言。

"我也想跳舞!"他突然说,"我想和我的小姑娘跳舞!"

她向肖恩投去胜利的一瞥,高兴得跳了起来。

"现在我们要让他们见识一下。有些年轻人可真迟钝。"

父女俩开始慢慢地移动脚步,摇摇晃晃地绕出了一个半圈。

"就像从前一样,亲爱的?"她凑近瑞德耳朵低声问,"就像在罗马,就像在——"

肖恩坐在桌旁,点燃一支香烟,脸上露出赞许的微笑。转瞬间他的笑容消失了,烟从他的嘴角掉了下来。

瑞德和珍遇到了困难,像是发生了什么变故。瑞德一动不动,虚弱无力地靠在珍身上,他的身体开始往下瘫软,快要拖到地板上了。珍拼命想帮他直起身子,却无济于事。

活泼欢快的音乐继续无知无觉地演奏着,从中传出了令人心碎的低语。

"珍,我要死了。快死了——"

肖恩从桌边跳了起来，赶过去给她帮忙，不小心打落了一个香槟酒杯。

瑞德此时已经跪在了地板上，仿佛意识到所有的挣扎都是徒劳无益，他慢慢地屈服了。他仍然靠在珍身上，她的眼睛睁得大大的，横向支撑着他。

两人那痛苦的姿势像是被钉在了十字架上受刑。

肖恩看到她的嘴唇在颤动，知道她想说什么，虽然并没有真正听到。"我们失败了，汤姆。我们一败涂地，一切都是徒劳。"

桌上还残余着最后一滴香槟酒，懒洋洋地滚落在地上的酒杯边缘，被洒得精光。酒一旦洒落，就不可能失而复得，人生也是如此。

警方在行动：多布斯和索科尔斯基(3)

"我是索科尔斯基，警长。有进展了，没错，就像你说的那样。我很抱歉在这个不适当的时间把你叫醒——"

"没关系，这就是我想要的。警察不能想着睡觉，警察不睡是为了让其他人能睡。有了什么进展？"

"整件事情，已经有了突破。可以分解开来看。情况是这样的。大约在四十分钟前，两点半左右，我在床上休息了一会儿，睡着了，多布斯在值班。我们监听的对象，从夜里十一点钟左右就一直躺在床上。我们听到了弹簧的声音，之后就没有别的声音了，所以这点我们知道。嗯，大约两点半左右，多布斯戴着耳机，侧身朝我走过来,把我推醒了。'你最好一起来监听,'他说,'刚才有人进来了——'"

"唉?你刚刚说什么?"

多布斯伸手警惕地捂住他同伴松垂的嘴巴,捂了一分钟。

"有情况。他刚刚打开了门,有人站在门外。那人之前一直在敲门。声音很轻,但敲了很长一段时间。"

索科尔斯基调整了一下备用的头戴式耳机,摸索着找笔记本和铅笔。铅笔没摸到,啪嗒一声掉在了地板上。"小心点,你这笨手笨脚的傻瓜。"多布斯轻声埋怨道。

现在两人都戴好了耳机,保持着高度警惕。

一片寂静。

"他们一定是在互相对视。"多布斯喃喃地说,"一句话也没说。门是开着的,我听见开门的声音了。"

"也许他不认识来人。"

"那样他就会问:'你是谁?'嘘!有动静了。"

(下文是笔记本上速记的内容。)

地板上有脚步在移动。不止一双脚。门关上了。两人的脚都踏上了地毯。

男声(不是汤普金斯的声音):"我想和你谈谈。"

没有回答。

男声:"好了，醒醒，好吗？"

汤普金斯:"别把你的手放我身上，把手拿开。"

男声:"想让你清醒过来。"

汤普金斯:"现在几点了？你为什么非得在这个时候过来？"

男声:"因为我不想冒任何风险，就不能在白天靠近你这里。"

汤普金斯:"白天并不比现在更安全，也不会比现在更危险。"

男声:"不管你是什么意思。不用再费时间解释了。"

椅子发出了负重时的嘎吱声。

男声:"看，我没多少时间了。让我们直入正题吧。你明天要见瑞德吗？"

汤普金斯:"不见。"（缓慢地）"不，我不会见他。"（停顿）"我再也不会见到他了。他明晚就死了。"

男声:"没错，你说的是。别想给我洗脑。那一套就留给你的厨娘听众吧。我们现在谈的是事实，不是废话。明天给他捎个信，说你想见他。他会像离弦的箭一样飞过来的。"

汤普金斯:"他不会来的。他再也不会过来了。"

男声（愤怒地）:"你能不能别再说那些废话？你滔滔不绝地说了这么多，恐怕连你自己都快相信了吧。哼，我可不相信。我来告诉你接下来要做什么，好好听着，把这些永远都记在脑子里。"

一根火柴被划着了。地板上弥漫着一股雪茄烟味，闻上去应该是一种昂贵的雪茄。

男声："现在我开始说了。你就只要听着就行。你给他捎个信，说明天想见他。要他一个人来。不要让那女孩跟着。她不能知道这件事。他过来以后，你就告诉他，发生了一些变化，关于那些震动，或是星座之类的，你怎么称呼这些东西？"

汤普金斯："没什么称呼。"

男声（武断地）："你告诉他发生变化了，情况好转了。他得到了喘息的机会。厄运仍有可能降临，但不像以前那么确定了。他现在有了一个放手一搏的机会：这将再次成为自由意志的一部分。这取决于他。他会问他要做什么，他会恳求你说出来，他会告诉你他愿意做任何事。我太了解他了。你毫不在意地告诉他，他可以做一两件事，让自己处于更有利的地位。比方说，在遗嘱中做一些变动。照目前的情况，一切都归那个女孩所有。没关系，这点他不需要改变。需要改动的地方在于，万一她死了，如果她没有孩子，你就是唯一的继承人。如果他对此有顾虑，就暗示他这是一个很好的方式，可以来表达他对你的感激之情，还要指出这并不会从那女孩身上拿走任何东西。如果她结婚并有了孩子，这当然就完全不作数了。只是为了以防万一，万一她没结婚没孩子就死了。我认为他不需要太多催促。明天是他的最后一天，他最好明天把这事办好。向他解释，如果你的生命和他的生命以这种方式结合在一起——毕竟这是唯一可行的办法——你有利的方面就更有可能影响到他不利的方面。在他的房产上加你的名字，或者类似的东西，那一套你知道的。这样你就可以让预言转向，甚至可能让他获得完全的豁免。"

汤普金斯（疲惫地）："但我做不到，我没这个能力。对我来说那不是预言，就是一个客观存在，一个将要发生的客观事实。"

男声（愤怒地）："你能不能别再说这些废话了？你把我当成什么人了？现在我已经直接告诉你了。他会照你说的做，对吧？我说什么你就做什么，否则——"

汤普金斯："我不想要他的钱。很久以前，我就可以要多少有多少了。他来找我，恳请我收下。他留下了支票，我也不想费神再给他寄回去——"

男声："对，你不要他的钱，不要他的支票。要的并不多，不过是把其中的一张从五百美元提高到了五千，对吗？还把它给了我。我现在就拿着呢，后面有你的背书。"

汤普金斯："你带了酒过来，非让我喝。我没有喝酒的习惯，都不知道自己在做什么。我不记得是否做过这件事。我觉得是你干的。"

男声："你就在我眼皮底下做的。上面是你的背书，不是我的。如果我做成了这事，你知道你会因此在监狱里待上二十年吗？"

汤普金斯："反正我也要进监狱了，但不是因为那张支票。"

男声："你会照我说的去做吗？"

长时间的沉默。

汤普金斯（冷漠地）："不会。"

椅子猛烈地向后倒过去。

男声："现在呢，怎么样？会吗？"

又是长时间的沉默。

汤普金斯："把它收起来。那伤不了我。"

男声："伤不了你？我只要动动手指，你就知道了。你这个傻瓜。你这个满身红斑、肮脏可怜的大傻帽。你可以成为一个有钱人。我只是想帮你，帮我们两个。"

汤普金斯（悲伤地）："你才是傻瓜。你这个可怜的大傻瓜。你今晚到这儿来，根本就做不成任何事。如果要他的钱就是你的目的，你压根得不到他的钱。你活不了那么久。你会比他死得还早。他的大限是明晚,你的就在今晚。你永远不会活着离开这幢房子。在外面的楼梯上,再过几分钟——"

男声:"谁来干掉我,你吗?"

汤普金斯:"两个便衣警察,就在我们楼上的房间,就在此刻,正在听着我们说的每一个字——"

(多布斯突然向后退去。)

汤普金斯:"我一直都知道他们在那里。我无法阻止你来这儿,也无法阻止你说出那些话。有什么用呢?他们的名字是埃迪·多布斯和比尔·索科尔斯基,他们在那里已经待了两天——"

(索科尔斯基惊慌倒地,地板上发出砰的一声。)

汤普金斯说:"在那里。你听到声音了吗?现在相信我了吗?"

(地板上突然响起了快速奔跑声。)

汤普金斯:"没用的。你躲不过去。你没法逃离,反倒在向它靠近。死神正冲着你飞过来,我听到他在拍动着轻捷的翅膀。我感觉到了,我看到了,它就在路上。你只剩下最后几秒钟了——"

男声(愤怒地):"这一枪给你,你这个混蛋!你竟然背叛我,陷害我!"

左轮手枪响了。

门被撞开了,外面楼梯上传来了慌乱下楼的脚步声。

索科尔斯基拽下耳机往墙上一扔,差点把耳朵也扯了下来。他从挂在床脚上的枪套里抽出枪,冲出房间,绕过楼梯口朝下冲去。

一个人在他下面一层,距他有一级半台阶的距离,正以最快的速度向下俯冲着。索科尔斯基吼道:"站住!待在原地别动!"他突然停了下来,看见离那人两级半台阶的地方有个楼梯平台。这就有了一块空地,其余的台阶都是叠套在一起的。

那人转过弯来,径直朝他开了一枪。子弹擦着他的腭骨飞过,但没有伤到他。

索科尔斯基没有移动脚步。他举起枪,目光投向下面的楼梯平台。这是最后一个楼梯平台,他想碰碰运气把那人在平台上解决了。这样射击有些难度,几乎是直线向下,需要略微抬高一点。他用力托住了持枪的手腕,让枪拿得更稳一些。

那个身影闪过了平台拐弯处,索科尔斯基的枪同时响了起来。

那人仅靠向前的冲力就完成了转弯。下一段楼梯的前三步他还能站直,然后就摔倒在台阶上,一直滚到楼梯最底部,滑出了相当长的一段距离,简直像到了溜冰场,然后就一动也不动了。

索科尔斯基赶到时,那人已经死了。

一分钟后,多布斯也下楼了,脸色苍白得像纸一样,当然不是因为有人中枪而死。

"这人是谁?"

他大约五十岁。子弹从侧面直接进入了他的大脑。他的衣服材质很考究,身上没有任何能证明身份的东西。为了这次访问,他一定是深思熟虑之后,采取了预防措施,以免泄露身份。他的皮夹里有钱,但所有能透露个人信息的东西都被取走了。皮夹上有一个地方像是刻着镀金的姓氏首字母,但已经被刮掉了。甚至连缝在外套口袋里的帆布身份标签也被撕掉了。

"这需要一点时间。"索科尔斯基蹲在他身边说,"最好先上去,然后——"

楼梯上有轻微的动静,他转过头去。

汤普金斯在他们上面,非常缓慢地走下楼。不是偷偷摸摸地,而是慢慢吞吞,下楼时几乎都没有脚步声。他已经快走到底了。

索科尔斯基慢慢地站起来,从尸体旁稍稍走开了一些。他神情严肃,手里拿着枪。那支枪只打了一发子弹。

"你给我们省去了麻烦,伙计。"他粗暴地说,用枪尖对着汤普金斯作了指示。"到墙边去,站着别动,等我过去。"他转过身去,想要重新摆出那种审讯的姿态。

多布斯下楼时好像没带武器。他靠着对面的墙站着,正对着索科尔斯基所指的地方,看上去像在瑟瑟发抖,似乎是神经系统受到了惊吓,还没恢复过来。

索科尔斯基突然又扭头朝向他们的人质。汤普金斯没有听从命令停下来。他继续前进着,像在楼梯上走得一样慢。索科尔斯基和那具尸体挡了他的路,他绕着尸体的一边往前走,甚至还从尸体的双脚上跨了过去。

在枪口的威胁下,他竟然还敢违抗警察的命令。索科尔斯基无须多言,完全有权开枪击毙他。

他笔直地站着,枪口离那人的后背大约只有六英寸远。

"我说了回那边去!"他吼道,"站到我给你指的地方去,不然就给你一枪!多布斯,过去把他带走。"

"我动不了。"多布斯备受打击地低声说。他的肩膀像是粘在了捕蝇纸上,动弹不得。他似乎想用力把肩膀从墙边挪开,但失败了。"他甚至连我的教名都知道——"

汤普金斯又慢吞吞地走了一步,如同一个人撤离了不再感兴趣的地方之后,又陷入了沉思。他前面就是临街的门了。

索科尔斯基抬腿跨过尸体,做出剪式运动的姿势。这样枪就离那人更近了。

"你已经受到了警告,伙计。"他的声音有些颤抖,因为马上就要实施他的威胁了。"你再走一步,就将是你在这个世界上的最后一步!"

汤普金斯表情严肃,只稍稍转了下脸,冲着身后的警察说道:"你这把枪打不中我,我的大限还没到。"他又走了一步。

索科尔斯基给了他一次放空枪的机会,即便是逃犯也能得到这样的机会,姑且不论他们是否值得被这样善待。汤普金斯手无寸铁,离枪口那么近,警察几乎不可能有别的办法。

索科尔斯基稍稍倾斜了一点,在他头顶上开了一枪示警。子弹击中了临街的公寓大门,发出了像敲鼓似的震荡声。

"现在往回走,"索科尔斯基愤怒地叫道,"不然你就没时间了,已经过去三十秒了!"

汤普金斯转过身来,但只是把门的一侧向里拉开。他现在正对着那支枪,残留的烟雾遮住了枪口,似乎不想让枪口远离他。

多布斯呻吟了一声,把紧贴着墙的肩膀往下挪了挪。

汤普金斯看着枪。他没有笑,也没有嘲弄的表情,浑身上下没有流露出一丝虚张声势的样子。他倒是表现出一种温和的、超然的兴趣,就像一个人在离开屋子出去散步之前,最后再看一眼某样东西,但也不是什么重要的东西。

然后他松开了门把手,又转过身去,朝外面的夜空望去,一只脚跨过了门槛。

索科尔斯基朝他的膝盖后面开了一枪,只是为了让他倒下,并不是要杀死他。

扳机咔嗒一声扣动了,却没听见枪响,这发子弹没射出来。他枪里装了六发子弹,之前只开了两枪,一枪在楼梯上打的,另一枪射进了门里。

汤普金斯落在后面的那条腿也迈过了门槛。

索科尔斯基发疯似的跟在他后面，只有一步之遥，当然得是迈得较大的一步。他近距离地看见了汤普金斯的后脑勺。仅仅相距四英尺，没有人会打不中，更何况他还受过枪械训练。其他的尝试都失败了，他有足够的理由打出这致命的一枪。

扣动扳机时又是咔嗒一声，子弹又没射出来。这把枪自从归他所有后，就从未出现过哑火。

汤普金斯的胳膊伸了进来，又转了一圈，向后靠着他的身体，慢慢地把门拉到身后，关上了门。

索科尔斯基的脸上满是冷汗，扭曲得像一块浸湿的破布，带着一种他以前从未有过的恐慌。他疯狂地扣动扳机，又连发两弹。门闩回到了原来的位置，只听到了扳机的咔嗒声，这两枪还是没能打响。

多布斯又呻吟了一声。

索科尔斯基把门打开，跟跟跄跄地走了出去。门外一片漆黑，什么动静也没有，什么也看不见。

他摆弄着枪，再次举起来，在黑暗中胡乱开了四枪，发出了四声爆炸似的巨响。每射出一颗子弹，就伴随一声枪响——可现在前面已经没有什么目标可打了。

手中的枪滑到了地上，他突然倚靠在门口一侧，好像全身都陷在了里面，动弹不得。他不可能打中他。

等待：夜色渐浓

在空阔的房间中，寂寥的三人显得越发渺小。本该是一间舒适的小房间，刚好能容纳这么少的人，能让他们紧紧靠在一起。可这房间却如此庄严宏伟，如此古典堂皇。天花板高高地悬在头顶，明亮的水晶棱镜吊灯也无法从视觉上降低它的高度，反倒更显得天花板高高在上。窗户也太高了，酒红色的锦缎窗帘重叠在一起，把窗子遮得严严实实，一丝缝隙也不露，愈发显得窗户又高又宽。

他们淹没在房间的空旷之中，事实上他们的存在的确毫不起眼。三个微小的身影围坐在一个四方桌旁。从背影上看，两人身着黑色礼服，一人穿着露背礼服裙，背部优雅的轮廓随着肌肉的运动不时微微颤动着。

她洗牌的动作干脆利落,在一片沉默中,扑克牌发出轻微的脆响。

他们与寂静的战斗必败无疑。虽然只要一开口,就能击退它,但每次它都去而复返,重新设下包围圈,他们不得不和它展开拉锯战。一旦它蹑手蹑脚地潜回房间,墙面上的挂钟就得到了机会,就像之前在餐厅里一样,钟摆发出的嗒嗒声就会满怀恶意地传到他们的耳朵里,如同墙边的一根导火线,不停地朝着引爆点移动。

她把重新洗好的扑克牌摆在肖恩面前。"分成两份。"她平静地说。

他分好了牌,她又拿了起来。

发牌的声音甚至比洗牌的声音还要小。它们像幽灵扑克一般滑落在桌面上,间或有一张牌在她手指的压力下发出噼啪的声响。

他们从四份纸牌中选了三份,把牌都整理好。"我放弃。"她说。

她又开口了,这次是对瑞德说的:"你叫牌。"这话说得实在太短了,沉默了这么久,在这么大的房间里说出来,愈发显得微不足道。

他们等待着。

这等待令人痛苦不堪。肖恩的脸色发白。她的眼睛睁得大大的,眼角也随之绷紧。

瑞德摊开手,一副惘然无助的样子。他不是对纸牌游戏感到无奈,他的眼睛根本没在看牌,视线落在了纸牌上方,目光呆滞。

珍碰了碰他的胳膊,温柔地提醒他。

然后他又摊开了牌,仿佛她的触摸已经自动告诉了他该怎么做。但他还是对扑克视而不见。

"你要放弃吗?"

他看着她,好像不明白似的。他仿佛听见她在说话,但不知道她在说什么。他沉默着。

"好吧,我先叫牌。"肖恩说,"一张——"说着他又停了下来,指了指他的手,仿佛说到一半,才恍然记起手中的牌和要说的话有关。"一张方块。"

"一张红桃。"她说。

还是无法获得动力。又轮到瑞德出牌了,但他的兴致再次退缩了,消亡了。他一只手遮着眼睛,另一只手里拿着勉强摆成扇形的纸牌。那些牌都快要被摊平了,似乎因为被忽视而变得萎靡不堪。

珍帮他把纸牌倾斜起来。"我都能看见你手里的牌了。"

肖恩从椅子旁边的地板上拿起一瓶苏打水,往玻璃杯里倒了一些递给他。

她的脚伸到桌下,轻轻碰了他一下。她的头往两边微微晃动了一下,没有引起注意。

肖恩放下杯子。

"你又要放弃吗?"她试图轻轻地唤醒瑞德。

瑞德抬眼看着她。他仿佛又一次听到了她的声音，但还是听不出什么意思。

"两张方块。"肖恩说，他不忍心再让瑞德那样茫然地呆望着她。

"两张红桃。"她说。

肖恩用指关节敲了敲桌子。他们换了座位，每个人都往左移了一个位置。她开始翻转桌面上正对着她的那第四份纸牌，把牌整理好。

挂钟现在位于瑞德的右边，之前一直在他背后。他的头开始转动，仿佛被一根看不见的细铁丝牵引着。她注意到了他的动作，于是伸出手来，轻轻地把他的下巴转回到原来的地方。

挂钟发出的嘶嘶声似乎更响了，仿佛被她的干扰激怒了。

这副牌中几乎所有的方块都暴露了，只有方块老K还未显露踪影，应该还藏在桌上的那份备用牌里。

她看了肖恩一眼，不像一个狂热的桥牌玩家那样表现出责备之情，而是在秘密地和对方交换眼神，意思是：你还没有足够努力让别人相信你，继续玩游戏。

他懊悔地打了个响指。"我知道那些牌就在某个地方。"他说。他前额上的皱纹里似乎有什么在闪闪发亮。他已经微微冒汗了，但还没有汗珠滴落。

"你领先了。"她对瑞德说。

他们等了一会儿。

"跟着我出牌。"肖恩温柔地指导他,"你的搭档现在是我。"

瑞德放下一张牌。

"你不想收回这张牌吗?你在引牌时出了王牌。"

瑞德取回了牌。"这牌很重要。"他空洞地絮叨着,"非常重要。"他好奇地看着那张牌,拇指抚摸着光滑的纸牌表面,脸上充满了渴望。"它还会在这里,再玩一局,再来一个晚上。"他若有所思地说,"但是玩牌的人——"

肖恩手里的吸管咕噜噜作响,把其他的声音都掩盖了。滚落的水柱不顾一切地冒着气泡冲到玻璃杯的顶部,把原本藏在杯底无色的苏格兰威士忌变成了浅色。然后,他砰的一声把杯里的一块冰戳了个粉碎。

她猛地咬紧了下唇,看上去有些悲伤,然后又恢复了正常的样子。

"香烟和饮料。"她声音嘶哑地恳求道,"我要你刚刚做的那个。"

肖恩又喝了一点苏格兰威士忌,把它递给了珍。她的嘴唇碰了碰酒,又把它放下。她吸了一口他为她点燃的香烟,又顺手把烟灭了。

挂钟不怀好意地摆动着,似乎充满了喜悦,它那急促的、气喘吁吁的嘶嘶声不绝于耳。

她从瑞德的纸牌里抽出一张,帮他放在桌上。很快又出了另外三张牌,把第一张遮盖住了。她接受了这个把戏,把牌放在她面前的桌边。

瑞德突然捏紧了手中的牌，仿佛要从中汲取生命的水分，而这些水分他自身是再也无法找到了。他的两只手痉挛着、紧绷着，向纸牌施加了这么大的压力，以至于那些没抓住的、被折弯了的牌都在他面前朝天弹了起来，瞬间又散落下来，他的肩膀上、袖子上、衬衫前襟上、膝盖上，到处都是纸牌。

他大张着嘴呼吸着，好像得不到足够的空气。"你们在折磨我。"他喘着气说，"我再也受不了了。不要玩了，我跟你们讲。停止这种游戏。玩着纸牌，在记分牌上累计分数，而我的生命正在耗尽——我不想要梅花和黑桃上的分数，我想要点滴的生命，畅快的呼吸，哪怕再多几分钟也好！"他摊开双手放在桌子上，仰起身体，空洞地哀求道，"给我吧。把它们给我吧。"

肖恩和珍两人一跃而起，逃离了桌子，好像桌子随时会翻倒似的，其实它一直很牢固。肖恩拿起酒杯对着瑞德的嘴唇。他的另一只手紧紧地按在瑞德的头顶上，仿佛要使后者镇静下来。

"喝了吧，老人家。"他坚定地说，"对，就这样。"

他们俩离开了一会儿，让他带着酒气坐在椅子上。

与纸牌游戏有关的东西全部消失了，一丝痕迹也没留下，如同被施了魔法一般。两人匆匆地走来走去，瑞德的情绪突然爆发使他们不得不重新安排接下来的活动。他们碰面了，在一个不会让瑞德听见的地方。

"玩纸牌是错误的选择,太安静了。"她低声说。

"我也是有这个顾虑。"

"等等,家里有一套轮盘赌具,帮我把它拿出来。他告诉过我,他以前年轻的时候在比亚里茨和蒙特卡洛——他晚上九点开始玩轮盘赌,然后抬头一看,天突然就亮了,整个晚上都过去了——"

"现在可能会派上用场了。"

他们把轮盘放在了桌子上。瑞德呆呆地望着,眼睛里没有流露出任何兴趣。

"我们会下真正的赌注,"她说,"这可不是什么友好的室内游戏哟。"

"今晚一切都是真的。"瑞德阴郁地表示同意。

肖恩已经转动轮盘,开始测试了。轮盘上的两种颜色快速转动时会变得模糊不清,然后在减速停下来的时候又能分辨清楚了。

"我一秒钟后就回来。"她含糊地说了一句,就悄悄走到了门口,那样子让肖恩觉得神神秘秘的。肖恩之所以有这种感觉,倒不是因为她的突然离去,可能还是与她要做的事有关。

她离开的时间远远不止一秒钟,甚至都超过了一分钟。然后门又开了,她又侧身走了进来,依然还像刚才走的时候那样神秘。她手里拿着一块大手帕,四角结在一起,就像一个流浪汉背包的微型版。

她在轮盘赌桌上打开了这个小包裹,里面的东西熠熠生辉,光芒耀眼。原来是各式戒指、手镯、发夹和吊坠。

"我只有这些了。你们俩用什么做赌注？"

他们站在那里看着她的宝贝，惊得目瞪口呆。肖恩试图引起她的注意，似乎想弄明白她是不是认真的。她却拒绝与他对视。她随意地敲着指关节，指向那一大堆珠宝首饰，仿佛在召唤它们来迎接她的挑战。

慢慢地，瑞德的眼里闪过一丝微弱的光芒，仿佛是桌上的闪亮珠光反射到了他眼中。

他甚至还弯了弯嘴角，露出惨淡的微笑。他突然转向肖恩，抓住后者的胳膊。"跟我来一下，我要你和我一起进去，我不敢一个人去那里。"

肖恩有些犹豫地陪他走到门口，不时回头看珍。

"让轮盘先转一会儿。"瑞德对她说。

他们走过了大厅，又一直走到瑞德的专用书房。两人打开门，走了进去。

"关上门。"瑞德轻声说。肖恩照办了。瑞德又发出了指令："把那边的强光灯打开。不，是壁炉架旁边的那个。对，就是那个。"

瑞德打开了两块相邻的木镶板。"你知道这是什么，对吧？"

"我现在知道了。"肖恩严肃地说，"刚刚看到后面的保险柜密码盘我就明白了。"他盯着瑞德看了一会儿，转身就要离开。"我不应该跟你到这里来。"

瑞德猛然伸出手来,抓住他的胳膊,不让他走。"我想让你看看。现在它又能产生什么影响呢?一,然后是九,接着是三,最后是二。这是一个很容易被记住的数字组合。1932,经济大萧条的那一年。想象自己破产了,你自然就知道怎样打开保险箱,也就不会再破产了。"

"你不应该这样做。"肖恩固执地重复道,低头看着地板,就像一个人试图把目光从什么不体面的东西上移开一样。

瑞德突然向他两只手里各塞了一样东西。"给你,把这些放在你的口袋里。帮我拿过去。这些是两万现金,就这么多。保险柜里我通常一次只放这么多。"

"你锁好了吗?"肖恩试图让他离开时,提醒了他一句。

"没有,别人会替我去做的——就在明天。他们可能会希望重新打开,这样不关就会节省时间。"

肖恩伸手去拨弄密码盘,旋转了一下,弄乱开箱密码,然后再把上面的两块木镶板合上。

他们回到原来的地方,珍还在桌旁等他们。她没有抬头,只是看着轮盘。她一定知道他们去哪儿了,去干了什么。

轮盘模糊的光影映照在她眼里。

肖恩把外套侧兜里的钞票全都掏了出来,放在桌子上。珍既没看钱,也没抬头看他们。

肖恩从裤兜里掏出了自己的钱包。他甚至不用看就知道里面只有一张孤零零的十元纸钞和一些零钱。

"你只有这些,玩不成轮盘赌。"瑞德毫不客气地说,"这些小面额的钞票会拖慢我们的节奏。来吧,我资助你。"他神色轻蔑地把一捆钞票朝肖恩推了过去。"一千。"

"这我可不干。"肖恩有点尖刻地说。

"你写个借据给我。"瑞德不耐烦地建议道,"这又不是免费送你的礼物。"

"这样才在水平线上。"珍提醒道,一边停下转盘一边紧张地抬眼看着。

肖恩严肃地看了她一会儿。"好吧,我愿意奉陪。我也要碰碰运气。"他突然说。

他从口袋里掏出一支自动铅笔,走到另一张桌子旁,在纸上草草写了些什么,拿了回来。"借据这样写可以吗?"

瑞德拿起借据,连看都没看就塞到了摞在一起的那叠钞票的最下面。

肖恩偷偷地擦了擦额头。她一定是看见了。"你从来没有下过这么多的赌注。"她低声说。

"我压根就没玩过这个。"他回答说。

"我从来没有输过这么少,"瑞德说,"或者说赢这么少。"

"我们准备好了吗?"她身后有把椅子紧挨着她,似乎在威胁要拖她后腿,她把椅子推到一边。"谁来做赌场管理员?"

两个男人同时转向她。"你。"

"那我就得负责转轮盘,还得下注打赌。这有点不合规矩,但轮盘不会撒谎。我们要相互信任。"

"但被没收的赌注会归谁呢?"她父亲问道。

"赢家通吃。赢家将接受输家的赌注,而不是由赌场接收。换句话说,我们是在直接与对方对赌,而不是与赌场对赌。"

"既然只有我们三人在玩,就得把所有的号码都删掉。只要押注颜色,黑色或红色,偶数或奇数。没有确切的数字。明白我的意思了吗,汤姆?"

肖恩点了点头。

"为了方便汤姆参与,我要用英语来主持。"

她面对着轮盘站起来。两个男人站在桌子的两边。

"下赌注吧。"

她从包在手绢里的那堆珠宝里挑了一枚戒指,仔细地审视一番,然后又扔到了一边。接着她拿起一个钻石手镯,在手里转动把玩着。手镯由五股链子紧密相连,可调节大小。

"我记得这个镯子。卡地亚的,十万法郎,还是二十五万?汤姆,看起来你工作上能用得着。我押红色,偶数。"她把赌注放在数字10上面。

瑞德把他那一沓钞票最上面的胶带剪开了。"我押黑色,奇数。"他的赌注放在了数字5上面。

他们俩都询问似的看着肖恩。肖恩拿起他的那包钞票，犹豫了一下，开始用拇指从下面把钞票分开。

"哦，不要零钱，"瑞德生气地抗议道，"否则游戏就进行得太慢了。我的时间不多了，肖恩，我总是会想到这一点。我们得玩得快一些。"

"嘘——"她轻声提醒道。

"我来碰碰运气。"肖恩生硬地表示赞同，"但我可能很快就得离开这赌台了。"他把那包钞票原封不动地押上了。"黑色，偶数。"

"没有人追加了。"

轮盘转了起来，颜色变模糊了，幽灵般的强光投射到他们俯视的脸上。慢慢地两种颜色又重新显现，随着最后一声轻响，轮盘停止了转动。

三个人都沉默了。

瑞德把他的钞票都叠放在肖恩的上面，还把两摞钱往肖恩那边移了移。

肖恩慢慢地把钞票挪了过来，显得很不情愿。

但是，珍把那只闪闪发光的手镯移到他面前时，他突然伸手在桌面上筑起一道堤坝般的屏障。

"哦，不。"她坚持着，并迅速绕着桌子走过去，拉开他的外套口袋，把镯子扔了进去。"我们又不是在玩角色扮演。"

"我们还没有考虑到第四种情况，"瑞德说，仿佛是借着说话来掩盖侦探肖恩的尴尬。"如果出现了第四种情况,也就是我们没有人押对,该怎么办?"

"那一轮就取消。押注会一直持续到下一轮。下注吧。"

"黑色,奇数。"瑞德说,"既然已经开始押这个,我会坚持下去的。"

"红色,奇数。这次用这个钻石项圈。我要看看能不能转好运。"

"黑色,偶数。"肖恩说。他把所有的赌注都向前推了推。

"这次你不必这么做。"瑞德说,"你现在已经存了不少了。"

"我不会躲在后面的,"肖恩固执地说,"全部都下注。"

"没有人追加了。"

又是咔嗒一声,然后是一片寂静。

肖恩点燃了一支香烟,这样他的手就不会显得无处安放。

"哦,别那么扭捏作态的,把你的衬衫下摆放出来。"她有点唐突地说,"我输得还不够吗?要把我的赌注也交给你吗?"她把项圈放在手镯的上面。

"再过几分钟,我觉得自己就会像个行走的当铺了。"

"来,如果这能让你感觉好点的话。"瑞德说。他拿出肖恩刚刚用铅笔写的借据,把它撕成碎片,扔到了地板上,然后从肖恩面前的三叠钞票中取回最上面的一叠。"现在你实现经济独立了。"

"那并不能抹杀原来的——"

"接着玩吧。"珍打断了肖恩的话。

他们下赌注时不再大声喊出来，只是默默地下注，静静在轮盘图表上做出选择。他们身上渐渐发生了变化，起初几乎难以觉察，但随着轮盘的每一次转动，这变化越来越明显。

在肖恩看来，他能观察到这件事对其他两个人的影响。现在珍的脸色更红润了，尤其是颧骨以上，眼睛也更明亮了。瑞德的脸色恢复了正常，他的脸绷得紧紧的，表情阴郁，消瘦得厉害。

肖恩的领结让他感觉很不舒服，他把手指勾在领结下面，想让那勒紧的套索放松一些。

"到现在你还没适应吗，汤姆？"她说，随着轮盘的转动她的眼中似乎有亮光闪过。

他吃惊地睁大眼睛向她承认了，解释说他是不由自主的。他能感觉到脖子后面的热度，就好像有一只燃烧的玻璃杯恶作剧地贴在了他身上。他拉拉领结，领结散开了。他啪的一声掀起衣领的一角，让它像一枚突出的肩章似的盖在肩膀上。

她把头发往后拢了拢。"给我倒杯饮料。"她对肖恩说，"我嘴巴很干。"她刚刚浅尝一口，又把饮料放下了。"哦，我押上所有的一切！"她叫起来，把整块手帕打成的小包裹和里面剩下的东西都推了过去。"我再也受不了这种事了，简直就像死在——"她赶紧克制住自己。

"你们下注吧！"她的声音太大，太沙哑了。

突然，她想了想，把戒指从手上扯下来，连同其他的珠宝一起扔了过去。

轮盘晃动起来,又停下了。

她深吸了一口气,满怀凉意地长叹一声。

"他一次也没输过。"瑞德连声说道,"自从我们开始以来,他一次也没换过颜色。这样的情况必须结束,必须打破!我想,这记录是连续多少次——"

"轮盘是固定的。"肖恩阴沉地说,"有人在戏弄我。"

"轮盘可不会撒谎!"她冲他发火了,"我要是打算操纵它,让它对什么人有利——"

他知道她想说什么。

她又尝了尝饮料,把身体扭到一边。她的手像树叶似的抖动着,饮料洒出来一点。

"我不玩了。好运不喜欢女人。"她用手撑着前额,停了一会儿,"如果我能稍微平静一些的话,我会继续帮你们转轮盘。"

"我们应该退出吗?"肖恩问道,伸手想稳住她,然后又缩回去了。

"不能在这时候抛下我一人呀!"瑞德呜咽道,几乎要发狂了。他还剩下一包现钞。"等一下。我的支票本在哪里?我账户上还有存款,我还有证券。"

"别这样。"肖恩哑着嗓子反对道。

珍伸出脚在桌子底下很快地踩了他一下。"看看他的脸。"她把声音压到最低,"我们赢了。继续玩。"

一张浅蓝色的长方形纸片落在桌子上。"看——这张是空白的。"瑞德说,"全部数额,不管是多少。如果你赢了,金额自己填写。"

"所有的现钞。"肖恩平静地说,把一捆捆的钞票再次往前推了推。

"现在只剩下我们两个了。先不考虑奇数和偶数,只看颜色。颜色与颜色的对抗。"

"当然可以。"肖恩点点头。

"我要红色,生命的颜色。另一种颜色是——"

"下注。"珍猛然插话。

终结的滴答声似乎永远不会响起。轮盘转啊转啊,越转越慢,却仍然没有停下。瑞德紧抓着自己瘦削的脖子,拉扯着前面那块松弛的皮肤,像在玩橡皮泥似的。珍的手斜放在嘴边,手背塞进嘴里咬着。肖恩不停地轻拍着大腿,似乎在抑制着极度的疼痛。

轮盘停下了。

如果不是看着静止的轮盘,而是看着他们三人,根本就分辨不出谁输谁赢。他们三人不管是在参与还是在旁观,看起来都像输家。

"我完了。"瑞德像被人卡住了脖子,"我什么都没剩下。"

肖恩采取了行动,把成堆的钞票推回到瑞德那边。

"不,那是无可挽回的!"瑞德的语气非常激烈,"你难道不明白吗?这个小轮子是随着另一个大轮子转动的。你以为这仅仅是一个木制的赌博转盘。不，它是我的生命之轮。我必须赢一次，否则就太迟了。我要从它那里得到一个信号，那就意味着——我必须继续玩下去，一直玩下去，直到能得到那信号！"

他瞥了一眼挂钟。

"等等！还有这里的房子。房契放在市中心的一个地方。我女儿可以做见证人。我没法把房子放在赌桌上。给我一张纸。哦，随便什么，随便什么东西都行。"

他画了四条线，组成一个正方形，在方形上面加了个烟囱，还在里面画了一扇窗户。然后他在下面签了名。

"做个见证吧。"他说着把那张纸递给了珍。

她在他的名字下面写上了自己的名字。

他把纸拿了回来，放在桌上。

"这个抵得上你所得到的一切。押红色。"

肖恩点了点头。

珍转动了轮盘。

"往后站，后退一英尺。"他给女儿下了命令，"双手交叉放在头顶，保持不动。我要得到我的信号，但不是从你那里，我要从——"他抬眼扫视着天花板，然后目光又落在轮盘转出的旋涡上，它似乎越来越模糊。你可以听到他们的呼吸声又短又快，还透着紧张，盖过了微弱的沙沙声。

轮盘停了。他们屏住了呼吸，陷入了沉默。

瑞德笑了。那是一个可怕的微笑。"这房子现在也是你的了。"他说,"这房子和所有的钱。"

肖恩没有答话。

"我什么都没有了。"瑞德又看了一眼挂钟,"不,等等。"他慢慢转过身来,目光落在珍身上。

肖恩的脸唰地一下变白了。"不,不要,"他结结巴巴地说,"不要那样做。"他向后退了一步。"我一直都顺着你——"

"顺着我吗?"瑞德恶狠狠地说,"我不是在跟你打赌!我是在跟生命打赌。"

他仍然望着珍。

"你可以接受吗,珍?"

肖恩的脸上满是抵触和厌恶。"你简直发疯了。"他说,"该停下了。你根本不知道自己在做什么——"

"我不知道?"他开始反驳肖恩,但眼睛还是一直盯着珍。

"孩子,死神的眼睛比你的要明亮得多。你不知道你爱她,但我知道。她不知道她爱你,但我知道。"

瑞德一直看着珍。

"你可以接受吗,珍?"他又问了一遍。

她的眼神中没有踌躇,她甚至都没看肖恩一眼,好像他根本就没和他们一起待在房间里似的。

她把声音压得很低,但却回答得既干脆又清楚,犹如轻敲水晶时发出了一声脆响。"我可以接受，父亲。"

"我要再次与生命之轮对赌，"瑞德说，"用我的女儿做赌注。"

他在纸上画了一个叉形图，看上去像长了两条腿的小人，全是用单线条勾勒的。然后在图形上加了一个小圆圈作为头部，在图的中间画了一条短裙。

他签了名。

"现在你在我名字下面签字，表示同意。"

肖恩听了这话，脸色有点发绿。他伸了伸舌尖去舔上嘴唇，又咽了口唾沫，仿佛有什么卡在嗓子里似的。"但这不是——不是一种可转让的债务。你不能通过一个轮盘的赌板来转让对一个活人的所有权。"

"这不是转让所有权，而是承诺嫁女儿。当然你也可以拒绝。"

肖恩的声音和她的一样低，一样清楚。"我不拒绝。"他把手从桌子上拿开，"可我没有什么值得你这样做的。"

瑞德把画好的简笔画放到了赌板上。"我已经下注了。你可以押上你所有的一切。"

肖恩不愿意去碰刚刚赢来的那笔钱。

"那么，默认你押黑色的。你代表着轮盘，代表着生命。"

她的手臂突然像镰刀似的扫过桌子，胳膊肘往下一推，把他赢来的所有财物都拢到了投注范围内。

"我拒绝默认的投注，"她平静地说，"那样会更糟糕。"

轮盘转动起来，视觉上的效果似乎与它实际移动的方向恰恰相反。快停下时，突然又反过来转了，真正和视觉上的转动方向吻合了。然后又转得晃晃悠悠，最后像鹅卵石坠落似的停了下来。

她刚才已转身走出了几英尺远。这会儿她还没来得及回头查看，那两人的沉默就已经告诉了她答案。她慢慢地转过身来，侧身朝向肖恩，而不是面向她父亲，仍然像站在远处时那样抱着自己的手臂。抱得有点紧，好像有压力似的，丝毫不敢放松；又像是需要一个止血带，来遏制自己内心激荡的情绪。但是她脸上却没有明显的表露，看不出她是否乐意看到这样的输赢结果。

"就在刚才，那就算你们定下婚约了。"瑞德对她说。

他等了一会儿，她没有应声。"你接受吗？"

"我之前就接受了。你女儿不会赖账的。"

"那你呢？"

肖恩从手指上取下一个非常普通的指环，走到她身边。

她主动伸出手来。他把指环套在了她的中指上。指环太大了，松松垮垮地顺着手指滑到了手掌。她扯下一小块手绢，塞到指环下面，把它固定住。

"真是抱歉。"他懊恼地轻声说。

她凝视着他的眼睛。"赢家可以拒绝索取，输家不能拒绝偿还。这是荣誉的准则。"然后她又轻声补充道，"反正输的人也不想拒绝。我的誓言并没有违背我的意愿。"

"我还剩下一样东西。"他们听到瑞德说。两人都转过身来对着他。

瑞德颤抖着双手,在衣服内侧的口袋里摸索着,终于掏出了一个古老的马尼拉信封。这一定是他和现金一起从保险柜里拿出来的,肖恩当时没有注意到。接着,瑞德又从信封里取出一份发黄的文件。那张纸被折叠了四下,折痕处都出现了裂纹,稍有不慎可能就会成碎片了。他小心翼翼地把文件打开,平摊在桌子上,这样纸上的内容,至少上半部分的内容,就可以依稀辨认出。页面顶部是一幅复杂的钢刻版画,加盖了市政的纹章。版画下面是加了厚重阴影的大写字母组成的标题——"出生证明",完全是十九世纪的写法。标题下面是褪色的棕色墨水留下的细长古雅的笔迹,姓名那一栏填着"瑞德,威廉·哈兰",填写日期是"1879 年 8 月 23 日"。其余的信息都看不见,隐藏在没展开的褶皱下面。

"我赌红色区获胜,"他咯咯笑着说,"最后一次尝试。"

他对红色怀有盲目的崇拜。

肖恩站在那里,懒懒地弯着指关节抵在桌面上。"你想让我怎么做?"他平静地问。

"你不愿意和我打赌?你觉得这毫无意义吗?"瑞德尖声叫道。

"我要拿什么来下注呢?这只是一个假设的赌注。这个轮盘不能影响它。如果我赢了,我怎么接受呢?如果我输了,我又怎么把它给你呢——毕竟它从来就不属于我。"

"我想要一个信号,"瑞德坚持说,"这个轮盘可以给我信号,可以救我。还有时间。如果我赢了,我就得救了。如果我输了——"

"那我拿什么来打赌呢?这些吗?"肖恩把赢得的现金和财物从桌边扫到了地板上。

"你没有什么非常看重的东西吗?一定有的。每个人都有自己珍视的东西。一件你最不想失去的,正如我最不想失去的就是刚刚下注的那个。"

珍什么也没说,她没有出言帮衬肖恩。她父亲的话是不可否认的,也许她知道这一点。也许她现在和父亲一样,觉得这个标志可以对现实产生影响。也许她想知道对肖恩来说,生命中最重要的事物是什么,或者他是否拥有这样的物品。

"嗯?"瑞德唠叨着,"什么也没有吗?如果没有的话,我为你感到难过,就像为我自己感到难过一样。"

"有的。"肖恩放慢了语速,"但我不会把它放在赌桌上。"他拿出一个黑色的小盒子,打开了,拎着盒盖,遮住了里面的东西。

"但我都快死了。"瑞德恐惧地低声说,"那代表了我的生命,押在了红色上。"

肖恩把他的警徽放在黑色的区域。

"我的梦,那天晚上做的梦……"珍的声音低得几乎听不清,"我在梦里见到了,看上去和这个一模一样,这是唯一能救我们的东西——"

"不！"她大声地对他俩说，"别这样，我们不该这么做的。哦，看在上帝的分上，别打这个赌！"

"赌定了。"瑞德说着挥手让她让开。

"赌定了。"肖恩坚定地表示赞同，"转动轮盘吧。"

这次她不再像以前那样随便一转，而是改用双手操作了。她把轮盘压平，掌心对掌心，盖在上面，然后双手分开，一只手往前推，另一只往后拉，双手迅速抽离，仿佛轮盘热得烫手，触摸太久就会被灼伤似的。

瑞德的脸像是戴上了一张弹性十足的面具，后脑勺拉得紧紧的，只能依稀辨认出原来的面貌。

肖恩握紧了拳头，指关节处被撑得发白，显出了五个像眼睑似的小圆涡。随着轮子的转动，他的拳头似乎越握越紧，越攥越小，垂在手臂末端，如同一块突起的骨头。

而珍呢，珍没怎么看轮盘，也没盯着父亲看，反倒一直望着肖恩，带着一种若有所思的、小心翼翼掩饰着的钦佩之情。如同对着一个人，之前他一直是一个模模糊糊的存在，但突然之间，你发觉自己已经完全了解他了。

这一次轮盘很快就停下来了，几乎都没怎么转动，仿佛是它自带的邪恶智慧被激活了，毫不留情地发动了攻击，急匆匆地打断了它的运行，不再容许它优柔寡断，也不再给予它丝毫仁慈的拖延。轮盘本身已经静止不动了，他们的眼睛还在它预设的轨道上转来转去，就像某样东西在迅速前行时猛然停下，把追踪者都甩出了轨道。

一种无力感同时向三人袭来。

肖恩慢慢地拿回警徽，用双手盖住，像要好好珍藏失而复得的宝贝。

"快扶住他。"肖恩说着抓起一把椅子，拉到那摇摇欲坠的人身后，珍正试图让那人身体站直。

两人让瑞德坐在他俩中间。瑞德整个人绵软无力，如同一件被脱下的外套，脑袋耷拉到了椅子上，脖子已无法支撑住头。肖恩不得不用手托着他的脑袋。

"这只是个游戏。"珍在瑞德耳边低语，声音里透着疯狂，像要窒息似的，"只是一个木头轮盘，随便哪个地方的工厂、车间都能制造。你自己都可以做一个。轮盘没有预知的能力，也没有感觉。它可能停在这里，也可能停在那里——"

"在这里。"肖恩说，"这里，看着，拿去吧。"他把那张破旧的出生证明塞到瑞德虚弱无力的手里。

"你只还给了我一张纸。"

"你在桌子上就放了这个，别的什么都没放。"

"我把我的生命放在那里了。"他的手抽动了一下，碰到了那张易碎的纸。纸的一角裂成了五彩碎片，如同庆典中抛撒的五彩纸屑，纷纷飘落到地板上。

"看到了吗？就在那里，散去了。"

肖恩的手托住了他的后脑勺，支撑着他的头。他的头开始往前倾，然后无力地耷拉在桌子上，一只胳膊垫着他的脸。另一只胳膊直接垂到了地板上，起初还微微有些摇晃，后来就停了下来，就像钟表停摆了一样。

珍的手轻抚过他那弓着的背，她无力相助，不情愿地走开了。她绕着桌子转了一圈，经过轮盘时转动了一下，像是接受了无奈的结局，做一次无望的告别。

轮盘呼呼地启动、旋转，又停了下来，停在她身后无人在意，就像之前多次发生的那样，现在这轮盘不会有什么影响力了。

她发现肖恩的神情有些异样，不禁转过身去看了看。

整个晚上，转盘第一次停在了红色区域，而现在游戏早已结束，玩家也已被摧毁。

警方在行动：莫洛伊（2）

他们发现有人躺在那边，血肉模糊，就在一条人行小径旁。小径穿过一丛丛林木，一直延伸到村子里。这是一条近路，一条分支小道，在休斯农场附近从高速公路岔开，又在村子里与之会合。高速公路在进村时拐了个小弯，而这条小路是笔直的。如果打弯的主路像把琴弓，这条小直路就如同琴弦。小路两旁满是林木和树莓，路况不是很好，但它是两点之间最近的一条路线。

那东西在离开了尖叫喧闹的表演场地之后，一定是潜伏在那边的树林里，接着那人就不知死活地出现了，然后——路面上的惨状自然就讲述了故事的其余部分。

连当地老百姓都能相当准确地做出部分推断。任何人都可以。那人是一个人过来的，这点是显而易见的。他是朝着村子来的，而不是从村子里出来的。这点同样很明显。因为村里每个人都知道外面某处有某个东西还在逃窜，没有人会蠢到家，独自一人走这条路。而那人显然不知道，他应该是还没有听说，所以他之前不在村子里，而是要朝着村子走过去的。

消息不胫而走，莫洛伊在十分钟内就赶到了发现受害人的地方。萨克雷的大部分村民也赶到了，至少成年男性都到场了。

火把把那人躺着的地方照得亮如白昼。事实上，这火光有点太亮了，把那副面目全非的样子照得暴露无遗，实在是惨不忍睹。那些挤在最前面看到第一眼的人退得最快，都赶紧跑开去深吸一口气。

能看出死者是个男人，还能看出他的头发是什么颜色。其他的信息就没法确定了。他流了很多血，浑身血肉模糊，还沾满了树枝、树叶，就像受私刑的人身上被涂满柏油，黏上枝叶和羽毛似的。显然这是他在地上厮打、挣扎时留下的痕迹。在许多地方，他留下的痕迹都模糊不清。

这场打斗一定是绕了一个圈，把周围的灌木和其他植物都压扁了，把地面搅和成了一个大扁轮，而死者就处在轮轴的位置。

人们时不时地往灌木丛里、往远处吐着唾沫，还有人强忍着恶心，差点没吐出来。

他们在相当远的地方发现了一块衣裙上的破布，像是被什么活动的东西抓住了，也许是一只爪子，然后被拖着甩了出来。布片很硬，上面有些干血渍。不是他的血，应该是很早之前留下的，比他的血迹颜色要深得多。

终于有人认出了他。虽然没有什么有用的线索，但还是有人捕捉到了。

"那是罗伯·休斯。"一个人说道，"他嘴里的那颗金牙让我认出他了。你用手电筒照着他的脸，就能看到那颗牙在闪亮。去年他刚装金牙的时候，总是到处炫耀。我之前经常看到，每次他点燃烟斗，张开嘴想吹灭火柴时，金牙就会像这样露出金光。再来一次，让它在面前动一下。"死者的嘴巴已经张得大大的，可能是在临死前发出过一声惨叫，也没有必要再把嘴巴撬得更大。"看到金光了吗？认出来了吗？"

其他人点了点头。"没错，就是休斯。"

"够了。"莫洛伊说，"打住吧。"村民们原本还想继续谈论呢。

村民们选派了几个人去把这个消息告诉他的妻子。莫洛伊跟着去了，纯粹是出于职业上的原因。从死者这端，已经找不出其他的线索了，另一端肯定会有更多的信息。

"这两口子见面就掐架，都打了十年了。"路上有人说。

"都是悄悄地打，关起门来打。"另一个人补充道。

"那外人是怎么知道的呢？"莫洛伊不无道理地问。

"每次事后你都能看到她身上留下的伤痕。她总是在家里发生各种'意外'。从来没见过哪个女人会被这么多东西砸到身上，或者被这么多桶绊倒，摔得一瘸一拐的——"

"嘘——"有人轻声提醒道。不是出于对死者的尊重，而是担心被生者听到。窗户里透着灯光。

休斯的妻子开了门。四个人——除莫洛伊外还有三个人——挤进屋里，脱下帽子，拿在手里转来转去，一时间大家都张口结舌，说不出话来。当然莫洛伊不是这样，他不想说话，只想旁观。

那女人五十多岁了，又高又瘦，一副刚强的样子，仿佛是在仇恨的熔炉里炼成的，所有柔软的部分都被融化了。

她不得不先开口，就像女人面临悲剧时经常表现的那样。

"出事了。"她面无表情地说。

他们点了点头。

"是罗伯。"她说着咬掉了一根线头。她刚才正在缝缝补补，是他们在外面叫门打断了她。接着她又说，"我想是吧，不然你们不会像这样几个人一道过来。他没回来，你们却过来了。"她把针插在一块碎麂皮上，摸了摸那边已插好的几根针，然后等着。

"那头狮子，那头逃跑的狮子，抓住了他。"他们吞吞吐吐地说。

令人奇怪的是，听到噩耗，她非常平静地接受了。没有尖叫，也没有哭泣，有几个人原本准备要在她晕倒时扶起她，结果发现根本没必要这么做。她挺住了。

"没把他伤得很惨吧?"她说。

"他死了,汉娜。"

"我知道。"她说,好像她问的不是这个问题,"狮子把他咬得很惨吗?"

"汉娜,他被咬得很惨,惨不忍睹。"

有人说——事后说的——她听了苦笑了一下。有些人说她不可能笑,一定是别人想象出来的,不过是灯光的问题。但事情过去之后,仍有人说他们很确定,的确看到她笑了。

不一会儿,她又在之前安坐的摇椅上坐了下来。显然并非由于虚弱或悲伤,而是表明会面即将结束。为了早点打发人走,她把一大块布料,一件蓝底白花的裙子,重新放在膝盖上,准备继续做针线活。

莫洛伊在房间里的时候,眼睛一直没有离开过那裙子。他把那块血迹斑斑的布片带来了。他把东西取出来,当着她的面拆开了。那布片上满是血渍,几乎看不出原来的颜色、图案是什么样的。当然,能看出形状是长方形的,而且是一个不规则的长方形,一端比另一端窄。

她不动声色地瞟了布片一眼,似乎不太感兴趣。"那布是我现在补的这件裙子上的。"她说,"这可是我最好的衣服。之前我发觉这裙子缺了一块。本来今晚不想穿它的,只是碰巧拿出来看看。然后我就决定待在家里把这裙子缝补好。"她展开裙子,露出残缺不全的部分。缺了一块长方形的形状，不规则的长方形，一端比另一端窄。"你们来的时候我正好在修补，用我能找到的最相似的布料。"

没有人说话。不等有人发问，她就开始解释道："今天早些时候我杀了一只鸡，准备当晚餐。他可能用这布来清理鸡血了——有点脏，你知道的——然后就把布带在身边了。"

有些人的脸色有点发白。她继续缝补着，一边还絮絮叨叨的。一屋子的人听着她一个人说话。

"他今晚要带我去看帐篷表演。他下午进城了，大概以为我会喜欢看。我本不想去，但他极力哄着我去。他好像已经打定主意要去了。"她把衣物理得整整齐齐的，"但后来他有些烦躁，说要先过去，我可以等会儿再去。他告诉我在哪里可以找到他，让我在狮子笼旁边等他。他说那里会有很多人，让我就在那儿等他，不要走开。"

有人开始反手去抓门把手，好像是想要离开这个房间，再也不愿待在这个地方了。

她继续说着，一边还认真地做着针线活。"今天下午他离开之前，我看见他从工具箱里拿了什么东西。我们有个工具箱，你知道的，就在后面。我不知道他拿走了什么，但我在他离开后查看了一下。少了一把钳子和一把锉刀，我觉得肯定是他拿的。真不知道他要这些工具干什么，尤其还带着它们进城了。"

那些说她刚才笑过的人说她这会儿又笑了。但是那些说她当时没笑的人仍然说她没笑。

"我们走吧。"一个人粗声粗气地说,好像要呕吐似的。

"他有时也会做一些奇怪的事情。大约六个月前的一个晚上,我发现一把斧头居然放在我们床下的地板上。我把它捡起来,交给他处理,告诉他一定是放错地方了。他承认了,把斧头放回了原来的地方。从那天起,我发现斧头再也没被放错地方。"

莫洛伊自从进屋后第一次开口:"农场是你的吗,休斯太太?"

"是的。"她厉声说,"当然是,是在我的名下。那是很多年前的事了。"

"你是一个非常勇敢的女人。"他低声说。

"并不是说大多数女人都那么勇敢。"她反驳道,"只不过大多数男人都是懦夫。"

她说的就是这些。

他们鱼贯而出。她和大家告了别:"晚安。谢谢你们过来告诉我。请大家谅解,我现在得把这件衣服缝补完,他剪破了这么一大块。我还得尽快把它染了,这是我唯一一件适合在葬礼上穿的衣服。"

等待：永恒之前的瞬间

房间现在从里面锁上了。钥匙已经从锁眼里拔出来了。

11：46 瑞德蜷缩在一张带加厚软垫的大椅子上。他那么瘦，那么干瘪，就像一个加长版的布娃娃，被人摆好了坐姿放在那里，头靠着椅背，脚耷拉在地板上。他大睁着眼睛，却什么也没看。他的眼睛既看不出生命的迹象，也没留下生活的痕迹，就像是玛瑙制成的镶嵌物，从皮肉干硬、布满皱褶的杏仁状眼眶中凸显出来。即便有人从眼眶上切割一英寸，那眼睛也不会眨一下。

他的胸部还在微微起伏，如果仔细看，就能发觉。这是他整个干瘦的躯体中唯一的生命迹象。

肖恩斜倚在那把椅子宽厚的扶手上，为坐在椅子里的人筑起了一道防护屏。瑞德用双手紧紧地抓着肖恩的手臂，仿佛肖恩的这只手臂要承担全部的救赎。肖恩的另一只手，离椅子较远的那只，放进了外套口袋里。但从口袋透出来的不是圆乎乎的手的形状，而是一块轮廓清楚、棱角分明的金属物件。

珍在房间的另一边，背对着他两人，头靠在一张小桌上，桌上放着一盆水。盆里发出一种轻微的好似水波荡漾的声音，她小心翼翼地控制着自己的动作，仿佛她并不急于引起别人的注意似的。然后，她转过身向椅子这边走来，手里拿着一块刚刚泡过的绷带，一块用男人的平折手帕做成的绷带。

她向瑞德俯下身去。他看见绷带被拿过来了，眼睛动了一下。

"来，盖在眼睛上放一会儿。"她恳求道。

她把绷带轻轻地放在他火辣辣的、如岩石般干硬的眼睛上，抚平绷带，用指尖轻轻地按下去。一遍又一遍地抚摸着，像要把恐惧拒之门外。

最后，她小心翼翼地缩回手，让它自己保持湿润。

他的头无力地晃动了一下，仿佛直到现在才意识到视线被遮住了。他试图摇头表示拒绝。"不，不——"他抗议道，一只手松开肖恩的胳膊，想要把绷带扯下来。她轻轻地抓住父亲的手，把它带回到原来的地方。"让眼睛休息一下。别去看钟，这会儿别再看了。"

"我看不见的时候，钟跑得更快。它会欺骗我。"

"我在你身边呢，他也在你身边。"

她趴在肖恩对面的椅子扶手上，可能她之前都是坐在那里的。

现在瑞德的两边都被围了起来。肖恩和珍的上半身相互斜靠着，在他的上方组成了一个拱形的屏障，尽管没有完全封闭。他一直紧紧地抓着肖恩的胳膊，而不去倚靠女儿。

珍的手一遍又一遍地抚摸着他的头发。直到游丝般的抚触变得越来越轻，最后完全停止。

11:48 他们谨慎地观察了他一会儿。两人都俯视着他，不约而同地保持了沉默。

然后他俩默契地对望了一眼。她指着挂钟，用手比画了一个逆时针的扭转动作，意思是要把钟往回拨。

他低下头冲着手臂点了点，向她示意自己被瑞德抓得太紧，没法动弹。

她微微点了点头，手指转而指向自己，意思是她要去把钟拨慢。

他从装枪的口袋里抽出手来，用个轻微的手势表示停止，然后还是指向了他自己。他不再紧靠着椅背，开始慢慢地挪开，先是挺直了背部，接着继续向外挪，以便留出足够的空间能够站起来。

瑞德感觉到他微微动了一下，立刻奋力搂紧他，几乎整个身体都在颤抖。

"我的脚麻了，让我换个姿势。"

瑞德出于恐惧一直抓着肖恩不放，双手就像焊接在了肖恩身上。肖恩只好把他的手一只只地掰开，交到珍手里。那双手几乎是条件反射似的还要去拉肖恩，珍不得不出手阻止。

肖恩已经站直了身体，离开了椅子。

11：49 "不——你别起身。"那张蒙着眼睛的脸有些扭曲了。

"我就站在你旁边呢。"他抬脚重重地跺了一下地板，假装要恢复血液循环，"就让我站一会儿吧。"

她冲着挂钟歪了歪头，想让他快一点。

他拉长了步幅，走得很快，但也很小心，尽量让脚步毫无声息地落下去。他远远地绕开家具，避免发出刮擦的声音。他走到了挂钟跟前，把手放在了钟上，同时继续警惕地扭头往身后看，想确定瑞德没有察觉到他的远离。

被绷带盖住的那张脸仍然一动不动。倒是珍有些微微的战栗，脸上写满了痛苦和期待。

他转过头去看瑞德在做什么。他用手掌捂住开关，控制着镶边的玻璃罩，试图压抑住可能会发出的声响。他抽出另一只手小心翼翼地去拧开关，发出了咔嗒一声。这声音非常轻微，但依稀能听见。

瑞德没有动静。

肖恩把圆形玻璃罩打开了。这一动作刚刚停下，那不听话的铰链就发出了细若游丝的吱吱声。

瑞德突然在椅子上剧烈地扭动起来。他的一只手挣脱了珍的控制，猛然触到脸上，一把掀开了碍事的遮眼绷带。他的眼睛突然显露出来，似乎不是一直被遮住，而是之前就诡异地消失了，在那一瞬间又重新出现在他的脸上。

11:50 肖恩的手放在钟面上两个指针的中心，准备把它们之间的角度拉宽一些。他赶紧放手，仿佛被指针灼伤了似的。

他们三个人都沉默不语，甚至连瑞德也没有叫喊。完全没有必要。他的眼睛睁得大大的，像是在责备肖恩。

"回来吧，肖恩。"珍无可奈何地叹了口气，"回来吧。"

肖恩慢慢地离开挂钟，走到椅子旁，又坐回到原先坐过的扶手上。

瑞德从肖恩的肩膀后面抬眼望去，眼里满是疑问。"你还没来得及拨慢？你还没碰它？"

"没有。"肖恩无精打采地说。

"你发誓说没有。你发誓。"

"他没有，父亲。我看着呢。"

瑞德的手指攀在肖恩的前臂上扭动着，就像白色的虫子。"钥匙还在你那儿吗？这房间的钥匙？"

"在呢。"

11:51 "让我看看，让它发出声音。让我听听。"

肖恩碰了碰外套口袋，有什么东西不停地叮当作响。

又有五只白虫子爬上了肖恩手臂的另一边,和前面的五只混在一起。"你的枪上膛了吗?你确定吗?"

"我几分钟前刚给你看过。"

"打开吧,再看一次,确定一下。"

肖恩把枪拿了出来,两只手握着,把枪膛打开,茫茫然完成了一系列的动作,眼睛都没往枪上瞥一眼。瑞德的手指像虫子似的在枪上爬来爬去,一个个地摸索着枪膛。

肖恩强力关上枪膛,仍然没看枪一眼。"我们这个房间锁上了。"他平静地说,"整栋房子都锁上了。房子四周都有警察在巡逻监控。"他眯起眼睛斜睨着什么,只有他一个人在盯着看,也只有他一个人能看见,某个念头、某种情感随之涌现。"什么都进不来。"

11:52 瑞德深吸了一口气。"你讨厌我,我的孩子。刚刚有那么一会儿,你讨厌我了。当时我就感觉到你身上涌起一种厌恶的情绪。我还觉察到你的身体瞬间就僵硬了。"

肖恩说:"别叫我孩子,先生,我有自己的父亲。他不害怕死亡。"

"但是,他不知道死亡什么时候来临。"

"还有我的母亲。当时她知道自己时间不多了,却并没有害怕。她得了癌症。他们不能使用麻醉剂,因为她的心脏很脆弱。最后的时刻,她虚弱地冲我笑着。她说的最后一句话是:'对不起,汤姆,给你添了这么多麻烦。'"他陷入了沉默。

扭动的手指从他的胳膊上滑下来,痛苦地挤成一团,看上去像是两手交叉握在了一起。然后它们又轻轻地伏在瑞德脸上，遮盖了一会儿，像是要把恐惧赶走似的。

"我尽量不再给你们添麻烦了。"他透过指缝对他俩说，"我尽量不——"他使劲咽了口唾沫，放下双手叠在一起，尽力想表现得阳刚一些。"看到了吗，肖恩？我会安静地坐在这里——就像这样——就这样等待着。"

肖恩微微一笑，若有所思，像是有些懊悔。他反手抓紧了瑞德的肩膀，用力按了好一会儿，以示鼓励。

"叫我孩子吧。"他温柔地说。

追缉嫌犯

这是一家通宵营业的餐厅。室内一片素白,看上去几乎像医院一样。餐桌的桌面全是白色的。四周的墙面下半部分贴着白色瓷砖,上半部分连同天花板,都草草地涂了一层白漆,有些地方已经开裂、剥落了。顺着天花板的中线从前到后悬挂着一排乳白色的碗形吊灯,间或还有电扇穿插其间,现在都被打开了。甚至连点餐台侍者的外套也是白色的。

餐厅墙上挂着一个牌子,上面写着:"注意帽子外套,丢失概不负责。"后面的文字就变成了小号字体。

一位人到中年的男收银员坐在门口的桌子后面打瞌睡。站在房间后面的服务员,因为没有别的事要做,正在聚精会神地看报纸。

店里几乎没有什么顾客。只有一人颓然坐在一张白皮桌旁,帽檐压得低低的,保护着眼睛,以免受到强光干扰。雪白的灯光从碗形吊灯里倾泻而下,又被玻璃桌面反射过去,着实过于炫目。

他没有点餐。或许他是来这儿休息的,或许除了这里他无处可去。他面前摆着一只被遗忘已久的咖啡杯。咖啡完全冷却了,牛奶都已经从里面分离出来,漂到杯子边缘,形成了一个白色的指环图案。在中空的图案中间,咖啡几乎恢复了原有的黑色。杯中探出了咖啡勺柄,如同一根浸入水中的圆木。他面前的桌子上还有一张纸板做的票据,上面印有1到100的数字,其中数字5被打了个孔。别的就空无一物了。

他呆呆地坐在那里,沉浸在一片寂静之中,意识都有些麻木了。很长时间他都一动也不动,也许这状态已持续了半个小时。即便那个闭眼打盹的收银员动静都比他大。收银员一直低垂着头,时不时地纠正一下,稍稍抬起头,然后又开始垂头打瞌睡。甚至连那个服务员也比他的动作明显。服务员不时翻翻报纸,每次翻看前还要弄湿拇指。而他却纹丝不动,就那样呆呆地坐着,陷入了遗忘和遐想之中。一只胳膊随意搭在腿上,另一只从肩膀上无力地垂下来,没有丝毫的动静,仿佛手臂里面没有肌肉组织能让它举起或弯曲似的。也许唯一没有完全停止的只有他的思想。

就这样过了半个钟头,甚至很有可能再过半个钟头他还会保持不动。

突然,他全身上下都动了起来。不仅仅是微微的活动,或是变换下位置,而是直接从静止到全身大动作,中间没有任何过渡。没有明显的理由,也没有明显的诱因。外部的环境没有任何变化,连一点声音也没有。他的动作非常迅速,仿佛他的冲动和精神上的爆发都是急不可耐的。他把椅子往后一拉,猛地起身站得笔直,眼睛望着餐厅的大门。门口没人,门外也没人,甚至远处也没有人走近,门内门外都没有任何活动的迹象。

然而,他却动起来了。他急忙离开桌椅,把没碰过的咖啡和未付的票据都留在了身后,朝门口走去,仿佛要匆匆穿过大门到外面去。

走到一半时,他停住了脚步,仿佛收到了与之前截然相反的警示。他往身后看了看,似乎在寻找一个合适的新方向,能够代替他刚刚想要尽快穿越的那扇大门,而后者由于某种暗藏的原因,现在对他已经毫无用处了。他瞥见餐厅后排靠墙处有两个电话隔间,于是从那边转过去,穿过两张餐桌之间的一条小通道,顺着墙走进了靠后的那个隔间。他在里面坐了下来,刚才的那股冲动似乎已完全涌出,他又沉寂下来了。他没有拿起电话听筒,也没有立即关上门。他坐在那里,仿佛要等待一段短暂的时间过去。

那段时间过去了。大约有两分钟长,不会比这短。

前一分钟,什么事也没发生。接着,可以听见街道转弯处的橡胶车轮发出了呜呜声，声音非常轻，几乎可以忽略。然后就在外面某个地方，又传来了刹车声，同样很轻微，仍然很容易错过。紧接着一只沉重的鞋子踏上了人行道。

两分钟过去了。旋转门打开了，两个男人一个接一个地走了进来。一人是多布斯，另一人是索科尔斯基。两人看上去疲惫不堪，彼此也不说话，好像已经厌倦了交谈，他们的谈话早在一小时前就结束了。多布斯把帽子往后一推，无力地默认了自己的失败。

两人都从收银台的圆形橡胶垫上取下一张票据。

他们走到了餐厅的中部，距刚刚那人的安坐之处还有一半距离的时候，隔间里的人才把滑动门拉上。多布斯走在前面，正好瞥见他伸手关门，不过并没有在意，随即又走开了。

一盏灯照在他身上，暗黄色的灯光撒满了整个隔间，像是在他的帽顶和肩膀上撒了一层玉米粉。他抬头看了看灯，但没去管它。他把头转了一下，让后脖颈对着外面的餐厅。面前是一堵空白的墙，单调乏味，似乎令他感到厌烦，于是他从口袋里掏出一截黄色铅笔，开始在墙上画一个抽象的几何图案，每一笔都画得一丝不苟。那图案没有任何意义，只是一个纯粹假想出来的草图。尽管如此，他还是孜孜不倦地描画着。时而会停下来，用批判的眼光审视着，仿佛在决定这图案是否合他的心意，然后又继续画下去。他如此全神贯注地投入到毫无意义的绘画，显然是无所事事的典型表现。这种闲散的状态虽然是被迫的，但也是在绝对安全的环境中才能体验到的。他完全放松了,一次也没有环顾四周,似乎事先就知道不会出现什么干扰,他的绘画是不可能被中途打断的,对此他毫不担心。

多布斯和索科尔斯基端着热气腾腾的咖啡,一前一后离开了柜台。多布斯走在前面,走到那人刚才坐过的餐桌旁,停了下来准备坐下。可能是因为那把椅子已经被拉出来了,能毫不费力坐进去,而旁边餐桌上的配套椅子都是紧紧地塞在桌子下面,需要用力地往后拉出来。但多布斯看到了那杯被丢弃的咖啡,他犹豫了,没有放下自己的杯子。接着,他捡起放在咖啡旁的那张票据,拿着让索科尔斯基看了一下,像是在确认这张桌子已被别人占了,然后又把票据放回原地。他们继续往前走,在紧挨着的一张餐桌旁坐下。

他们面对面坐着,却依然没说话,也没看对方一眼。他们的表情就像厌倦了整个世界和这世界上的每一个人。

多布斯低头看着自己带有棕色条纹的咖啡杯,索科尔斯基抬眼看着嵌在天花板上的一个乳白色的碗形吊灯。两人的视线完美地错开了。但是对于视线内的东西他们也错过了,什么也没有看到。

两人垂头丧气地往咖啡里加了很多糖,只要把糖罐倒过来摇晃一下就行了。他们举起咖啡杯,喝了几口,索科尔斯基仍然抬头向上看,多布斯则低头往下看。然后,他们重重地放下杯子,杯子里还有不少咖啡。咖啡太烫了,不能一下子喝完。索科尔斯基抬手擦了擦嘴。多布斯拿出一个破旧的香烟盒，向上摇晃了一下，让里面仅剩的那支香烟从烟盒顶端撕开的缝隙里跳了出来。

他把香烟噙在嘴里，却又不再去费神点燃，仿佛吸烟也不能给他带来真正的快乐。他把烟拿了出来，盯着看了一会儿，仿佛那里面有什么令人极其失望的东西。他随手把烟扔进了杯托里，烟的半截变成了咖啡色，湿漉漉的，如同一根虹吸管。

电话隔间里的那个人此时正在修改自己的作品。他把带橡皮的铅笔头倒过来，认真擦掉了他设计图边缘的一个细节。然后斜靠过去，对着刚刚擦过的地方吹了口气，吹掉可能粘在上面的橡皮屑。选定作画的墙面恢复如初了，他又开始画草图了，似乎忘记了外面那些人的存在。

索科尔斯基已经喝完了咖啡。他又擦了擦嘴唇，那动作与其说是一丝不苟，不如说是显得忧心忡忡。自从他俩进来以后，这是他第一次讲话。

"你去吗？"他说，"还是你想让我去？"

多布斯似乎立刻就听明白了，不需要什么解释性的话做铺垫。

"我去吧。"他闷闷不乐地答道，"我们两个总得有人去。"

他从桌子旁站起来，转过身朝那两个电话隔间走去。那时候餐厅里还有一个服务员正在拖地。他把一些餐桌推到一边以便腾出地方。那个佝偻的身影，那个必须小心避开的水桶，还有那片必须小步慢走以免滑倒的潮湿地板，这一切都可能使多布斯的目光没有关注电话隔间,而是转向了别处。

他伸手抓住了那扇有人占用的、亮着灯的门的把手,把门推开了。他抬脚就要进去,衬衫前襟几乎要莽撞地碰到那人的后脖颈了。

隔间里的人没有回头,只不过暂停了绘画,把铅笔尖从草图上移开,仿佛在被动地等待着不速之客的撤离。

"对不起。"多布斯脱口而出,往后退了一步,又把门关上,走进旁边的那扇门。

铅笔尖又回到了墙上,一遍又一遍地细致勾画着同样的线条,使那些线条变得丰厚、坚实。

从薄薄的隔板那边传来投币的叮当声,接着是拨号盘的反弹声。拨号音又长又快。然后一个警惕的声音响起:"请转警局总部。"在这之后,只能听到断断续续的说话声,不仅仅是因为声音压得太低,而且通话还时不时地停顿,似乎被限制住了,也许是不停被打断。

"没有他的踪影——"

"我们已经尽全力了——"

"我们已绞尽脑汁——"

"我知道,警长,可我们已经尽力了——"

"是的,长官——"

"是的,长官——"

"是的,长官,警长——"

"是的，长官——"

索科尔斯基站在了电话隔间外面。他伸出手掌，想支撑一会儿，缓解自己的不安。他的手靠在第二个隔间的玻璃板上，而不是第一个，多布斯就在那个隔间里。然后他又把手拿开，留下了一团湿乎乎的印迹，显然他紧张得手上都冒汗了。隔间里的人把脸向外转了转，想看下情况。留在玻璃板上的模糊印记遮住了他的鼻子和嘴巴，就像戴上了一张薄薄的透明面具，他的眼睛露了出来，毫无阻碍地向外窥视着。然后他又把脸转向墙壁，印迹转眼就消失了。

多布斯走了出来，他们两人在电话隔间外站了一会儿。"他臭骂了我一顿。希望你听到了。"

索科尔斯基忧心忡忡地咬着下唇。

"他会让我们每个人都崩溃的。"多布斯继续说，"要么把他带回来，不然的话——"

索科尔斯基沮丧地长叹了一口气。"他怎么想，还以为我们瞒着他吗？"

"我们走吧。"多布斯总结道，"继续待在这附近也没什么用。"

模糊的人影从玻璃板上掠过，过了片刻，一对团状黑影向外窥探了一番。

两个侦探就顺着隔间的一侧朝前面的门口走去，按照他们进来时的顺序，索科尔斯基还是跟在后面。

"别忘了付账。"索科尔斯基说。多布斯又折回头朝他们刚才的座位走去。

他又一次走到之前就已被人占用过的那张桌子前,不小心误拿起那张没人要的票据。然后,他注意到拿错了,又把它扔了下去,这一次他有些不耐烦了。他继续往前走,拿起那两张正确的票据,回到收银台旁队友身边。收银机响了一声,他们就离开了。

电话隔间里的那个人在口袋里摸来摸去,掏出了两枚一角的硬币,一枚两角五分的硬币,还有几枚分币,放在手掌上细细端详着。然后他又把硬币都放回口袋,站了起来。

他打开隔间的门,走了出来,来到收银台前面。

"请给我换两枚五分镍币。"他谦恭地说,放下了一枚一角的硬币。

收银员一脸不悦地给他换了零钱。他捡起五分镍币,又朝隔间走去。

旋转门转了一圈,多布斯又进来了。他在收银员面前放下一些零钱。

"给我来一包香烟,"他烦躁地说,"刚才在这儿喝咖啡的时候忘记买了。"

刚刚那人半边的肩膀、胳膊肘和臀部恰巧缩进隔间里。隔间的门在他身后关上了。

多布斯抓起香烟又冲了出去。那扇备受折磨的旋转门又转了一圈,这次没有再送人进来。

在隔间里,那人叮当一声投进了一枚硬币。接着是拨号盘沙沙作响,拨号音又长又快。

"请转警局总部。"一个恭顺的声音说。

警方程序终结

10:51 麦克马纳斯一个人在办公室里。就在同一间办公室，他让他们列队站在自己面前——是两天前，还是两个月前？——并给他们分派任务、发布指示。现在只有他一人了，坐在桌旁。桌上摆放着一个圆锥形的台灯，白色的光晕投射出一个硕大的三角形。麦克马纳斯正在灯下仔细研究一份报告。在他的左手边还有两份刚刚看完的。他的右边还有三四份报告，他还没来得及看。所有接受任务的人都上交报告了，都是关于同一件事。

他脱掉了上衣，解开了领带，头发挠得像个鸟窝，对他这个年纪的人来说，发量还是挺丰厚的。他的怀表被打开了平放在桌上，表盖立着。他的眼睛不停地从手中的报告转到怀表上，然后又转回到报告上。

和卷入到这件事里的其他人一样，麦克马纳斯也遭受了时间的侵扰。他讨厌这样。他不习惯被设定一个最后期限。他以前从来没有这样过。

那份报告读完了。他挥起重拳，沮丧地砸向桌面。看完前两份报告时，他也是这样的反应。不行，没有一点进展。他扔掉报告，拿起下一份。

电话铃响了。平均每四到五分钟就会响一次，持续了几个小时都是这样，现在电话响起的频率更高了。不过，这一次是外面的值班警官打来的。"不，"麦克马纳斯说，"我这边忙得不可开交。把电话转给别人。"

他开始读一份新报告，可思绪仍然停留在之前的那份报告上，某个念头一直挥之不去。他放下这份新的，又拿起旧的，同时整理了一下头发。

重新浏览一遍后，他放下那份旧报告，拿起电话。"去把那个杂货铺老板带进来，斯皮策。我想亲自跟他谈谈。你不能告诉我他不知道橱窗里有那双鞋。不，没关系。那太迟了。"

他想：即使这么做了，我们离真相还有多远？问题是，汤普金斯是怎么做到的？所有这些报告中，都遇到了石墙般的阻碍。无论你从哪个方向去调查，你总是在同一个地方结束。

他看完了下一份报告，又是用一记重拳来强调自己的受挫与不满。

10：53 莫洛伊从州北部地区打来了电话，报告关于狮子逃脱事件的更多细节。"一个八九岁的孩子被他母亲抓着脖子送进了当地治安官的办公室。当时我也在场。他在家里挨了一顿痛骂，到了那儿还在号啕大哭。他承认点燃了一个爆竹，扔进了装狮子的笼子里，然后就逃了。"

"有什么问题吗？"

"这件事有点自相矛盾。我告诉过你，爆竹卖出了两个。一个卖给了休斯，另一个卖给了这孩子。休斯的心里想着谋杀，而孩子只是想捣蛋。这孩子碰巧做了休斯想做的事，还比休斯早了一步。休斯已经把狮笼的锁链锉断，一切都准备就绪，锁链松松垮垮地搭在那边，看起来好像仍然完好无损。但他没能让他妻子站在笼子前面，等着他'登场'。狮子没有等他到那儿，而是半路上就截住他了。只是有点太快了，就是这样。但他采用的手法是一样的，爆竹和其他的这些安排。就像我刚刚说的，充满了矛盾。"

"不管怎么说，这与我们的案子无关。"

"除了那头狮子仍然在逃，它慢慢靠近肖恩的行动基地了。就在我打这个电话之前，传来了一份报告。一对情侣在车里亲热，突然见到一条黄褐色的巨型'大狗'，被吓得魂飞魄散。'大狗'冲向他们，然后又钻进了树林里。他们指认的地点离瑞德庄园的北部边界大概只有五英里。"

"想点办法，好吗？"麦克马纳斯尖声叫道，"那边没有州警察吗？拦住它！"

他刚刚挂断，电话又响了。还是外面的值班警官。"我得告诉你多少次啊，霍根？我很忙！"

10：57 这次是多布斯打来的。他说得上气不接下气，迫切地想将功补过。

"警长，我觉得我们已经找到他的踪迹了。一个符合他外形特点的人被发现走进了德克斯特街十四号的一幢房子。离我们今天早些时候跟丢他的地方只有两个街区。不，我们没有亲眼看到他，但我们不会冒任何风险，已经把这个地方彻底封锁了。"

"在我到那里之前不要采取任何行动，静观其变。我要亲自负责这件事。我现在就过去。"

他跳了起来，瞥了一眼所有的报告，不管是读完的还是没看过的，都一股脑扔进了垃圾桶，抓起帽子、外套，向门口走去，又转回来拿了怀表。差两分就十一点了，还剩下六十二分钟。他啪的一声关上表盖，把怀表塞进外套里。外套还没来得及穿，领带也不系了。

他还没来得及离开办公桌，电话又响了。还是值班警官，大概已经是连续第三次了。他听也没听，很快就挂断了。"现在不行，霍根。我要出去了。"

他出去得很快。刚一关上门，电话铃又响了，但这一次他没去接听，而是继续往前走，边走边穿外套。他匆匆穿过外面的门厅，一边还在费力地穿外衣，值班警官试图拦住他。

"警长——"

"换个时间吧，霍根。没看见我在赶时间吗？"

"我该拿这家伙怎么办，警长？"值班警官用手半遮着嘴，在他身后低声说，"他说他一整天都在给你打电话，现在又缠着让我放他进去见你——"

一个愁眉苦脸的人倚靠着远处的墙面，耷拉着脑袋坐在长凳上耐心等待着，这会儿有点好奇地坐直了身体。

"是那个人吗？"麦克马纳斯匆匆瞥了一眼，继续前行，"查一下他想要干什么。把他推给别人。"

"他不愿意说，我试过了。除了你他谁也不见。"

"那就把他扔出去。"麦克马纳斯说了最后一句就出来了。

过了一会儿，在外面的台阶上，有人跟在他后面，轻轻拉了拉他的袖子。

"走开。"麦克马纳斯低吼了一声，挣开了胳膊，"你没听见我刚才对值班警官怎么说的吗？"他继续走下台阶。

那个乞求者局促不安地跟在后面。麦克马纳斯又一次停下来了，准备弯腰走进路边的一辆警车，那人迟疑地碰了碰他的手臂。

这一次麦克马纳斯气急败坏地转过头，冲他怒吼起来："离开这里！你想要什么？你到底是谁？"

"耶利米·汤普金斯。"那人似乎要放弃了，"我——我一直想把自己交给你。"

等待的结束

可怕的寂静令人难以忍受。他俩没法再让他说什么了,他已经说不出话来了。他几乎快活不下去了。如果生命还剩下一点火星的话,那也已经陷入寒冷的、积存已久的恐惧之中,一星半点都看不见了。从法律层面上来看,他还活着。他的心脏在跳动,他的呼吸在继续。他的眼睛是睁开的,尽管那双眼睛是否还能看进去东西的确令人怀疑。但在精神上,他已经死了。如同殡葬师桌上的尸体一样,彻底地、无可挽回地死去了。

他们俩就没那么幸运了。他们都还能感觉到自己的生命力。他们也没有说话,但不是出于同样的原因。两人仍然有发声的能力,却没有什么好说的,过了一会儿就无奈地放弃了。

那女孩的脸苍白得像滑石粉。肖恩的脸色也不好,如同深色的花岗岩,脸上满是汗滴,反射着微光。但是他的——瑞德的——已经不再是一张脸了,眼睛、嘴巴和鼻子原先所在的部位都在尸体上皱成了一团。

肖恩知道他们两人永远不会忘记这个夜晚,无论余生还会遇到什么。这个夜晚永远也不会彻底结束,再也不会完全消融到白昼中。这夜色实在过于浓重。一些黑暗总是会遗留下来。他们的灵魂被烙上了疤痕,如同黑暗时代的人们留下的那种伤疤,那时候人们相信魔鬼和巫术。他俩的伤痕永远不会被完全治愈。随着时间的流逝,疼痛会消失,僵硬的表皮也会软化,但如果用力揉捏,就会发现伤痕一直留存。只要天色渐暗,当其他的夜晚来临,其他的恐怖之事降临,那疤痕就会迸发阵阵剧痛。

挂钟还在房间里,和他们在一起。有钟总比没钟要好很多,看到钟总比看不到经历的痛苦要少很多。那个问题很久以前就已经由它自身证实了。不再为瑞德看时间,而是为他们自己看。他不会再纠缠不休,也不会再问他们了,他已经越过这个阶段了。而他俩现在必须知道时间,必须要看着挂钟。钟摆像一颗疲惫不堪的金色星球,困在玻璃罩后面不停地来回闪动。那两只黑色的指针之间还残留着一小块白色的缝隙。差两分就十二点了。

秒针的移动听上去就像豆大的雨滴落在中空的木头表面。嘚,嘚，嘚，嘚。

珍不停地用手按揉瑞德的太阳穴，温柔地抚摸着、安慰着，仿佛充当了按摩师的角色，但却像一个心不在焉的按摩师。她已经按摩了太久，都忘记了自己正在做这件事，也忘记了要停下来。

此时肖恩的头脑中满是叛逆的念头。该死！为什么还没有发生？出点什么事吧，任何事都行！大吵大闹的事情！我不在意会发生什么。为什么没有狮子一头冲进窗户，把玻璃撞得满屋子都是？现在，就在这一分钟！为什么没有连发子弹从黑洞洞的窗外射进来？让他被杀死吧！让我也被杀死吧！是的，甚至让她也被杀死！快点熬过去吧，让事情发生吧！什么事都比没事要好。他开始焦躁不安地转动枪口，让手枪侧面朝下，不停地在大腿上擦来擦去。他提醒自己：我很快就要开枪了，我将不得不这么做。我只希望有东西可以射击，不管有没有，我都要去射击。开枪会让我快乐，我感觉快了。他低下头，用没拿枪的另一只手在前额上紧紧地捏了一会儿。

然后他想起珍还在这里，这让他停止了胡思乱想。大概又过了一分钟。

现在只差一分钟就到十二点了。那条白色的缝隙被削成了一根细线。视力好的话，仍然可以看到那一丝丝距离。如果视力欠佳，就只能看到两个指针变宽了。嘚，嘚，嘚，嘚，死神的马群一路小跑奔赴哨岗。

突然，椅子上的那个人向他俩各伸出一只手。他们还认为他已经不能动弹了，这一定是最后残余的生命微光。

他的喉咙里冒出沙沙的刮擦声，听上去几乎不像是人类发出的声音。

"我现在要和你们告别了。拉着我的手，儿子。谢谢——谢谢陪我到最后。珍，亲爱的，到我面前来，跟我吻别吧。我的头转不动了。"

她脸贴着父亲的脸，亲抚了一会儿。她那温暖而有生气的秀发遮住了他瘦得皮包骨头的僵死的脸。

挂钟的两个指针现在完美地重合在一起，相互交叠，看上去像只有一根指针了。最后的时刻到了，死亡的丧钟要敲响了。

两个铃铛中间夹着一个闪烁的链球，开始叮当作响、发热颤动，像长笛似的发出呜呜声，如同一座险象环生的大山喷出了一只带轮子的吱吱叫的玩具老鼠。

他们跳了起来，好像有一根带电的金属丝扎到了皮肤似的，至少有生命力的两个人是这样。肖恩差点就条件反射似的开枪了。他们一时无法听出这声响来自何处：毕竟之前关注的焦点一直都是挂钟。

那声音中断了，而后又响起。反反复复、时断时续的节奏揭示了谜底，原来是电话铃响了，来自外面的大厅，从这个房间往前，对着楼梯底座。

肖恩刚想起身,又停下了,屈膝半蹲着。

铛!钟声响起,柔和而庄严。整点报时了。钟声浑厚悠长,渐趋轻缓,而电话铃却执拗地响个没完。那急促的铃声如尖针一般立刻刺痛了他们的神经。

肖恩把钥匙拿了出来。现在他已经走到门口,回头望着父女俩,转而又低下头,仿佛要分析这铃声预示着什么。

瑞德费力地咧开了嘴唇,不停地颤动着,终于哑着嗓子冒出了一句。"不,不要——这可能是一个诡计,一个圈套,把你从我们这里骗走——"

铛!挂钟敲响了第二下。周围的空气似乎也随着余音震荡起来。这房间仿佛成了一个静止的池塘,忽而有重物坠落池中,荡起了层层涟漪。

电话铃又响了,好像受到了浑厚钟声的影响,这次有了不同的节奏,铃声越发急促了。

珍伸手抓起了头发。"出去,别让它再响了。"她哽咽着说,"我再也受不了了。"

"等一下。"肖恩说,"那是警局打来的电话。每次都短促地连响三声——他们告诉过我,如果他们想联系我,就会这么做。"

他的手腕一抖,打开了门锁。他走过去,把身后的门完全打开。

"我就在门外,完全能看见门口。"他说,"没有什么能越过我闯进门里。"

他看见她伏在瑞德身旁保护他，张开双臂拥抱着他。

肖恩快步走到电话机旁停下，一手拿起话筒，一手拿着枪，站在那里警惕地往四周挥动着，如同在跟虚空的假想敌打太极。

铛！钟声如潮水般从远处向他涌来，挥之不去。

电话那端的麦克马纳斯问："你没事吧？"

"是的。"肖恩挤出一句应答，眼睛扫视着墙面、头顶上方的楼梯，以及大厅尽头那扇被锁得严严实实的大门。

"这个案子要完结了。我们已经摆脱困境，那人的命能保住了。汤普金斯刚刚在牢房里自杀了。他随身的东西都被搜走了，但他还是找到了方法。他把衣服上的一颗大扁纽扣砸断了，用锯齿状的边缘割开了自己的喉咙。我们没能及时发现。"

铛！钟声再次在肖恩的耳膜里震荡。

"就在那之前，我接到了莫洛伊的电话。从今天下午开始一直逃窜在外的那头大狮子被射杀了，离你所在的地方只有两英里。告诉他吧，告诉他一切都结束了，没什么好担心的。这会儿没时间告诉你更多信息。我也会尽快赶到那里，从现在开始——"

铛！钟声再次响起，打断了麦克马纳斯的话。

钟鸣声中竟然加入了珍狂乱的尖叫声，如烈焰一般灼伤了肖恩。他立刻挂了电话，像是扔掉了滚烫的铆钉。

只见瑞德飞快地穿过敞开的房间门，如同一枚早已哑火的炮弹，由于内部的爆炸突然被发射出去。他径直穿过长长的走廊，朝远处的大门冲去。他那令人咋舌的快速奔跑，绝不可能是合理的身体动作，更像是遭遇濒死剧痛时的一种不可避免的痉挛症状。

"抓住他！他疯了！"房间里又传出珍的尖叫。

"大门是锁着的，他出不去！"肖恩喊道。他狂奔起来，几秒之内肯定能追上瑞德，因为锁住的大门会挡住这疯狂的奔逃。肖恩经过敞开的里间门口时，瞥见珍半躺在房间里的地板上，要么是瑞德以最后一股惊人的力量挣脱了她，把她甩在了地上，要么是她被瑞德拖到了那里，直到她筋疲力尽，摔倒在地。

现在大门就在瑞德面前。"我来了！"他狂呼着，"我来了！"就像奔赴一场隐形的约会。

几乎就要碰到大门了，他猛然往左一转，消失在那边漆黑的暖房中。"我来了！"黑暗中又一次传出了他的狂叫。

突然噼里啪啦一声巨响，接着是一片沉寂。

"灯！看在上帝的分上，快开灯！我什么也看不见！"肖恩在门口内侧疯狂地上下拍打着双手。珍从大厅那边赶过来，摇摇晃晃地跟在他后面，伤心抽泣着，上气不接下气。

就在她走到肖恩跟前时，他发现了开关，打开了灯。

灯光照亮了暖房里那些五彩纷呈的嵌板，丝毫不逊色于大教堂里的彩色玻璃，有红宝石、翡翠、琥珀、蓝宝石等各种色泽。瑞德笔直地站着，一动不动，紧靠着其中的一块嵌板。肩膀以上的部位都向前倾着，就像视力不佳要近距离紧盯着看似的。

有那么一瞬间,肖恩不明白是什么在支撑着他。然后骇然发现瑞德的头没了,似乎从颈部断开了。厚玻璃被撞出了项圈的形状,卡住了他细长的脖子,像老虎钳似的夹得紧紧的,刺穿了他的颈动脉。他的头在另一边,撞穿了加铅的玻璃嵌板,到了有灯光的地方。你可以看到黑魆魆的暗影,那是他的生命之血从发光玻璃的内侧喷涌而出,汩汩不停,如同一道道藤蔓在四处蔓延,让嵌板瑰丽的色彩变得暗淡。

他不在了。

他穿过漆黑一片的房间,盲目而又莽撞地一路狂奔,在众多的彩色玻璃嵌板中,他居然一头撞上了带狮子图案的那块,准确无误地瞄准了这头狰狞的"狮子"。它那蓬乱的鬃毛、狂暴的眼睛和猫科动物的扁平鼻孔仍然保存完好,显现在他脖颈裂口的上方,仿佛它正要把他整个人都囫囵吞噬。至于"狮子"的尖牙,并不是画在玻璃上的,而是由那些参差不齐的玻璃碎刃构成,从他自己撞出的缺口的四面刺进了他的肉里。

丧命于狮子口中。

铛!挂钟敲响了第十二下,午夜已过。一切都归于沉寂。

夜已尽

房间里的紧张气氛消失了。空气仿佛经历了强烈的放电净化。之前,恐惧在房间里四处弥漫,但现在已不复存在,只剩下一丝模糊的敬畏,附着在四面墙壁上,依稀留存了死神曾经到访的痕迹。

女孩不在这里了。另一人也走了,最好不要再想起。(肖恩尽量不去想他,却无法控制自己,每每尝试,屡遭失败。)那人已一去不复返,永远消失了,告别了痛苦,超越了恐惧,摆脱了时间与敌人。

挂钟还在那儿。钟罩里那金色的圆球依然在不停摇摆。那些小马仍然踢腾着空心蹄子奔跑着,嘚,嘚,嘚,嘚,这声音他是再也听不到了。时针和分针分别指向了4和6。现在是凌晨四点半。

房子里很安静。抬担架的人缓步离开时，大门就已关上了。那似乎是最后的动静了。一切都仿佛过去很久很久了。

肖恩和麦克马纳斯单独在房间里。麦克马纳斯拿起帽子，看了看，又慢慢戴上了。有好一会儿他都在考虑是否要告辞，现在终于决定把这念头付诸实践。

"这算怎么回事？"他说，"我该说些什么呢？我现在要回城里去。明天或后天，我得为此写一份报告。哦，我会拿到一份验尸报告。上面会说，死于颈动脉断裂，诸如此类的话。但我真不明白，我要做怎样的解释，在我的报告上该写些什么。死于事故？神志不清导致的死亡？精神暗示下的谋杀？死于预言——"他望着窗外思索着，窗边的帷幔已完全拉开，模糊的星光还在天边不安地闪烁着。

"你是在问我吗，警长？"

"没有，我在自言自语。"麦克马纳斯说着朝门口走去，"哦，报告会写出来的。我要记下来的那些东西，其实没有多大关系。因为没有人碰过他。这就是我们警察的职责所在，确保没有人动手。"他摇了摇头，"但有很多事情我永远无法确定。"突然他又问了句，"你能确定吗？"

肖恩没有回答。他关掉了屋里的一盏灯，而窗外的微光却变亮变近了，仿佛是同一个开关在控制着它们。

他们两人依次走进大厅，肖恩跟在他的上司后面。

"我们得到了所有的答案。"麦克马纳斯说，"我是说，答案都呈报到我办公室了。但是这些答案并不能回答任何问题。有一个巨大的问号，没法在任何一份报告里解释清楚。每次你以为找到线索了，眨眼间线索就会断掉。那天晚上在汤普金斯的公寓楼梯上被枪杀的人——我们已经确认了他的身份。他是沃尔特·迈尔斯，瑞德的经纪人。在过去的几年，他处理了瑞德所有的财务，所有的投资。这是一个司空见惯的老套故事，就像第一个证券公司一样古老，像股市上流通的第一批股票一样久远。巨大的诱惑，手头有太多的资金可以操控，富有的客户过于粗心大意。瑞德把一切都交给他处理，却有好多年都没查过账目。"

他伸手去抓门把手，却又停在那儿，不去转动把手。

"要揭露他所有的违法行为，检查他所有的账户，需要很长时间。可能要好几年，还要有一群审计员。不管怎样，在继续清查之前，我现在就可以告诉你，楼上的那个女孩要变成穷人了。也许还不至于像你我这样穷，但跟她之前的境况是没法比了。"

"好吧。"肖恩温和而热切地说，声音低得对方都没听见。

"嗯，不知从什么时候起，他给自己挖了一个大窟窿。他一直试图通过抛售瑞德的基金和证券来填补窟窿。不过这窟窿可是个无底洞，只会变得越来越深，那些东西通常都是这样。最终，有一天肯定会塌陷，这一点他和别人一样清楚。他肯定是要直接面对的,就像——"

他用大拇指指了下他们刚刚待过的那个房间,肖恩明白了他的意思。

"唯一一件对他有利的事是,没有硬性规定的最后期限,他还可以再拖延一段时间,至少还有几个月的时间。但最终只会面临两种结果:一种是破产、罪行败露;另一种是不等破产就逃跑,然后暴露。也许他还不想逃跑。也可能他的业务都是固定的,他没法卷款逃离,要逃跑就只能一文不名。所以他只好坐着干等着,吓得直发抖。

"然后发生了一件事,当时他一定觉得是上帝的恩赐。

"在他别的客户中——他的客户并不多——有一位富有的老妇人。你知道这种类型,不像瑞德那样有很多油水可榨,而且更加小气,所以他似乎还有足够的理智不去招惹她。但他注意到,当他自己在流沙中越陷越深时,她做的那些业余的、资金有限的投资却遇到了不可思议的好运。我不知道他是怎么让她吐露秘密的,反正他总有办法,最后弄清楚了真相。他得知老妇人是从女佣那里得到了秘诀。这秘诀是女佣专门为她求来的,而且是来自某个不为人知的消息源。

"这个老妇人后来死了,女佣也结束了自己的生命。但我们有足够的证据来重建整个逻辑链。我们有记录显示一个叫艾琳·麦奎尔的人在某个时间被某个女人雇为女佣,而且还有记录显示这个女人正是沃尔特·迈尔斯的客户。这是一个十分合理的重建，不是吗？"

肖恩点了点头。

"不管怎样，迈尔斯终于查出了消息的来源，他的好奇心被激起了，他去那里做进一步调查。从那以后，有一个很大的空白需要填补。这部分纯属臆测。他们两人都已不在人世，不能告诉我们究竟发生了什么事。我们就必须用我们仅有的一点信息，尽力把这空白填满。

"迈尔斯那些疯狂的交易和欺诈并没有越做越好，所以可以肯定地说，汤普金斯并没有像对待那个女人那样帮助他。要么是这样，要么是迈尔斯当时的境况已经是一团糟，仅凭股市的一些秘诀已无法让他摆脱困境。他需要完全控制瑞德剩余的财产，而不再是做假账，以掩盖之前的挪用。滥用自己的钱，是不必为此负责的，但滥用别人的钱就会坐牢。

"接着就出现了引爆炸弹的导火线。汤普金斯的房间几乎到处都有未经请求、未经兑现的支票，这些支票是瑞德在不同时间塞给他的。迈尔斯偶然发现了其中一张，这给了他灵感，设计了整个圈套。汤普金斯不想从任何人那里得到任何东西，不会愿意跟他合作。所以迈尔斯故意陷害他，想抓住他的什么把柄。我们只能猜测一下，如果我们的猜测是正确的，这个圈套是相当卑劣的。但汤普金斯是从乡下来的，很单纯，而迈尔斯却是油嘴滑舌，巧言令色，所以他似乎侥幸得逞了。瑞德的一张支票出现在了迈尔斯的办公室，我们在那里找到的。那张支票是由汤普金斯背书交给迈尔斯的，最初是由汤普金斯开的，而且面值从五百美元提升到了五千美元。这支票开得如此马虎，世上任何一个银行出纳员都不会认可，即便是一个双目失明的人也不会相信。但重要的是：它从未在任何一家银行出示过。迈尔斯只是把它悬在汤普金斯头上，用来威胁他。我认为那支票不是汤普金斯背书的，也不是他提升了面值。只要他钩钩小拇指，他随时都可以从瑞德那里得到一张真正的五千美元支票。我觉得这两件事都是迈尔斯做的，然后用可能产生的后果来威胁汤普金斯。"

"那么，那个预言就是迈尔斯建议的，要击垮瑞德，把他推向死亡？"

"我希望我能回答是。那样倒简单了。不，预言是自己显现的。对此迈尔斯是一个局外人。他听说了这个预言之后，就想充分利用这预言来赚钱，来达到自己的目的。他试图操纵汤普金斯，让这乡下人去诱导瑞德修改遗嘱，让汤普金斯成为排在瑞德女儿之后的遗产受益人。这样汤普金斯就会牵涉其中，而遗产实际上会交给迈尔斯，汤普金斯不过是有名无实，根本不知道究竟是怎么回事。这样的话，'迈尔斯'这个名字就安全了，不会出现在与遗产有关的文件上了。"

"那珍怎么办？你刚刚说到'排在她之后'。"

"我觉得他父亲去世后,她也不会活太久。我想,如果迈尔斯还活着的话,几天之内她就会被干掉,或者今夜就和她父亲一起被杀死。我认为迈尔斯自己并不相信这个预言。但我敢肯定,他一定会设法助力,不管用什么方法,都要确保这预言得以实现。也许是要去说服那两人,瑞德和那个女孩,在时间快到的时候一起自杀。他不知道我们警察介入了。好吧,不管怎样,我们这边有人把他在楼梯上干掉了,所以我们永远也不知道他会怎么做。"

"接着汤普金斯自杀了,然后预言——"

"——总之,预言还是被证实了。"麦克马纳斯接过了话头,"留下了一个巨大的问号,我们又回到了原点。迈尔斯并不是操控全局的幕后黑手。他只是一个在外围活动的小恶棍,并没有任何推动预言的能力,当时事情已经在进行了,他不过是企图强行进入罢了。"

"我觉得汤普金斯也不是坏人。"肖恩评论道。

"当然不是。他只是一个可怜而痛苦的灵魂,一出生就受到了诅咒,莫名其妙地卷入其中,被他自己也无法理解的神秘之物压得粉碎。就像石头下的盲虫一样,为了自由而不停地蠕动、挣扎。一个乡下小子,两眼之间闪着一团灼热的烈焰。"

"圣经里就有预言者。"肖恩提醒道。麦克马纳斯猛地一下打开了门。

星星冲着他们的脸投下微光,无声无息,如同银色冰雹一般不带任何情感。

两人都不安地、警惕地垂下了眼睛。

"我感觉很不好。"麦克马纳斯难以控制地喃喃低语起来,"这事太诡异了。我无法全部写进报告里,那诡异之处就会牢牢地卡在那里,一切都是那么难以捉摸。那个女演员和那块钻石腕表,那个差点被车撞到的孩子,多布斯他俩的枪在楼梯上哑火。汤姆,汤普金斯甚至在楼下就知道了他们的名字,还是他们的教名——"他的神色非常严肃,声音也变得很奇怪,像是在呜咽似的,"这事里的确有古怪,我都不想知道那古怪究竟是什么!我告诉你,我感觉不舒服,就像得了感冒似的,但我没有得感冒!我要回家去找我的老太婆,来一杯烈性的热棕榈酒。"他听起来像在争辩,似乎肖恩在试图阻止他说话似的,而肖恩根本没那么做。

"你和我一起走吗?"他问道,"载你一程?"

肖恩朝里面瞥了一眼,顺着走廊一直看到楼梯。"我想我还是待在这儿吧,无论如何今夜要留下。她一个人在楼上。"

"她身边一个人也没有吗?"

"有人,但是——你明白我的意思。我和她毕竟从始至终一起经历了整件事。我送你到车库。"

他们低垂着头沿着小路前行,一边走一边注视着地面,显然又陷入了沉思。

麦克马纳斯突然冒出一个恼人的念头:"真希望你一开始就没

带那女孩过来找我！真希望从来就没见过她，从来就没听说过这整件事。"过了一会儿，他又说，"我敢打赌，你肯定希望那天晚上你没有沿着河边走。"

"我不得不从那边走。"肖恩简短地答道，"那里就是我要走的路线，没有别的地方可去。"

麦克马纳斯有些好奇地扫了他一眼，目光有些闪躲。"明天见，汤姆。放松点，你想什么时候过来都行。"

肖恩看着他的车开上了车道，红色的尾灯如螺旋钻一般扭曲着，一直开到了公路上。

肖恩转过身，步履艰难地朝房子走去。微微泛白的星光下，一道蓝色的阴影在他面前荡漾开来。夜色还未退却，四周凉爽、静谧。他并不害怕，但却感觉自己非常渺小，简直无足轻重。他觉得自己再也不必担心未来会发生何事。从现在起，福祸天注定，冥冥中一切都自有安排，不需要他来掌控。这真是一种奇特的感觉，一种轻松的感觉，好像从背上卸下了重担似的。

楼上，从珍的卧室窗子里透出昏暗的灯光，有护士在那里守夜。他想知道珍是否也有同样的感觉。

此时，他需要得到扶助与支持。不能再孤身一人了，实在太弱小，太无助了。他们两人犹如黑夜中手足无措的孩童。

他不想睡觉。谁还能睡着呢？他点燃了一支香烟，站在外面的碎石路上等待着。他期待着晨光初现，期待着和她再次相见。突然他把烟扔了。大门动了一下。依稀可见一张苍白的小脸，正透过门缝凝神望着他。

"是谁呀？是你吗？"

门滑开了一点，那张脸点了点头。

"出来吧。到我这儿来。"

她静静地站在那里。他看见她抬眼望了过来，很快又垂下眼帘。

"别害怕。只有几步路，我就站在这儿呢，张开双臂迎接你。"

眨眼间两人就会合了，紧紧地拥抱在一起。

"你应该好好休息。"

"她睡着了，我一直都醒着。我就知道你还在这里，你不会离开的。无论你在哪里，那都是最好的地方，都是我想去的地方。即便就在这儿，在户外也行。"

她防备似的眯起眼睛，把脸转了过去。

"拉开你的外套，我要把脸遮起来。"

她的脸埋在了他的胸口上，两人迫切地想靠得再近一些。他外套的褶边几乎盖住了她整个脑袋。她紧紧地偎依着他，仿佛钻进了一个安全囊里。

离他俩稍远一点，就听不见他们的轻声细语了。他们就像被夜色包围的孩童，相互倾诉着心里的小秘密。

"靠着我别动，别发抖了。你在我怀里呢，再过几天我就会成为你的丈夫，你就再也不会孤单了。静静地靠着吧，亲爱的。那些星星就要离开了,一颗接一颗地消失了。早晨就要来了。"

但是他的眼睛却越过了自己的肩膀,忐忑不安地注视着那遥远的、难以捉摸的闪亮星光。

图书在版编目（CIP）数据

夜有千双眼 /（美）康奈尔·伍里奇著；王元媛译. —— 上海：上海文艺出版社，2020（2021.4重印）
（康奈尔·伍里奇黑色悬疑小说系列）
ISBN 978-7-5321-7665-6

Ⅰ.①夜… Ⅱ.①康… ②王… Ⅲ.①长篇小说－美国－现代 Ⅳ.① I712.45

中国版本图书馆 CIP 数据核字(2020)第 074462 号

夜有千双眼

著　者：[美]康奈尔·伍里奇
译　者：王元媛
责任编辑：蔡美凤
装帧设计：周　睿
责任督印：张　凯

出　版：上海文艺出版社
出　品：上海故事会文化传媒有限公司
　　　　（200020　上海市绍兴路74号　www.storychina.cn）
发　行：上海文艺出版社发行中心
　　　　（上海市绍兴路50号）
印　刷：上海中华印刷有限公司
开　本：889毫米×1194毫米　1/32　印张13.25
版　次：2020年7月第1版　2021年4月第2次印刷
ISBN：978-7-5321-7665-6/I·6098
定　价：39.80元

版权所有·不准翻印

上海故事会文化传媒有限公司　出品（00964）　www.storychina.cn

想看更多精彩故事？
扫码下载故事会APP

上海故事会文化传媒有限公司所有图书可办理邮购，免收邮费（挂号除外）
汇款地址：上海市绍兴路74号(200020)　收款人：上海故事会文化传媒有限公司出版发行部
联系电话：021-64338113
如发现本书有质量问题，请与印刷厂质量科联系 T：021-60829062